Eva Leigh

Depuis le succès de son premier roman *Le cow-boy et la lady*, elle a reçu plusieurs distinctions aux Rita Awards et ses livres figurent régulièrement sur les listes des best-sellers. Elle publie également sous le nom de Zoë Archer.

Le courage d'aimer

Aux Éditions J'ai lu

CHRONIQUES À L'ENCRE ROUGE

1 – L'aristocrate et la roturière
N° 12069
2 – Le cœur du scandale
N° 12126
3 – Sage mais pas trop...
N° 12314

LES MYSTÈRES DE LONDRES

1 – L'amour au bout de la nuit
N° 12433
2 – Une occasion rêvée
N° 12803

EVA
LEIGH

LES MYSTÈRES DE LONDRES – 3

Le courage d'aimer

Traduit de l'anglais (États-Unis)
par Élisabeth Luc

J'AI LU

J'AI LU POUR elle

Titre original
DARE TO LOVE A DUKE

Éditeur original
Avon books, an imprint of HarperCollins Publishers, New York

Pour Zack

1

Londres, 1816

En levant son pistolet armé pour viser sa cible, Thomas Edward O'Connell Cúchulain Powell, comte de Langdon, sentit une goutte de sueur couler le long de son dos. Les yeux rivés sur le canon de l'arme, il était concentré sur son objectif, à vingt pas de lui. Dans la fraîcheur nocturne, il avait besoin de se calmer, de maîtriser son exaltation.

Il prit une inspiration, retint son souffle et appuya sur la détente. Il y eut un éclair, puis un nuage de fumée. La détonation résonna dans le silence.

À vingt pas, un fracas de verre brisé se fit entendre.

Impressionnés par son exploit, les spectateurs applaudirent à tout rompre en l'acclamant. Tom baissa son pistolet, un sourire aux lèvres. Ses admirateurs l'entourèrent pour le féliciter, lui taper dans le dos. Une nuée de femmes au parfum capiteux se jetèrent à son cou pour l'embrasser, laissant des traces de rouge sur ses joues.

— Le héros de Regent's Park ! commenta Mowbray avec emphase.

— Pas aux yeux de Culver, hélas !

Tom se tourna vers son adversaire, lord Culver, qui, la mine renfrognée, tendait son arme à un valet. Sa balle n'avait pas atteint la bouteille qu'il visait. Si Tom avait été un peu plus vertueux, il aurait échoué délibérément afin qu'il n'y ait ni vainqueur ni vaincu dans ce concours. Mais, bien qu'il fût le fils d'un comte et l'héritier du duc de Northfield, Tom n'était aucunement vertueux.

— Qu'il aille se faire..., maugréa Mowbray.

— Je laisse cette tâche aux professionnelles.

Tom afficha un sourire désabusé en voyant la jeune femme que Culver avait engagée pour la soirée tenter de réconforter son client. L'homme la repoussa si brutalement qu'elle perdit l'équilibre. Tom se précipita aussitôt, pour assener un coup de poing dans le sternum de son adversaire.

— Ce n'est pas parce que vous avez perdu qu'il faut cesser d'être un gentleman, déclara Tom d'un ton grave.

Il prit le bras de la malheureuse pour lui éviter une chute.

— Vous allez présenter vos excuses à cette dame, reprit-il.

— Cette dame ? Ce n'est qu'une catin, Langdon, maugréa Culver.

— Excusez-vous, insista Tom, visiblement crispé, en levant de nouveau son arme. Sinon, j'utiliserai ce pistolet pour détruire votre cœur de pierre, cette fois.

Culver se renfrogna de plus belle.

— Je suis désolé, marmonna-t-il dans sa barbe, avant d'ajouter à l'adresse de Tom : Sale Irlandais ! Fils de p...

— Qu'est-ce que vous dites ?

— Je... C'était une plaisanterie, balbutia Culver.

— Une mauvaise plaisanterie.

Depuis l'âge de douze ans, lorsqu'il avait quitté la maison maternelle, en Irlande, pour bénéficier d'une éducation anglaise, le pays de son père, Tom subissait des injures sur ses origines. Pourquoi diable devrait-il avoir honte d'avoir du sang irlandais ? Il ne supportait pas ce rejet.

— Dois-je exiger d'autres excuses ? demanda-t-il.

— Je suis sincèrement contrit, énonça Culver.

L'air méfiant, le fautif se hâta vers la voiture qui l'attendait.

— J'espère que je ne vous ai pas privée de vos revenus de la nuit, dit Tom à la jeune femme.

— Oh non, répondit-elle avec un sourire imperceptible en observant la foule de jeunes héritiers éméchés. Je n'ai que l'embarras du choix, côté michetons !

Elle se tourna vers lui et son sourire s'élargit :

— Je suis libre, Votre Grâce, si vous êtes intéressé...

— Une autre fois, peut-être.

Tom n'était pas prêt à aller se coucher. Un jeune fêtard s'approcha et lui remit une somme d'argent substantielle.

— Vos gains, Langdon.

Tom les offrit aussitôt à la jeune femme.

— Tenez, pour avoir supporté Culver.

— C'est trop, Votre Grâce, fit-elle en glissant les billets dans son décolleté. Bonne nuit, chéri..., ajouta-t-elle avec un clin d'œil.

Elle déposa un baiser furtif sur sa joue avant de disparaître dans la pénombre.

— Il y en avait pour soixante-dix livres au bas mot, Langdon ! objecta Mowbray.

— Cette fille en fera un meilleur usage que moi.

Les coffres de Tom étaient bien remplis : entre les revenus de son comté et la rente généreuse de son père, le duc de Northfield, il avait les moyens d'être généreux. Alors que d'autres membres de la noblesse croulaient sous les dettes et étaient traqués par les tailleurs, les patrons de club et autres commerçants, Tom veillait à régler ses factures rubis sur l'ongle.

— Je serais disposé à recommencer gratuitement pour le seul plaisir d'humilier Culver. Il l'a bien cherché, ce sale type ! Comment peut-on refuser de couvrir les frais de sa maîtresse !

— Tu es vraiment un bâtard, parfois..., soupira Mowbray.

— Ce n'est pas faux. Au sens figuré, bien sûr, car chacun connaît la fidélité sans faille de mes parents l'un envers l'autre.

Quelqu'un lui tendit une bouteille de whisky, dont il but une longue rasade avant de la donner à des jeunes gens visiblement assoiffés.

— Ah, te voilà !

La foule s'écarta sur le passage de Christopher Ellingsworth, dont la tenue était quelque peu négligée en dépit de sa posture altière de militaire. Depuis son retour de la guerre, un an plus tôt, Ellingsworth avait renoué avec Tom, son camarade d'Oxford.

— Tu arrives trop tard pour le spectacle, déclara Tom en confiant son pistolet au valet, qui le rangea dans un étui en acajou ciré.

— Ce n'est pas faute d'avoir essayé, répondit son ami. Je suis d'abord allé à l'opéra, puis dans deux tripots, je me suis même rendu à une course de phaétons. À chaque fois, je t'ai manqué de dix minutes.

Il secoua la tête, sans masquer son admiration pour Tom.

— Heureusement que nous ne nous battons pas pour le titre de gentleman le plus furtif de la capitale, car tu l'emporterais !

— Ce n'est pas un trophée très recherché, de toute façon. Pourquoi un tel empressement à me trouver ? s'enquit Tom, intrigué. J'espère que mon père n'est pas à mes trousses.

De temps à autre, le vieux duc se mettait en tête de faire changer Tom afin qu'il se conduise avec la dignité et la sobriété d'un héritier issu d'une lignée ancrée dans la plus pure tradition. C'était d'ailleurs pour cette raison que Tom dormait durant la journée et faisait la fête la nuit. Un jour – le plus tard possible – il hériterait du titre, ainsi que de ses responsabilités et devoirs. Il serait l'un des hommes les plus puissants d'Angleterre, rouage d'un système destiné à préserver le pouvoir des pairs du royaume.

Tom était conscient que la belle vie serait alors terminée. Fini les soirées arrosées, les danseuses, les bains de minuit dans la Serpentine, les frasques en compagnie de camarades tout aussi délurés que lui.

En tant que troisième fils d'un marquis, Ellingsworth avait beaucoup moins d'argent que son ami, mais il partageait son goût de l'aventure. Ensemble, ils avaient écumé les bas-fonds de la capitale en quête de divertissements et de plaisirs inédits.

Ellingsworth prit Tom par les épaules et l'entraîna à distance des fêtards.

— J'ai entendu parler d'un établissement qui va sûrement t'intéresser, déclara-t-il à voix basse. Il s'agit du club de l'Orchidée, à Bloomsbury.

— J'en ai un peu marre des clubs, grommela Tom. Toujours les mêmes jeux, les mêmes personnes, les mêmes alcools...

— Celui-ci est différent, assura son ami avec un sourire énigmatique. D'abord, il n'ouvre ses portes qu'une fois par semaine, et il se trouve que c'est ce soir.

Ce détail ne suffit pas à susciter l'intérêt de Tom. La plupart des établissements cultivaient un certain mystère pour attirer les clients curieux.

— Qu'a-t-il de spécial ? C'est un bordel, je suppose ?

— Absolument pas. Cependant, tu auras besoin de ceci.

Ellingsworth glissa une main dans sa poche pour en sortir un objet qu'il remit à Tom.

Il s'agissait d'un loup en satin bleu nuit.

— Que diable... ?

— Tu es intrigué, n'est-ce pas ? s'esclaffa Ellingsworth.

— Disons que tu as réussi à capter mon attention.

Si Tom avait sillonné la capitale toute la soirée, il débordait encore d'une énergie qui ne demandait qu'à se libérer. Pour l'heure, il avait besoin de se changer les idées. Il devait bien y avoir une expérience exaltante à vivre, dans cette maudite ville !

— Excellent, conclut Ellingsworth en se frottant les mains. J'ai confié mon cheval au jeune garçon qui surveille le tien.

Il s'éloigna vers les montures d'un pas vif. Tom lui emboîta le pas.

— Tu refuses de m'en révéler davantage sur ce mystérieux club de l'Orchidée ?

Les deux amis remirent quelques pièces au jeune homme et montèrent en selle.

— Donne-moi au moins un indice ! insista Tom.

Pour toute réponse, Ellingsworth posa un doigt sur ses lèvres, puis il fit volter son cheval et ils s'éloignèrent dans la nuit.

Le calme régnait dans les rues de Bloomsbury tandis que Tom et Ellingsworth longeaient une avenue bordée de somptueuses demeures. Ce quartier cossu semblait incongru pour abriter un club secret, quelle que soit sa nature. La rue était déserte. Seule la lueur des réverbères éclairait les hautes façades.

Ellingsworth arrêta son cheval devant une bâtisse de deux étages, prospère sans être tapageuse, dont l'entrée était ornée d'un portique à colonnades et flanquée de plantes en pot. Les rideaux des fenêtres étant tirés, rien ne laissait deviner les activités des occupants. Ils n'entendirent pas un bruit, pas une voix, pas une note de musique.

— Un silence de mort..., commenta Tom en examinant les lieux d'un regard perplexe. Tu me fais marcher. Il n'y a pas de club ici.

— Jamais je ne t'ai fourni d'information erronée, surtout quand il s'agit de découvrir de nouveaux plaisirs.

Ellingsworth semblait offensé.

— Toutes mes excuses ! s'exclama Tom, amusé. Très bien, que faisons-nous de nos montures ?

— Les écuries se trouvent à l'arrière, mais l'entrée se fait par la grande porte.

Tom suivit son ami vers une dépendance en brique où officiaient trois palefreniers très élégants. Quelques voitures étaient garées devant. Leurs cochers somnolaient, perchés sur leurs véhicules. Les box abritaient des chevaux de tous âges et qualités. Il y avait même un âne.

En tendant ses rênes à un employé, Tom le dévisagea en quête d'indices sur la nature de ce club, un clin d'œil complice, une moue de dégoût… Le palefrenier demeurait impassible.

— Aurez-vous besoin d'un loup, monsieur ? s'enquit-il.

Tom s'étonna de l'entendre l'appeler « monsieur » et non « Votre Grâce ». Cela dit, dans un club exigeant le port d'un masque, gage d'anonymat, il ne pouvait exiger la mention de son titre.

— J'en ai déjà un, assura Tom en tapotant la poche de sa veste.

— Veuillez le mettre, monsieur, avant d'entrer dans la maison. Le règlement l'exige.

Tom obéit, et vit Ellingsworth se munir d'un loup en soie bronze.

— Sommes-nous censés jouer les bandits de grand chemin ? se moqua Tom.

— Tu peux me bombarder de questions, je ne te répondrai pas tant que nous ne serons pas à l'intérieur, répondit son ami avec un sourire narquois.

— Tu éprouves un malin plaisir à me tourmenter, soupira Tom.

Ils gagnèrent l'avant de la maison.

— Ton problème, Langdon, c'est que tu es trop gâté. C'est ton côté héritier, je suppose. Tu obtiens tout ce que tu veux et quand on te refuse quelque chose, tu as l'impression de subir le supplice de Tantale.

— Absolument pas ! Je déteste patienter, voilà tout. L'attente m'est insupportable.

Ellingsworth afficha un air de dédain :

— Tu sais manier un sabre, tu es un bon tireur au pistolet, mais tu ferais un piètre soldat.

— Je laisse le rôle de militaire aux désespérés de ton espèce.

— Ces jours-là sont derrière moi, répliqua son ami, la mine sombre.

Tom se mura dans un silence gêné. Depuis son retour de la bataille de Waterloo, Ellingsworth avait changé. Il était en proie à des sautes d'humeur. Il pouvait badiner et plaisanter puis, en l'espace d'un éclair, se renfrogner et se replier sur lui-même. Malgré son inquiétude, Tom se gardait de l'interroger, de peur de l'offenser. Il sentait qu'il s'agissait de ses souvenirs de la guerre – une épreuve que lui, en tant qu'héritier d'un duc, ne connaîtrait jamais. Comment pouvait-il offrir à son ami une oreille compatissante alors qu'il ne comprenait pas ce que celui-ci avait vu et fait, ce à quoi il avait survécu ? Un jour peut-être, il aborderait ce sujet délicat, mais en douceur. En attendant, il se contentait de partager ses frasques.

Tom ouvrit la barrière donnant dans l'allée. Il était sur le point de vivre une nouvelle expérience, et son cœur palpitait déjà d'enthousiasme. Au loin, la cloche de l'église Saint-Georges sonna une heure du matin, le milieu de la journée pour un débauché. Les braves gens dormaient à poings fermés pendant que les vauriens de leur espèce arpentaient les rues en quête d'aventure.

Ellingsworth frappa à la porte selon un rythme précis.

Toc, toc-toc, toc...

Tom pinça les lèvres pour ne pas pouffer. Un code secret ! N'était-ce pas un peu surfait ?

La porte s'ouvrit sur une jeune femme à la peau noire et aux cheveux coupés très court. Derrière son loup bleu turquoise, elle posa sur les deux hommes un regard interrogateur.

— Je viens pour les prunes.

— Nous n'en avons pas.

— Les pêches suffiront.

Tom fronça les sourcils. Il avait l'impression d'avoir déjà été témoin d'un tel échange, mais ne se souvenait pas où. Il se rappela soudain qu'il s'agissait d'un dialogue extrait d'un roman érotique écrit par une mystérieuse Dame de petite vertu, une auteure très populaire. À l'issue de sa première lecture, il avait immédiatement relu les passages croustillants.

Le club de l'Orchidée cultivait peut-être le secret, mais il avait des références littéraires très sûres.

— Entrez, mes amis, déclara la femme masquée.

Dès que Tom et Ellingsworth furent dans le vestibule, la jeune femme se hâta de refermer la porte qu'elle verrouilla avec soin. Une unique chandelle était posée sur une tablette, mais Tom distingua quelques détails. Il semblait se trouver dans une maison bourgeoise comme les autres. Des tableaux représentant des fleurs exotiques ornaient les murs.

— C'est la première fois que vous venez au club de l'Orchidée ? s'enquit l'hôtesse.

— Oui, répondit Tom.

— Je m'appelle..., fit Ellingsworth.

— Non ! dit-elle en l'interrompant d'un geste. Pas de nom ! Le club applique une politique très stricte d'anonymat. Entre ces murs, tout le monde est à égalité.

« Un club égalitaire ? » songea Tom, de plus en plus intrigué. Voilà qui était extrêmement progressiste. En général, les clubs tels que le White's étaient réservés à une élite.

— Ici, la seule personne autorisée à se faire appeler par son prénom est Amina, notre responsable. Vous ne pouvez poser la moindre question qui permettrait d'identifier un membre. C'est bien compris ?

Les deux hommes acquiescèrent.

— Il existe une autre règle à respecter, reprit la jeune femme. Toutes les activités doivent être consenties. On ne peut imposer quoi que ce soit, contraindre qui que ce soit, se montrer brutal. Tout contrevenant sera jeté dehors et ne pourra jamais revenir.

Lorsqu'elle claqua les doigts, deux colosses masqués surgirent de l'ombre, la mine impassible.

— Ces messieurs sont chargés de faire régner l'ordre, expliqua-t-elle. Ne m'obligez pas à les appeler. Suis-je bien claire ?

— Absolument, répondit Tom.

Que se passait-il donc dans ce mystérieux club pour qu'il faille instaurer un tel règlement ? songea-t-il.

— À combien se monte le droit d'entrée ? demanda Ellingsworth.

— Chacun donne ce qu'il veut. Nous vivons de la générosité de nos membres, de sorte que nous vous demandons d'être aussi généreux que possible.

Tom sortit une couronne de sa poche et la lui tendit. Elle glissa la pièce dans une bourse qu'elle portait à la taille, puis se tourna vers Ellingsworth, qui désigna Tom avec un sourire désabusé.

Amusé, celui-ci remit une autre pièce à la jeune femme. Si Ellingsworth bénéficiait d'une rente confortable en tant que troisième fils, il dépensait sans compter et était souvent fauché. Tom ne s'en offusquait guère, car il avait largement de quoi couvrir leurs dépenses nocturnes.

L'hôtesse glissa l'argent dans sa bourse et désigna un couloir, à l'extrémité du vestibule :

— Vous pouvez entrer, messieurs. Passez une bonne soirée.

Le cœur battant à tout rompre, Tom longea le couloir sombre, Ellingsworth sur les talons. Un léger brouhaha de conversations leur parvint, ainsi que quelques notes de musique... et ce qui ne pouvait être que les gémissements de plaisir d'une femme.

— Où diable m'as-tu amené ? demanda Tom à son ami.

Il avait déjà éliminé l'hypothèse d'un simple bordel. Tom connaissait les sons que produisait une femme en pleine extase. Il savait distinguer une simulatrice d'une partenaire en proie au désir. Ces plaintes-là étaient authentiques.

— Patience, répondit Ellingsworth. Tout arrive à qui sait attendre.

Ils entrèrent dans un spacieux salon. Aussitôt, Tom sentit un désir puissant s'emparer de son corps.

Partout où se posait son regard, il y avait de la peau : des seins dénudés, des verges dressées, des ventres, des fesses, des jambes... Une foule d'êtres à peine vêtus, quand ils n'étaient pas entièrement nus, mais tous masqués. Des hommes et des femmes enlacés sur des divans, allongés sur les épais tapis, adossés aux murs, par groupes de trois, quatre ou cinq. Trois femmes formaient un enchevêtrement complexe de chair frémissante et se léchaient mutuellement la vulve. Une dame déboutonnait la culotte d'un homme afin qu'un autre homme puisse prendre sa queue dressée dans sa bouche.

Tout n'était que sexe, dans une atmosphère lourde et moite ponctuée de soupirs d'une sensualité sans retenue.

Des domestiques également masqués déambulaient parmi les corps, impassibles, portant des pichets de vin et des plateaux de mignardises. De toute évidence, ce spectacle n'avait rien d'inhabituel pour eux.

Ce n'était pas le cas de Tom... Si les soirées libertines qui se transformaient en orgies ne lui étaient pas inconnues, il n'avait jamais vu un tel nombre de personnes se livrer à une telle débauche. Lui qui croyait avoir joui de tous les plaisirs que proposait la capitale... Ce club de l'Orchidée était une expérience inédite et merveilleuse.

— Sois béni entre tous, dit-il à son camarade. Comment as-tu découvert cet endroit ?

— Un vieux compagnon d'armes m'en a parlé. C'est un secret de polichinelle. Le club existe depuis des années, mais parvient à rester discret. Je constate que tu es ravi...

Tom regarda un homme caresser et embrasser avec révérence le postérieur d'une femme pendant qu'un autre lui pétrissait les seins.

— C'est le paradis, souffla-t-il, impressionné.

— Je t'assure que mes pensées n'ont rien d'angélique, en ce moment, répondit Ellingsworth.

— Et si nous explorions le reste du club ? suggéra Tom, dont le corps frétillait d'excitation.

Son ami lui donna une tape dans le dos.

— Je te laisse à tes recherches. J'ai un dossier urgent à régler.

Sur ces mots, Ellingsworth s'éloigna vers une partenaire qui l'attendait.

Quelques instants plus tard, une blonde déguisée en fermière ondula vers Tom.

— Tu es tout seul ? C'est dommage..., susurra-t-elle avec un accent des faubourgs.

Elle glissa une main le long de son gilet.

— Il se trouve que moi aussi, je suis toute seule...

Le corps de Tom réagit aussitôt, mais il se contenta de prendre la main de la jeune femme et d'y déposer un baiser. Elle n'était pas déguisée, en réalité. C'était vraiment une fille de ferme.

— Veuillez me pardonner, dit-il avec un sourire. Je n'ai pas encore repris l'habitude de la terre ferme.

— L'équilibre ne sert à rien quand on est allongé, répondit-elle avec un clin d'œil coquin, en désignant un divan.

— Je suis très tenté, ma belle, mais je préfère retrouver mes marques, dans un premier temps.

Face à la mine désappointée de la jeune femme, il ajouta :

— Tu n'auras aucun mal à trouver un autre camarade de jeu. Si, dans un quart d'heure, je te trouve encore seule, je te promets de te consoler.

Elle posa sur lui un regard pensif.

— Tu me sembles bien sûr de toi...

— En ce bas monde, nombre de choses dépassent mon entendement, mais il y a un domaine qui n'a pas de secret pour moi : c'est la fornication.

— Tout le monde peut forniquer, reprit-elle, les mains sur les hanches. Encore faut-il être efficace.

— C'est mon cas, assura-t-il.

Elle le toisa et sourit d'un air approbateur.

— Passe donc me voir dans un quart d'heure...

Sur cette invitation, elle s'éloigna vers un valet qui servait du vin. Au bout de quelques pas, elle fut interceptée par un homme élégant qui l'embrassa. Elle réagit avec un tel enthousiasme que Tom en conclut qu'elle ne serait sans doute pas disponible un quart d'heure plus tard.

Tom prit un petit-four et un verre de vin, puis il s'aventura en direction d'un salon bien plus vaste que le premier, une véritable salle de bal avec son parquet, ses deux lustres imposants et ses murs ornés de miroirs. Dans un coin, un orchestre de musiciens masqués jouait une valse. À l'extrémité de la pièce était installée une estrade, déserte pour l'heure. Tom imaginait sans peine les spectacles qui s'y déroulaient.

La piste de danse était peuplée de clients plus ou moins dévêtus. Des couples dansaient, étroitement enlacés, des trios ondulaient en s'embrassant, se caressant. Il régnait une sensualité digne des orgies romaines.

Un homme et une femme s'interrompirent pour faire signe à Tom de les rejoindre. En dépit du désir qui le tenaillait, Tom déclina poliment l'invitation d'un geste.

C'était pourtant le genre de divertissement qu'il appréciait, d'ordinaire. Or il restait à l'écart, en tant que spectateur, au lieu de participer aux réjouissances. Une force mystérieuse l'empêchait de franchir le pas.

Peut-être valait-il mieux partir... laisser Ellingsworth à sa nuit de débauche, mais pour aller où ? Regagner sa garçonnière et lire au coin du feu ? Quelle triste perspective ! Cela faisait presque dix ans qu'il n'avait pas passé une soirée tranquille à la maison. Mais s'il ne comptait pas profiter des plaisirs que lui proposait le club de l'Orchidée, il ne lui restait plus qu'à battre en retraite.

Avec un soupir de frustration, il tourna les talons et, soudain, se figea. Une femme se tenait, seule, près d'une table sur laquelle était posée une orchidée en pot.

Elle portait une robe blanc et or et un loup en satin doré. Dans la lumière tamisée de la salle de bal, il devina son teint mat et son long cou gracile. Ses cheveux noirs étaient relevés en chignon. Ses traits fins étaient saisissants. Elle avait le nez droit d'une déesse grecque et des lèvres charnues. Comme lui, elle observait les autres sans prendre part à leurs activités.

Sa posture dénotait une grande confiance en elle, ce qui la rendait encore plus magnétique que sa beauté. Tom se trouva incapable d'arracher le regard de cette créature. Qui était-elle ? Il brûlait de dévoiler ses secrets, d'entendre le son de sa voix. Serait-elle stridente, ou grave et rauque ?

Jamais une femme n'avait produit sur lui un effet si puissant et immédiat. Tom connaissait le désir, l'attirance, mais pas cette fascination. Il décida de s'approcher de l'inconnue au loup doré. Quelle que soit l'issue de cette soirée, il ne regretterait pas d'être venu...

2

En balayant du regard la cuisine du club de l'Orchidée, Lucia Marini sentit une douce exaltation s'insinuer en elle.

— Aurons-nous suffisamment de petits-fours ? demanda-t-elle à Jenny, la cuisinière.

— Pour la cinquième fois, oui ! répondit celle-ci, exaspérée.

Elle orna une pâtisserie d'une violette confite et la plaça sur un plateau en argent. Une domestique s'en empara sans tarder et l'emporta.

— Passe bien trois fois dans chaque salon ! lui lança Lucia.

Elle sentit alors deux mains bienveillantes se poser sur ses épaules.

— Tu devrais souffler un peu…

Lucia fit volte-face et sourit à son amie Kitty. Ses cheveux blond cendré cascadaient librement sur ses épaules et ses yeux noisette exprimaient une tendresse amusée. Avec ses taches de rousseur et son teint de porcelaine, Kitty ressemblait davantage à la paysanne du Devonshire qu'elle avait été qu'à la Londonienne mondaine et affranchie qu'elle était devenue.

La présence rassurante de Kitty atténua en partie la tension qui tenaillait Lucia.

— Je suis ridicule, n'est-ce pas ?

— Un peu, admit Kitty en massant son ventre rond de future maman. Mais ton angoisse est compréhensible. Tu vis ta première soirée en tant que directrice du club. Il faudrait être folle pour ne pas s'inquiéter de son bon déroulement.

— D'ici demain, je serai peut-être bonne à enfermer à l'asile.

Incapable de tenir en place, Lucia redressa quelques petits-fours sur un plateau, sous le regard indulgent de Kitty.

— Bas les pattes ! s'exclama la cuisinière en brandissant un couteau en direction de sa patronne. Sinon, je vous coupe les doigts et j'en garnis des tourtes...

Lucia leva les mains en signe de reddition et s'écarta.

— Je ne doute pas de tes talents culinaires, assura-t-elle.

— Viens, fit Kitty, une main sur son bras.

Elle l'entraîna hors de la pièce et, une fois dans le couloir, repoussa quelques mèches de cheveux du visage de Lucia.

— Calme-toi, ma belle. Tout va bien se passer.

En dépit de ses bonnes résolutions, Lucia perdit un peu de sa contenance.

— C'est à moi que Mme Chalke a confié le club de l'Orchidée. Tous ceux qui travaillent ici comptent sur moi pour assurer sa pérennité. Si j'échoue dans ma mission, nous mourrons de faim.

Lucia se sentit soudain accablée par le fardeau des responsabilités. Et pourtant, elle en avait toujours rêvé : un endroit bien à elle, un moyen de se construire une vie meilleure, ainsi qu'à ses proches.

— Tu vas un peu loin, objecta Kitty. Certes, on a besoin d'argent, mais personne ne meurt de faim et personne ne dort dans la rue. Ne te mets pas dans cet état.

Lucia s'écarta pour laisser passer plusieurs employés portant des caisses de vin.

— N'oubliez pas que chaque client n'a droit qu'à deux verres de vin !

L'alcool altérait le jugement, et elle voulait éviter les débordements néfastes pour le club.

— Bien, mademoiselle ! répondirent en chœur les domestiques avant de gravir les marches menant au rez-de-chaussée.

— Et que deviendrait mon foyer pour jeunes filles ? demanda Lucia à Kitty. Si le club ferme ses portes, ces malheureuses se retrouveront sans toit, incapables de lire une lettre ou même d'écrire leur nom.

— Chaque chose en son temps, ma belle, soupira Kitty.

— Et si…

— Calme-toi, je t'en prie ! Tu as prouvé à Mme Chalke, notre ancienne patronne, que tu étais à même de la remplacer après sa retraite. Personne ne doute de tes compétences. Monte plutôt veiller sur ton nouveau royaume, princesse. Quant à moi, j'ai les pieds enflés. Je vais me retirer dans ma chambre. Même si je préférerais rester ici pour me rendre utile.

Dans un élan d'affection, Lucia étreignit Kitty, malgré son ventre énorme.

— Tu nous es très utile, assura-t-elle sincèrement. Elspeth et toi, vous êtes mes anges gardiens.

— Un ange enceinte jusqu'aux dents ! plaisanta Kitty.

— File te reposer, conclut Lucia avec une tape sur les fesses. J'ai du travail !

Kitty s'éloigna à contrecœur vers l'escalier de service, laissant Lucia seule. La peur qui ne la quittait jamais ressurgit. Elle ferma les yeux et prit une profonde inspiration.

« *Cara Mamma*, implora-t-elle en silence, où que tu sois, envoie-moi de la force ! »

Elle fit un signe de croix. L'heure de vérité avait sonné.

Rassemblant son courage, Lucia gravit les marches. Il ne fallait rien trahir de son appréhension en présence des clients. Le club de l'Orchidée devait entretenir sa réputation de liberté et de sensualité débridée pour attirer de nouveaux membres, désireux de réaliser leurs fantasmes dans une discrétion absolue et sans prendre le moindre risque. Toute trace d'anxiété de la part de la maîtresse des lieux risquerait d'altérer l'ambiance.

En atteignant le sommet de l'escalier, la jeune femme affichait une sérénité très professionnelle. Elle était désormais une reine bienveillante et inaccessible.

Elle n'était pas arrivée à ce stade pour baisser les bras et céder à la peur. La pauvreté ne l'avait jamais empêchée d'avancer, pas plus que la perte de son unique parent ou un long périple vers une contrée étrangère. Elle s'était battue sans relâche et le ferait jusqu'à son dernier souffle.

Lucia émergea dans le couloir. Aussitôt, des soupirs et des plaintes l'assaillirent, des sons aussi familiers à ses oreilles que le chant des oiseaux marins au-dessus du golfe de Naples. Il flottait une odeur suave de peau moite, celle de dizaines de corps fébriles en pleine action.

Lucia passa devant les deux principaux salons en direction de l'entrée de la maison, où Elspeth attendait qu'un nouvel arrivant frappe à la porte. La jeune femme élancée portait une robe couleur pêche très seyante. Avec ses cheveux courts, elle avait tout d'une gardienne du temple.

Avant même que Lucia n'ait prononcé un mot, Elspeth esquissa un sourire.

— Ne crains rien, Amina, déclara-t-elle en citant le surnom de Lucia. La recette est aussi bonne que de coutume, voire meilleure.

Elle brandit une bourse et fit tinter les pièces qu'elle recelait. Lucia poussa un soupir. Elle y arriverait peut-être, finalement !

Si seulement elle disposait d'une baguette magique qui lui conférerait puissance et confiance en elle.

— Des fauteurs de troubles ?

— J'ai refoulé deux jeunes ivrognes de Mayfair. Sinon, aucun problème à signaler.

— Pourvu que ça dure…

Quelques coups furent frappés à la porte, selon le code. Lucia s'éloigna pour laisser Elspeth accueillir les nouveaux arrivants. Pour la première fois, elle était à la tête d'un empire et régnait en maîtresse absolue. À chaque pas, elle se sentait plus fière.

« Tout ceci m'appartient parce que je me suis battue et que j'ai vaincu l'adversité, songea-t-elle. Je suis à ma place. »

Dans les deux salons principaux, la soirée se déroulait sous les meilleurs auspices. Le spectacle des corps enlacés, en pleins ébats, ne la choquait plus depuis longtemps. Il ne l'émoustillait même pas. Ce n'était que son travail. Tant que ses clients étaient satisfaits et revenaient chaque semaine…

La luxure n'était qu'un aspect de son activité professionnelle.

Les employés parcouraient les salons avec efficacité pour proposer des rafraîchissements, redresser un meuble retourné et surveiller les clients. Lucia adressa un signe de tête à Will et Arthur, avant de poursuivre son chemin vers la salle de bal.

Jusqu'à cette soirée, il n'y avait jamais eu de musique. Maintenant, des musiciens étaient présents, triés sur le volet par ses soins pour leur talent et leur discrétion dans les meilleures formations de Londres et du Continent. Leurs morceaux procuraient aux libertins une toile de fond plaisante tandis qu'ils laissaient libre cours à leurs pulsions charnelles.

Pour sa part, Lucia n'avait jamais fréquenté les hautes sphères et elle n'aurait pas d'autre occasion d'écouter une musique réservée à l'élite. Elle sourit à l'idée que les notes qui s'élevaient habituellement dans le palais d'un comte italien ou d'une *principessa* agrémentaient une soirée de débauche entre partenaires de toutes les classes sociales.

Elle balaya la pièce du regard, s'attardant sur les femmes, en quête du moindre signe de brutalité ou de contrainte, d'une emprise trop puissante, d'un corps plaqué au mur… Toutes semblaient consentantes et désireuses de profiter de ces moments.

Lucia poussa un long soupir. Peut-être parviendrait-elle à relever le défi, finalement… L'espoir monta en elle, enivrant comme une coupe de champagne.

J'y arriverai ! Tout est possible !

Soudain, elle fut interrompue dans ses pensées par la sensation d'une présence, d'un regard appuyé sur sa nuque. Elle fit volte-face et retint son souffle.

Un homme brun, élancé, portant un loup bleu nuit, vint à sa rencontre d'un pas gracieux et viril à la fois. Son assurance était captivante. On aurait dit que rien n'aurait pu l'empêcher de s'approcher d'elle. Le cœur de la jeune femme s'emballa.

Elle se ressaisit rapidement. Il n'était pas rare qu'un client du club s'intéresse à elle. Cet homme avait une démarche sensuelle et son regard ne cherchait pas à dissimuler un désir d'un érotisme torride. Elle eut alors la certitude qu'il lui donnerait un plaisir indicible.

Même à distance, il exprimait son besoin de la posséder.

Au lieu de se détourner, comme elle le faisait de coutume dans cette situation, elle ne broncha pas. À mesure que la distance qui les séparait s'amenuisait, les battements de son cœur s'accéléraient. À cinquante centimètres d'elle, il s'inclina. Lucia lui adressa un signe de tête.

Il portait un costume de grande qualité, l'œuvre d'un tailleur de renom. Ses bottes étincelantes avaient sans doute été fabriquées sur mesure à Jermyn Street. Cependant, ses joues mal rasées et son odeur de poudre contrastaient avec cette élégance vestimentaire. Sans parler de ce sourire canaille qui évoquait plutôt un pirate.

— Madame…

— Monsieur, répondit-elle poliment.

— Vous êtes bien réservée.

Elle décela une pointe d'accent irlandais. Autrefois, elle avait appris à dissimuler ses propres intonations napolitaines. En Angleterre, les étrangers étaient souvent l'objet de soupçons. Dans son propre intérêt, elle devait sembler aussi anglaise que possible.

— C'est mon choix, dit-elle.

Il se posta à côté d'elle, si proche qu'elle en eut le tournis. Ensemble, ils observèrent la danse sensuelle des corps dénudés, sur la piste.

— Le mien aussi, apparemment, répliqua l'homme comme s'il s'étonnait de son propre comportement. C'est la première fois que je viens ici, et je me contente d'observer les autres au lieu de prendre part aux réjouissances. Cela me suffit.

— Certains préfèrent regarder et y trouvent du plaisir.

Elle désigna de la tête un client solitaire. Les yeux rivés sur deux hommes en train de s'embrasser avec fougue, il se caressait, une main dans son pantalon.

— En général, reprit le pirate, je préfère agir.

Il afficha son sourire canaille, qui eut le don de troubler Lucia de plus belle. Elle imaginait sans peine qu'il n'était pas homme à rester inactif, habituellement.

— En quoi cette soirée est-elle différente ? s'enquit-elle. J'espère que notre établissement répond à vos attentes.

— Je n'attendais rien, avoua-t-il. L'ami qui m'a amené ici ne m'a fait part de la nature de cette maison que lorsque nous avons franchi le seuil.

— Alors ? fit-elle en se tournant vers lui. Qu'en pensez-vous ?

Elle trouvait utile de s'entretenir avec les clients, de découvrir ce qu'ils appréciaient et ce qui leur plaisait moins. C'est pourquoi elle s'attarda auprès de cet homme, au lieu de vaquer à ses occupations. Son unique souci était la satisfaction des gens…

Il semblait pensif, ce qui était étonnant, compte tenu des scènes torrides qui se déroulaient sous ses yeux.

— Je vois ici une joyeuse exubérance, déclara-t-il enfin. La célébration des plaisirs charnels, la libération sans retenue des corps. À part le code de conduite spécifié dans le vestibule, il n'y a pas de règles ici. Les gens s'expriment sans crainte. Le corps est en fête.

Surprise, Lucia croisa son regard. Il avait les yeux aussi bleus que le ciel de Naples. Ils pétillaient non seulement de sensualité, mais aussi de sensibilité et d'intelligence.

— Il est rare d'entendre un homme énoncer aussi bien les choses, surtout quand il s'agit de l'acte de copulation.

Il afficha un sourire diabolique.

— Madame, je chante volontiers les louanges de la copulation. Cependant, il n'est pas question que de sexe en ce lieu. Il y a aussi… la quête d'une vie sans limites, dépourvue de censure et de réprobation. N'est-ce pas ce que nous cherchons tous ? Y compris vous-même, je le parierais…

D'instinct, elle se crispa et chercha un moyen d'échapper à la perspicacité de cet homme, qui voulait s'insinuer sous la surface de son personnage travaillé avec tant de soin.

— Nous venons de nous rencontrer et vous croyez me connaître ? rétorqua-t-elle sèchement.

Elle lut alors une fascination manifeste dans le regard de l'inconnu.

— Vous êtes intelligente, observatrice, vous évaluez la situation, mais ce n'est qu'une facette de votre personnalité. Je décèle aussi de la passion, même si vous cherchez à la refouler.

Elle en eut la gorge nouée. Comment avait-il deviné ? Elle était pourtant un modèle de professionnalisme. Avec Kitty et Elspeth, elle se permettait d'être différente mais, au club, elle se drapait dans la dignité d'Amina l'intouchable.

— Pitié ! fit-elle en feignant la dérision. Vous avez un don de voyance ! Vous devriez lire les lignes de la main à la fête foraine. Les gens seraient prêts à débourser une fortune pour vous entendre dresser leur portrait de façon aussi incisive.

— Je n'ai aucune envie de connaître davantage les gens, assura-t-il en soutenant son regard. Vous, en revanche, vous m'intéressez.

Lucia retint son souffle. Lorsqu'il fit un pas vers elle, elle sentit la chaleur qui émanait de son corps envelopper le sien.

— Voulez-vous danser avec moi ? proposa-t-il.

Son ton grave ne laissait planer aucun doute sur ses intentions, d'autant que personne ne dansait sur la piste.

Le pouvait-elle ? Le devait-elle ?

Presque chaque soir, un client lui faisait des avances, et cela n'allait pas changer maintenant qu'elle était la directrice des lieux. Ces messieurs ne l'avaient jamais impressionnée et elle n'avait jamais ressenti une telle sensation d'oppression.

La tentation n'avait pas été suffisante pour qu'elle néglige ses devoirs.

Or ce pirate à l'accent irlandais et aux yeux d'un bleu perçant l'attirait. Au diable le règlement et la prudence ! Elle eut soudain envie de se noyer dans cette chaleur et ce trouble. Il ne faisait pas l'ombre d'un doute que cet homme pouvait lui procurer un plaisir incommensurable.

Cependant, le club et son rêve étaient prioritaires. Se compromettre avec un client ne pouvait que lui attirer des ennuis – avec une maîtresse jalouse, par exemple. Elle ne pouvait se permettre de voir d'autres obstacles se dresser sur son chemin. Il exigerait du temps, de l'attention, et elle n'en avait pas à revendre. Elle ne pouvait se permettre de se laisser distraire par un homme, ce que celui-ci ne manquerait pas de faire.

Elle s'efforça donc de refouler les réactions physiques qu'il faisait naître en elle. Mais autant essayer de faire entrer un tigre féroce dans une cage...

— Tant de partenaires sont disponibles, déclara la jeune femme.

— C'est avec vous que je veux danser.

Le cœur de Lucia s'emballa.

— Je ne peux pas, fit-elle avec regret, avant de lui tendre la main. Je suis Amina, la directrice.

Surpris, il arqua les sourcils. En gentleman, il s'inclina mais, au lieu de faire mine d'embrasser sa main comme le voulait l'étiquette, il posa les lèvres sur sa peau.

Ce contact furtif suffit à l'embraser.

— Je déclinerais volontiers mon identité, mais...

— Mais c'est impossible, souffla Lucia.

Elle retira sa main encore enveloppée de sa chaleur.

— Dans l'intérêt de mes clients, je ne sais rien d'eux.

— Sage précaution.

— Le règlement de la maison m'interdit de fréquenter les clients.

Il afficha une moue quelque peu déconfite. L'espace d'un instant, elle crut qu'il allait lui demander de faire une exception ou tenter de la séduire, à l'instar des autres clients – des hommes qui ne supportaient pas qu'une femme leur dise non.

— Je comprends, fit-il. Je dois respecter votre choix. Tout est librement consenti, ici.

— Effectivement, répondit-elle, soulagée. Puisque c'est votre première visite, je vous souhaite la bienvenue. J'espère que tout est à votre convenance.

— Tout, sauf la règle qui empêche la maîtresse des lieux de fréquenter un client, admit-il avec un sourire. C'est un établissement merveilleux où l'on peut être soi-même.

Lucia mourait d'envie d'en savoir davantage sur lui, même si l'anonymat était de rigueur au club de l'Orchidée. Il était très élégant – bien plus qu'un banquier ou un brasseur, par exemple – et avait de bonnes manières. Il émanait de lui des effluves de poudre et d'épices…

Mille questions assaillirent Lucia. Pourquoi était-il venu ce soir-là ? Que recherchait-il ? Quelles responsabilités lui pesaient, au point de prendre plaisir à la liberté offerte par le club ?

Jamais elle ne pourrait l'interroger. Jamais elle ne saurait.

— Vous avez réglé votre droit d'entrée. Je vous invite à profiter des plaisirs qui s'offrent à vous.

Elle désigna la salle qui n'était plus qu'un amas de corps frémissants. Les râles couvraient presque la musique de l'orchestre.

Au diable cette nécessité de garder ses distances ! Il aurait pu lui procurer quelques heures de délices, toucher la véritable femme qu'elle était. Hélas, une telle proximité ne pourrait que mener au désastre.

Le pirate ne la quittait pas des yeux.

— Ce qu'il y a de plus fascinant et d'intrigant, en ce lieu, c'est vous.

Elle se força à rire.

— Monsieur, vous ne lésinez pas sur la flatterie !

L'homme demeura impassible.

— En dehors de ces murs, dit-il, je n'ai besoin de flatter personne. J'obtiens toujours ce que je veux. Alors croyez-moi, je suis sincère quand j'affirme préférer bavarder avec vous plutôt que copuler avec une inconnue.

— Parce que je vous dis non, contrairement à toutes les autres.

— Parce que vous m'intriguez au-delà des mots.

Elle ne put que le dévisager. Cette partie d'elle-même qu'elle avait enfouie et qui avait tant besoin de réconfort et d'affection et de toutes ces choses que les amants partageaient, fut submergée par une onde de désir. Au fil des années, elle avait accueilli des hommes dans son lit, certes, mais elle avait veillé à ne jamais donner son cœur, se contentant d'aventures purement physiques. Elle s'était construite dans les épreuves et le chagrin, en solitaire. Quand son corps brûlait de trouver un peu de réconfort, le temps d'une nuit, quand elle mourait d'envie d'entendre des mots doux murmurés à son oreille, elle réprimait ses frustrations.

Pense à Mamma, à sa souffrance et son chagrin...

Et pourtant, cet homme inconnu, ce client, ce pirate lui laissait entrevoir l'inaccessible.

— Je dois vous laisser, dit-elle. Le devoir m'appelle.

Visiblement déçu, il opina.

— Je reviendrai bientôt... pour vous voir, Amina.

Ce n'était pas son vrai prénom, mais sa façon de le prononcer donna des frissons à la jeune femme. Si seulement il pouvait l'appeler Lucia lorsque leurs deux corps ne feraient plus qu'un...

L'homme s'inclina et tourna les talons pour s'éloigner. Elle admira ses larges épaules et ses longues jambes fuselées que soulignait à merveille son pantalon bien coupé. Elle ne put s'empêcher de faire quelques pas vers lui, sans le quitter des yeux. Sans s'intéresser davantage aux ébats, il gagna la porte.

Lucia n'alla pas plus loin, car son royaume s'arrêtait sur le seuil de la maison. Elle respira profondément et se redressa. Le club ouvrait chaque semaine. Le pirate reviendrait peut-être. Ils bavarderaient encore…

Il était le seul client qui ait un tant soit peu attiré son attention, le seul qu'elle ait désiré pour son propre plaisir.

Qu'importe… ils ne pouvaient aller au-delà d'un flirt. Ce club et les bénéfices qu'il engendrait avaient trop d'importance aux yeux de Lucia pour qu'une brève rencontre vienne tout gâcher.

Elle vaqua donc à ses occupations durant le reste de la soirée. Il lui incombait de faire circuler des rafraîchissements, de veiller au bien-être et à la sécurité de ses clients, à la propreté des lieux.

Telle une enfant qui transgresse les règles, elle se laissa aller à penser au pirate.

Il allait être difficile de ne pas se noyer dans cette rêverie.

3

Un an plus tard

Tom attendait au pied de l'escalier de service, accablé de chagrin et désireux de trouver un peu d'oubli.

Durant six mois, il avait veillé son père mourant, dormant trop peu et ne se nourrissant que lorsque le médecin l'y contraignait. Il n'avait quasiment pas quitté la chambre ducale. Le praticien avait multiplié les saignées et avait fait appel à toutes les méthodes de la médecine moderne – en vain. Son père avait fini par s'éteindre.

Tom entendait encore son dernier souffle rauque, puis le silence terrible qui avait suivi. Cet homme strict qui l'avait tour à tour réprimandé et choyé avait quitté cette terre, laissant un vide qui ne serait jamais comblé et qui menaçait d'engloutir son fils éploré.

Au cœur de la tourmente, il se devait d'être fort pour Maeve.

La nouvelle de la mort du duc de Northfield ne paraissait que ce matin à la une du *Times* et du *Hawk's Eye*, révélant au monde la disparition de l'un des plus fervents défenseurs des valeurs traditionnelles du royaume. Les nécrologies ne précisaient pas que le défunt aimait les pommes de terre au four, dégustées tous les mardis, et que, même s'il se plaignait des frasques de son fils, il lui offrait des romans d'aventures à chacun de ses anniversaires, y compris à l'âge adulte. Dans la bibliothèque de son bureau, il avait un exemplaire de *Guy Mannering ou l'Astrologue* de Walter Scott, agrémenté d'une dédicace d'une austérité qui lui ressemblait :

Pour mon fils, à l'occasion de tes trente-deux ans. Ton père.

Les journaux avaient omis l'aspect humain du duc, certaines facettes de sa personnalité qui n'étaient connues que de ses proches. Dans le *Times,* toutefois, figurait un paragraphe que Tom pouvait réciter par cœur, car il était gravé dans sa mémoire :

Le décès du duc est une perte immense pour le monde politique de ce pays. On ne peut s'empêcher de s'interroger : le nouveau duc perpétuera-t-il les principes de son père ? Il est notoire que ce jeune gentleman a, jusqu'à présent, mené une existence quelque peu agitée. De nombreuses personnes l'attendent au tournant dans son nouveau rôle. Poursuivra-t-il ses frasques, ou suivra-t-il l'exemple paternel afin de sauvegarder les institutions anglaises ?

Bien malin celui qui peut le dire.

Quel fardeau à porter ! Tous les regards étaient braqués sur Tom alors qu'il n'avait qu'une envie : fuir. Désormais, en tant que duc, il pouvait user de son pouvoir pour faire avancer des causes progressistes, comme il en avait l'intention depuis qu'il était conscient de son statut d'héritier. Si de nombreux pairs espéraient le voir suivre les traces de son père, rien ne l'y obligeait. Il pouvait parfaitement respecter ses propres idées et suivre ses propres objectifs.

En entendant une marche craquer, il leva les yeux et découvrit Maeve, vêtue d'une robe en bombazine noire ornée d'une broche en jais. Un voile couvrait son visage et elle serrait un mouchoir noir entre ses doigts.

Le spectacle de sa sœur dans une tenue aussi sombre lui brisa le cœur. Une robe d'un vert printanier ou jaune vif, avec un collier chatoyant, aurait été plus adaptée à une jeune fille d'à peine dix-neuf ans. Il aurait préféré la voir rieuse, les joues roses, dans la chaleur d'une salle de bal.

Il effleura son brassard noir, puis sa cravate de deuil. Au contraire de sa cadette, il s'était contenté de quelques signes de deuil. Les salles de bal étaient interdites à Maeve, de même que la couleur et toute forme de gaieté – comme si l'on pouvait se réjouir si peu de temps après la perte d'un père.

La jeune fille descendit lentement les marches, puis s'immobilisa, une main sur la rampe. Son soupir fit voleter sa voilette diaphane.

— Tu es sûre de toi ? demanda-t-il. Tu devrais peut-être te reposer…

— Je dois y aller, répondit sa sœur d'un ton plus assuré que sa démarche. J'ai besoin de le voir.

— Comme il te plaira.

Tom la prit par les épaules et l'entraîna vers la porte de service. Lorsqu'elle se laissa aller contre lui, il céda à un élan de tendresse. Il se revit à l'âge de treize ans, en train de bercer Maeve nouveau-née, terrorisé à l'idée de laisser tomber le minuscule nourrisson.

Leur mère avait eu des difficultés à engendrer. Plusieurs enfants étaient morts avant d'avoir vu le jour ou juste après leur naissance. Chacun se demandait donc si Maeve allait survivre ou rejoindre la fratrie de défunts au cimetière. Au bout d'une semaine, Tom avait été autorisé à la voir. Dès le premier regard, il s'était juré de veiller sur elle pour le reste de ses jours.

La porte donnait sur une cour étroite. Dehors, le ciel était parsemé de nuages et un vent violent balayait la cour.

— Cela m'a manqué ! avoua Maeve en respirant à pleins poumons.

— Quoi donc ? Le mauvais temps ?

— Le plein air. Je n'ai pas mis les pieds hors de la maison depuis trois semaines et cinq jours.

Tom avait dû lui raconter les funérailles et l'inhumation. Les règles de la bonne société interdisaient aux femmes d'assister à ce genre d'événement, car elles étaient jugées incapables de maîtriser leurs émotions.

Tom esquissa un sourire sans joie. C'était lui qui avait eu du mal à contenir son chagrin lorsque le cercueil avait été mis en terre. Il avait ravalé ses larmes et avait encore la gorge nouée. Maeve et leur mère, Deirdre, avaient le loisir d'exprimer leur douleur tant qu'elles le faisaient derrière les murs de Northfield House, et non en public.

Les sentiments n'avaient pas leur place dans cette société, surtout ceux qui rongeaient un être de l'intérieur. Malgré tout, Tom devait être fort pour Maeve et pour leur mère.

— Qu'est-ce que tu ressens à te retrouver hors de la maison ?

— Il fait froid, répondit-elle au bout d'un moment.

— Nous pouvons rentrer, si tu veux.

— Le froid ne me dérange pas. Au moins, j'ai l'impression d'être en vie.

« Contrairement à notre père », songea-t-elle.

— De plus, reprit-elle déterminée, Hugh m'attend.

Derrière la voilette, Tom perçut un soupçon d'enthousiasme dans sa voix lorsqu'elle prononça le nom de lord Stacey.

— La voiture est prête, annonça-t-il en l'entraînant vers les écuries. J'ai ordonné à John, le cocher, de tirer les rideaux afin que nul ne te voie.

— Je te remercie de cette attention.

Tom ravala une mise en garde sur les conséquences éventuelles de cette sortie sur sa réputation, si peu de temps après la mort de leur père, au cas où quelqu'un la verrait. C'était à elle de prendre sa décision, et il se fiait à son jugement.

N'était-il pas cruel de permettre aux hommes de quitter leur domicile en période de deuil alors que les femmes étaient confinées chez elles, avec pour seules visites celles d'un pasteur compatissant ? Comment se remettre d'un tel choc sans avoir la possibilité de prendre l'air, de trouver un peu de répit ?

Tom avait donc accepté la sortie que suggérait Maeve. Il était prêt à tout pour soulager sa sœur.

— Viens, dit-il.

— Je ne vois rien derrière cette maudite voilette, grommela-t-elle. J'ai l'impression d'avoir de la fumée dans les yeux.

— Je te servirai de guide.

— Une fois de plus, mon grand frère veille sur moi.

— C'est mon devoir, non ?

La voiture et le cocher les attendaient comme prévu. Un garçon d'écurie retenait l'attelage. En signe de respect, le cocher arborait une cape noire et le valet qui se tenait près du véhicule était en livrée foncée, tandis que les chevaux étaient drapés de tissu noir.

— Votre Grâce, fit le cocher en s'inclinant. Lady Maeve...

Tom réprima une moue. Il eut envie de lui crier que c'était son père, le duc, et non lui. Depuis toujours, il savait qu'il hériterait un jour du titre, mais ce n'était qu'une pensée abstraite, facile à chasser de son esprit. La réalité concrète de cet héritage était une sensation oppressante.

« Je ne suis pas prêt, songea-t-il. Je n'y arriverai pas... »

— Vous connaissez notre destination ? demanda-t-il au cocher tandis que le valet aidait la jeune fille à monter en voiture.

— La ferme de Broom House, Votre Grâce, à Fulham.

— Et ?

— Et madame la duchesse ne doit rien savoir, récita John.

— Nul ne doit être informé de cette escapade. Veillez à ce que les garçons d'écurie gardent également le silence. Vous serez récompensés généreusement pour votre discrétion... et punis à la moindre indiscrétion.

Les ragots allaient bon train chez les domestiques, et il ne fallait pas que la bonne société apprenne que Tom avait aidé Maeve à rompre son deuil pour rendre visite à lord Stacey. La jeune fille en subirait de lourdes conséquences. En revanche, lord Stacey et Tom n'endureraient que quelques regards répro-bateurs et seraient toujours reçus dans les salons et les dîners.

Si la voiture affichant les attributs d'un deuil risquait d'attirer l'attention, Tom était libre de ses mouvements, après tout. Il lui serait facile de justifier son déplacement par ses nouvelles responsabilités ducales.

— Bien, Votre Grâce.

— Parfait.

Pour faire bonne mesure, Tom glissa une pièce dans la main de John, qui s'installa sur son perchoir.

Dès que la portière claqua et que le rideau fut tiré, Tom frappa le plafond pour donner le signal du départ. La voiture s'ébranla en souplesse. Devant Northfield House, le vacarme des roues fut étouffé par la paille étalée sur les pavés durant l'agonie du défunt duc pour éviter tout bruit. Dès qu'ils s'éloignèrent, les sons familiers de la ville reprirent leurs droits.

Fulham se trouvait à quelque six kilomètres de Mayfair, en passant par Belgravia et Chelsea. En roulant à un bon rythme, Maeve et Tom atteindraient leur destination en trois quarts d'heure.

— N'écarte pas le rideau, prévint Tom.

La jeune fille s'adossa à la banquette avec un soupir de frustration.

— Si seulement je pouvais regarder le paysage défiler, revoir le monde extérieur...

— Il sera toujours là à l'issue de ta période de deuil.

— Dans plusieurs mois ! Tu me prends pour une enfant capricieuse car je ne songe qu'à me distraire en ces temps douloureux, n'est-ce pas ?

— Tu peux vivre ton deuil tout en te languissant de retrouver une vie normale. Je sais qu'il est pénible de rester confinée, surtout pour une fille qui vient d'entamer sa deuxième saison.

— Je ne suis plus une enfant !

— Pardonne-moi, fit Tom, une main sur le cœur. Pour une jeune femme amoureuse d'un prétendant assidu, six mois de deuil semblent une éternité.

— Je ne te le fais pas dire ! répondit Maeve en prenant la main de son frère dans la sienne. Hugh et moi ne nous sommes pas revus depuis que père est tombé gravement malade. Tu es très gentil de faciliter notre entrevue.

— Pourquoi me dresserais-je en obstacle au bonheur de ma sœur ? Ce serait odieux.

— Ne sois pas aussi désinvolte, Tommy. Nous prenons tous les deux des risques, aujourd'hui.

— Je ne risque pas grand-chose, pour ma part. Toi, en revanche…

— Il le faut ! affirma-t-elle avec fougue. Hugh est toute ma vie !

Que ressentait-on à croire en quelqu'un avec autant de force ? À avoir une telle confiance en un seul être ?

En trente-deux ans, Tom n'avait jamais rien vécu de tel. Il s'en voulut d'envier cette petite sœur qui l'idolâtrait. Il n'avait pas le droit de lui en vouloir d'être heureuse, alors qu'il ne savait rien de l'amour. Chérir un être avec qui l'on n'a aucun lien de parenté… ce devait être merveilleux. La chipie qu'il avait regardée grandir était devenue une femme amoureuse et aimée en retour.

Il aurait souhaité pouvoir en dire autant de lui.

— Tu es certaine que lord Stacey nous attend à Fulham ?

Elle hocha la tête.

— Sa dernière lettre ne parle que de ce rendez-vous, déclara-t-elle, une main sur le cœur.

Sans doute avait-elle caché la missive de lord Stacey dans son décolleté.

— Il a tout organisé pour que nous puissions nous voir, ne serait-ce que brièvement.

« Écervelée et romantique », songea Tom.

— Nous ne pourrons pas nous attarder, prévint-il.

— Chaque seconde avec lui sera un bonheur.

— Tu parles comme dans un poème de Shelley, railla-t-il.

— Ce scribouillard théâtral ? Je m'en voudrais de l'imiter ! Chacun sait que Keats lui est nettement supérieur.

Il ne masqua pas son amusement. Sa sœur avait tendance à donner son avis d'un ton péremptoire, ce qui faisait enrager leur mère mais enchantait Tom.

— Personnellement, je suis adepte de Byron... si l'on ne tient pas compte de cette histoire de relation avec sa sœur.

— Sa demi-sœur. Cependant, je l'admets, ce détail a de quoi rebuter certains admirateurs.

Tom se détendit un peu. Il avait beau avoir treize ans de plus que Maeve, leur différence d'âge n'était jamais pesante. Ils pouvaient bavarder et se taquiner librement. Il ne lui relatait jamais ses frasques et ses nuits de débauche, certes, mais elle était l'une des rares personnes qui l'acceptaient tel qu'il était.

Et il aurait été prêt à donner sa vie pour elle.

— Parle-moi de tout sauf de ces dernières semaines, implora la jeune fille. Quelle est la dernière pièce de théâtre que tu as vue ?

— Une œuvre remarquable de la très estimée vicomtesse de Marwood. Il était question d'un enlèvement et de trois fausses identités.

Captivé, Tom était resté cloué à son fauteuil durant la représentation, sans même flirter avec les veuves peu farouches qui lui lançaient des œillades suggestives.

Enthousiaste, Maeve tapa dans ses mains.

— Formidable ! Y avait-il un combat à l'épée ?

— Entre l'héroïne et le méchant, oui.

— De mieux en mieux ! s'esclaffa la jeune fille.

Durant le reste du trajet, ils abordèrent des thèmes n'ayant aucun rapport avec le mort ou le deuil, un moment de répit bienvenu pour tous les deux. Tom parvint presque à oublier qu'il avait désormais les responsabilités d'un duc et que rien ne serait plus pareil.

La voiture s'arrêta plus vite qu'il ne s'y attendait.

— Nous sommes arrivés, Votre Grâce ! annonça le cocher.

Ils émergèrent dans la cour d'une ferme coquette entourée d'arbres. À une autre époque de l'année, le jardin devait être superbe mais, en cette fin d'automne un peu fraîche, il se limitait à quelques massifs dénudés. Derrière la maison, ils virent une grange et un enclos. De la fumée s'élevait de la cheminée de la ferme, témoignant d'une présence à l'intérieur.

— C'est là mon nid d'amour ? s'enquit Maeve en scrutant les alentours.

— Disons ton lieu de rendez-vous, corrigea Tom, qui rechignait à voir sa petite sœur dans cette situation périlleuse.

— Si cela peut te rassurer...

Tom secoua la tête. À sa connaissance, Maeve et lord Stacey n'avaient jamais été vraiment seuls. Ils n'étaient pas officiellement fiancés et, même dans ce cas, il était de coutume d'interdire toute intimité entre jeunes gens de bonne famille. Au mieux, les amoureux pouvaient espérer un baiser volé. Pas étonnant que Tom s'intéresse si peu à la bonne société, lui qui menait une existence bien plus libre...

La porte de la ferme s'ouvrit et la silhouette d'un homme apparut. Aussitôt, Maeve poussa un cri de joie. Rejetant sa voilette, elle courut vers lui.

Tom la suivit de loin et feignit de s'intéresser au jardin tandis que Maeve et lord Stacey s'étreignaient.

— Hugh... quel bonheur de vous voir !

— Vous voyez, chérie, nous sommes réunis. Votre Grâce !

— Milord ! répondit Tom en cessant sa comédie.

Hugh Gillray, lord Stacey, était de l'avis général l'un des plus beaux partis de Londres. Il était affable, séduisant, avec ses cheveux blonds ondulés et son regard noisette très vif, sans parler de sa silhouette athlétique. De plus, et surtout, il était l'héritier du duc de Brookhurst, un homme des plus influents, et jouissait d'une rente confortable.

Tout cela n'avait aucune importance aux yeux de Maeve, qui posa la tête sur l'épaule de son amoureux.

Les tourtereaux s'étaient rencontrés lors d'une soirée en mai, et étaient inséparables depuis. Seul le jeune âge de Hugh – à peine vingt ans – l'empêchait de demander la main de Maeve. Le duc de Brookhurst avait clairement déclaré que son héritier ne pourrait se fiancer avant l'âge de vingt et un ans.

Hélas, l'anniversaire de lord Stacey tombait dans un mois, et la jeune fille serait encore en période de deuil. Une demande en mariage serait inconvenante. Maeve et son bien-aimé devraient donc patienter pour se fréquenter officiellement.

Pour l'heure, ils ne pouvaient s'arracher l'un à l'autre. Ils se tenaient côte à côte, main dans la main, incapables de se séparer.

— Je vous remercie, Votre Grâce, de nous accorder ce rendez-vous, dit Hugh avec la ferveur de sa jeunesse. Les propriétaires ont été généreusement dédommagés pour nous prêter ce lieu et nous garantir leur discrétion.

Tom s'efforça d'afficher une mine sévère.

— Ne trahissez pas ma confiance en profitant de la situation.

— Tommy ! s'indigna Maeve, mortifiée.

Son frère n'avait que faire de sa gêne, car il tenait à sauvegarder la réputation de sa cadette. Cette pudibonderie était peut-être hypocrite, car lui-même n'hésitait pas à profiter des plaisirs de la vie de célibataire, mais la société anglaise était ainsi et il ne voulait pas compromettre le bonheur de sa sœur.

— Je n'en ferai rien, Votre Grâce, promit lord Stacey.

Lors de ses nuits dans des lieux de perdition, Tom n'avait jamais croisé le chemin du jeune homme, ce qui le portait à croire que lord Stacey était sage… si ce n'était vierge.

— Comment va votre père ? s'enquit-il.

— Il est très occupé par une loi qu'il souhaite faire voter sur les peines infligées aux vagabonds. La mort de votre père l'a beaucoup affecté...

— Je n'en doute pas.

Le duc de Brookhurst et le père de Tom étaient amis depuis trente ans et alliés sur la scène politique. Ensemble, ils avaient créé l'un des groupes conservateurs les plus puissants du Parlement.

Lorsque Maeve et lord Stacey avaient exprimé une attirance manifeste l'un pour l'autre, Tom avait vu le duc de Brookhurst et son propre père trinquer, au White's, pour célébrer l'alliance prochaine des deux familles les plus conservatrices du royaume.

— Il... a fait allusion à vous, ce matin, reprit le jeune homme en rougissant. Il... a besoin de votre soutien au Parlement. Il compte dessus... dans notre intérêt.

Il se tourna vers Maeve, puis regarda Tom.

— Puis-je m'entretenir avec vous en privé, milord ?

— Si vous voulez, fit Tom, intrigué.

Maeve poussa un soupir déçu, mais n'empêcha pas les deux hommes de s'éloigner. D'un regard, Tom invita Hugh à s'exprimer.

— Pardonnez-moi, Votre Grâce, bredouilla lord Stacey. Je vous présente mes condoléances. Toutefois, je dois vous dire que j'ai surpris une conversation entre mes parents. Mon père... n'a pas encore décidé s'il allait ou non soutenir un mariage entre Maeve et moi.

— Pourquoi diable ? s'emporta Tom.

— Parce que vous avez eu une jeunesse un peu agitée, d'après lui. Il ignore si vous serez à même de sauvegarder la réputation de notre lignée. Et il tient à votre voix au Parlement.

— Mon vote…, maugréa Tom.

— Oui, Votre Grâce, admit lord Stacey en baissant la tête. Il a dit à ma mère que si vous ne le souteniez pas… ce mariage n'aurait pas lieu.

— Comment ? fit Tom, incrédule.

— Je suis désolé, milord, c'est ce qu'il a déclaré. Jamais je ne me permettrais de m'imposer de la sorte, mais…

— Pensez à Maeve.

— Je ne fais que cela, milord.

Tom n'en revenait pas. Déjà, il pliait sous le poids des responsabilités, des attentes, des pressions… et voilà qu'on le menaçait.

— Hugh ! lança Maeve. Arrêtez donc ! Je n'aime pas voir mon frère froncer les sourcils de la sorte.

— Très bien, balbutia son prétendant. Je suis désolé.

Tom retourna auprès de sa sœur, lord Stacey sur les talons. Les paroles du jeune homme et la colonne parue dans le *Times* soulignaient une réalité qu'il n'avait aucune envie d'affronter. Et pourtant, il le fallait.

Pour sauvegarder l'unité de sa famille et de celle du duc de Brookhurst, Tom devait suivre la voie tracée par son père et respecter les traditions et les institutions ancestrales. Il s'était souvent disputé avec son père à propos de ses positions strictes contre toute politique progressiste.

En tant que nouveau duc, Tom était en droit de se détourner des convictions paternelles, quitte à rompre des alliances remontant à un siècle, notamment entre les duchés de Northfield et Brookhurst.

À en juger par les confidences de lord Stacey, le duc de Brookhurst interdirait à son fils d'épouser Maeve si lui-même ne rentrait pas dans le rang.

De plus, si lord Stacey s'entêtait, il couperait les vivres à ce jeune homme honorable, certes, mais qui ne choisirait peut-être pas la noblesse des sentiments s'il risquait la pauvreté.

— Je vous laisse à votre chaste entrevue, déclara Tom. Je vous accorde quinze minutes, puis nous rentrerons à la maison. Vous devrez rester dans cette cour et je ne vous quitterai pas du regard. Me suis-je bien fait comprendre ?

Maeve leva les yeux au ciel, mais Hugh opina, résigné.

— Bien, Votre Grâce. C'est très clair.

Peu habitué au rôle de chaperon, Tom s'éloigna vers l'extrémité du jardin. En dépit de son éducation, Hugh était jeune et fougueux. Sans doute avait-il certains appétits.

Sous un ciel gris et lourd, Tom fit quelques pas le long de la clôture, perdu dans ses sombres pensées.

Lui qui espérait donner un élan progressiste à son duché... Il voulait user de son pouvoir pour aider les autres. Hélas, le duc de Brookhurst lui braquait une arme sur la tempe : soit il se rangeait à ses idées traditionalistes, soit Maeve n'épouserait pas l'homme qu'elle aimait.

Ses propres convictions ou le bonheur de sa sœur...

Tom observa les amoureux. Assis sur un banc du jardin, penchés l'un vers l'autre, ils se tenaient par les mains. Leurs sentiments réciproques étaient palpables. Si seulement il avait eu quelqu'un qui puisse lui apporter un tel soutien ! Il n'avait personne pour le réconforter, écouter ses confidences, ses tourments.

Il affrontait seul le chagrin de la perte de ce père qu'il avait aimé, malgré leurs différences d'opinions.

En tant que septième duc de Northfield, il serait dorénavant un pilier de la société, avec les contraintes que cela impliquait. C'en était fini des nuits passées dans les tripots ou dans les bras d'une danseuse. Dans l'intérêt de sa mère et de sa sœur, il devait renoncer à sa vie de plaisirs.

Une idée lui vint soudain.

— Nom de Dieu, maugréa-t-il.

Le club de l'Orchidée et Amina lui étaient interdits car scandaleux. Il devait tourner la page sur ces visites qui avaient pris tant d'importance dans sa vie, depuis un an.

Encore un deuil… Plus jamais il n'entendrait la voix d'Amina. Plus jamais il ne verrait son regard vif, sa posture altière. Plus jamais il ne discuterait avec elle, ne flirterait avec elle. Plus jamais…

Cette perspective lui était insupportable. Sans le club, sans Amina, il n'existerait plus. Elle était devenue un véritable point d'ancrage dans sa vie, une présence à la fois grave et pleine d'esprit. Il refusait de la quitter, mais il le fallait.

En ce mercredi, le club serait ouvert dans la soirée.

Sa décision était prise. Ce soir, il mettrait son loup pour la dernière fois afin de revoir la jeune femme. Et il lui ferait une proposition audacieuse qui allait à l'encontre des règles établies.

Une nuit ensemble, avant de se quitter à jamais.

4

Le journal tomba des mains de Lucia et atterrit sur le sol de la cuisine dans un bruissement imperceptible. Elle regarda droit devant elle. Tout lui parut flou et distant, le feu dans la cheminée, Kitty berçant son petit Liam en remuant sa bouillie d'avoine, la lumière du matin qui filtrait par la fenêtre...

— *Dio ci aiuti,* souffla-t-elle. Dieu nous vienne en aide.

— Que se passe-t-il ? demanda Elspeth, assise à table. Tu es pâle comme un linge.

Sous le choc, Lucia ramassa le journal et le jeta dans les flammes, avant de le regarder se consumer.

Ensuite, elle s'assit lourdement sur une chaise et caressa la surface de cette table rustique sur laquelle elle avait pris tant de repas en compagnie des êtres qu'elle aimait le plus au monde.

Lucia risquait de tout perdre, et bien plus vite qu'elle ne le redoutait.

— Mme Chalke m'a confié certains secrets, expliqua-t-elle d'une voix fantomatique. Je ne voulais pas vous les cacher, mais je n'avais pas le choix. Elle a fait de moi la directrice de cette maison à condition que je ne révèle rien à qui que ce soit.

— L'existence de ce club repose sur une discrétion absolue, intervint Elspeth. On ne peut t'en vouloir de n'avoir rien dit, si cela nous permet de garder notre emploi.

— *Grazie*, souffla Lucia, cherchant à se ressaisir alors qu'elle se sentait totalement perdue. L'un de ces secrets est l'identité du propriétaire du club. Il m'était interdit de le révéler.

— Je comprends, assura Kitty en déposant Liam sur sa chaise haute. Remarque, nous avions notre petite idée, n'est-ce pas, Elspeth ? On se disait que c'était un banquier ou un homme fortuné ayant le goût du libertinage et, surtout, du profit.

— C'est vrai, renchérit Elspeth. Personnellement, j'espérais que ce soit un homme d'Église, désireux d'empocher l'argent du péché tout en prêchant la chasteté dans ses sermons.

— Vous avez raison toutes les deux, répondit Lucia. C'était effectivement un homme de haut rang, au sang bleu et d'une moralité exemplaire. Du moins était-ce l'image qu'il donnait en public. C'est lui qui a contacté Mme Chalke pour lui proposer d'ouvrir le club de l'Orchidée.

C'était étrange de parler de la sorte de l'homme qui avait été leur propriétaire alors que, depuis plus d'un an, elle cachait son identité. La discrétion était son métier, même en présence de ses meilleures amies.

Cela n'avait plus d'importance, à présent…

Lucia balaya la cuisine du regard, ses rangées de casseroles en cuivre, ses poutres maculées de suie et la table de ferme qui trônait en son centre. Plus tard, Jenny et son équipe prépareraient les petits-fours et les sucreries pour leurs clients.

Sa situation ne tenait qu'à un fil. En un clin d'œil, tout pouvait disparaître. Le personnel du club était devenu son unique famille. Elle perdrait son emploi et ses amis. Et si elle ne pouvait pas sauver le club ?

— Le propriétaire… est mort, bredouilla-t-elle.

Un silence pesant s'installa, puis le petit Liam se mit à taper dans ses mains.

— Ça signifie que le club est condamné à fermer ? s'enquit Elspeth.

— Je l'ignore.

Comme elle détestait prononcer ces mots ! Elle s'en voulait aussi de ne pouvoir prédire ce qui allait arriver au personnel du club de l'Orchidée. Elle assurait la cohésion de l'ensemble, mais ne pouvait rien faire pour éviter le séisme qui ne manquerait pas de secouer l'établissement.

Pourquoi n'avait-elle pas vu venir ce drame ? La dernière fois qu'elle s'était rendue à son rendez-vous mensuel avec le propriétaire pour lui remettre sa part des profits, il n'avait pu la recevoir. Il était souffrant, d'après ce qu'on lui avait expliqué. Elle ignorait la gravité de son état… jusqu'à présent.

— S'il s'agissait d'un homme de la haute, fit Kitty, il a logiquement un héritier et c'est cet héritier, notre nouveau propriétaire.

— Effectivement, admit Lucia, pensive. Ces aristocrates anglais ne songent qu'à perpétuer leur lignée. En y repensant, notre défunt propriétaire avait évoqué l'existence d'un fils.

— Dans ce cas, c'est ce type qui hérite du club, conclut Kitty. N'est-ce pas, Elspeth ?

Celle-ci leva les mains au ciel.

— Si tu cherches une spécialiste de la noblesse et des règles de succession, tu frappes à la mauvaise porte.

— Donc il a un fils, reprit Kitty. Notre nouveau proprio. La mort de l'ancien ne nous nuit en rien, dans ce cas.

Incapable de rester assise, Lucia se leva d'un bond.

— Nous ignorons si ce fils était au courant du lien entre son père et nous. *Diavolo*… Ce jeune homme ignore peut-être l'existence du club de l'Orchidée !

— Il sera sous le choc quand il l'apprendra, marmonna Elspeth.

— *Esattamente.* Et si l'idée d'être propriétaire d'un club libertin l'horrifiait ?

Elle se mit à marcher de long en large. Mille pensées se bousculaient dans sa tête, plus effrayantes les unes que les autres.

— Il fermerait, c'est certain, dit-elle.

Et elles perdraient le club.

Sans revenus, Lucia pourrait dire adieu à son rêve de foyer pour jeunes filles. Elle imaginait toutes ces malheureuses jetées à la rue sans personne pour s'occuper d'elles, les protéger et veiller à ce que leur vie ne se limite pas à la pauvreté et une maigre subsistance. Lucia voulait leur venir en aide. Il lui serait impossible de toutes les sauver, mais il valait mieux secourir quelques malheureuses que de les laisser toutes affronter un funeste destin.

Ivre de désespoir et d'angoisse, elle se promit de remplir sa mission coûte que coûte.

— Peut-être, reprit Elspeth d'un ton rassurant, que c'est un débauché. Il sera ravi de posséder un établissement scandaleux.

— Je l'espère, souffla Lucia, au bord de défaillir. Nous le saurons rapidement, dès que je remettrai les bénéfices au nouveau propriétaire.

— Dans combien de temps ? s'enquit Kitty en chatouillant son fils qui se mit à babiller.

Les gazouillis du bébé réconfortèrent un peu Lucia. Même en plein chaos et à l'aube d'une catastrophe annoncée, il existait des moments de joie.

— Demain.

Tous les 21 du mois, elle se rendait à Mayfair pour remettre à son patron sa part du butin. Pour l'heure, elle ne pouvait que s'en tenir à ce plan.

— Qu'est-ce qu'on va faire en attendant ? demanda Elspeth.

Dès son plus jeune âge, Lucia avait compris qu'elle pouvait tout perdre du jour au lendemain, et qu'elle ne devait compter que sur sa propre détermination. Il existait sans doute un moyen de maintenir le club de l'Orchidée à flot et de poursuivre son rêve.

Hélas, elle ne parvenait plus à réfléchir clairement.

— Nous ouvrirons une seconde soirée par semaine, décréta-t-elle. Le vendredi. Tant que le nouveau propriétaire ne nous ordonnera pas de fermer, nous augmenterons nos bénéfices autant que possible, histoire d'avoir une cagnotte au cas où nous perdions nos emplois.

Ses amies hochèrent la tête.

— Ce soir, nos clients ne devront rien soupçonner de nos difficultés. Je ne parlerai pas du nouveau propriétaire aux autres tant que je n'aurai aucune certitude sur notre destin.

— Est-ce bien avisé ? intervint Kitty.

— Nous sommes impuissantes tant que nous ignorons à quelle sauce le nouveau propriétaire va nous manger. Il ne nous reste qu'à patienter… et espérer.

5

Dans la voiture ducale, Tom regardait le paysage défiler. Tout allait trop vite. Pourvu que, ce soir, il parvienne à retrouver un peu de sérénité, ne serait-ce que quelques heures d'oubli.

Le véhicule parcourait les rues sombres de la capitale en direction de Bloomsbury. Tom effleura distraitement la chevalière qu'il portait à l'auriculaire gauche. Chaque fois qu'il pensait à son père, le chagrin l'enveloppait et menaçait de l'engloutir. Il ôta le bijou et le glissa dans la poche de son manteau. Il ne fallait pas qu'un client du club le reconnaisse.

C'était dans l'intérêt de Maeve et de leur mère que Tom avait pris la décision qui le conduisait à Bloomsbury, ce soir-là. Ensuite, il ne remettrait plus les pieds au club de l'Orchidée. Il était déterminé à profiter de ces ultimes moments de liberté, avant de se muer en duc austère.

Il ajusta le loup en soie verte sur son visage. Ainsi dissimulé, il pouvait être n'importe qui : un marin, un marchand, un vagabond... Loin des soucis qui le rongeaient, il rechercherait le plaisir de la chair.

La voiture s'arrêta devant une porte que Tom connaissait bien, car il s'était rendu à cette adresse chaque semaine pendant un an. Ces derniers temps, il avait dû rester au chevet de son père et n'avait pu fréquenter le club de l'Orchidée.

Son valet lui ouvrit la portière.

— Attendez-moi aux écuries, ordonna Tom.

C'est un ordre inutile pour le domestique, qui avait l'habitude de ces visites.

Dès que le véhicule se fut éloigné, Tom vérifia sa tenue. Il lui semblait étrange de ne plus porter le deuil le temps de quelques heures, toujours dans un souci de discrétion.

Il gravit les marches du perron et frappa à la porte en respectant le code. Son cœur s'emballa. Ils ne s'étaient pas vus depuis si longtemps...

Au cours de ces semaines interminables, il s'était accroché au souvenir de la jeune femme, une lueur d'espoir au bout du tunnel, et il en avait besoin en cet instant.

Quelques secondes plus tard, la porte s'entrouvrit et la femme brune apparut.

Après avoir échangé les mots de passe avec elle, Tom entra. Pour faire bonne mesure, il lui remit un jeton en cuivre frappé d'un masque vénitien, un objet remis à tous les clients au bout de trois visites pour attester de leur connaissance des règles de l'établissement.

En entrant dans le hall, Tom sentit le poids des responsabilités s'alléger. Ici, nul ne l'appellerait milord. Les clients portaient tous le même nom : ami. En ce lieu, le duc se sentait bien. Il n'avait que faire du bureau étouffant orné de boiseries où il gérait les affaires du domaine, des couloirs du Parlement hantés par les hommes de pouvoir, de la réputation de la famille Powell qu'il devait sauvegarder.

Il remit de l'argent à la gardienne des lieux, qui le rangea dans la bourse qu'elle portait à la taille.

— Presque tout le monde est au salon et dans la salle de bal, expliqua-t-elle en désignant un couloir derrière elle.

Tom se fraya un chemin vers le brouhaha de conversations, de rires, de musique et de gémissements lascifs. Plus il avançait, plus il se sentait léger. Pour la première fois depuis l'agonie de son père, il débordait d'énergie, même s'il était conscient de devoir bientôt renoncer à ces plaisirs.

Dès qu'il franchit le seuil du salon, le spectacle familier des corps plus ou moins dénudés l'assaillit. Les chairs moites scintillaient à la lueur tamisée des chandelles. L'atmosphère était lourde, parfumée par les ébats débridés. Tous n'étaient pas en train de copuler fébrilement. Deux femmes buvaient du champagne en échangeant des messes basses. Deux couples jouaient aux cartes et ôtaient un à un leurs vêtements, ne gardant que leur masque.

Ces libertins pouvaient être n'importe qui, de l'avocat au poissonnier, du baron au laquais, ce qui constituait une partie de l'excitation. Ici, un maître copulait sans le savoir avec son employée. On disait même que certains couples légitimes faisaient l'amour ensemble à leur insu.

Tom prit un verre de vin sur un plateau et balaya la pièce du regard. Il prit sa place habituelle, près de la fenêtre. Dès qu'une femme en robe rouge voulut s'approcher de lui, il l'éloigna d'un signe. Au cours de cette année, il avait repoussé bien des avances. Car le sexe n'était pas ce qu'il venait chercher au club de l'Orchidée.

Il se rendit dans la salle de bal, là où il avait rencontré Amina le premier soir. Comme toujours, les musiciens jouaient une valse tandis que, sur la piste, les clients réalisaient leurs fantasmes sans entrave.

C'était la face cachée de Londres, où les êtres de toute condition venaient céder à leurs pulsions. Tom fut parcouru d'une onde de désir et, malgré l'agitation ambiante, perçut une nouvelle présence dans la pièce.

Amina.

Avec l'assurance de son statut, elle parcourut la salle, s'arrêtant pour saluer les clients, veillant à ce qu'ils ne manquent de rien. Elle portait un loup vert émeraude brodé de fil d'or et de minuscules perles. Il était assorti à sa robe qui moulait ses courbes.

Elle avait relevé ses cheveux noirs parsemés de petits brillants. Tom n'avait d'yeux que pour elle. Fasciné, il la regarda s'avancer, un sourire mystérieux au coin des lèvres. De temps à autre, elle faisait signe à un employé de servir à boire aux clients. Elle consulta les musiciens, et redressa un candélabre sur une table. Elle semblait affirmer : « Ceci est mon royaume. » La reine de Bloomsbury, l'impératrice du club de l'Orchidée.

En le voyant, elle se redressa de plus belle. Plus elle s'approchait de lui, mieux Tom se sentait. Enfin, il vit ses yeux d'un brun profond qui pétillaient derrière son loup.

— Gredin, souffla Amina en s'arrêtant devant lui.

— Vous me grondez sans raison.

Il sentit son cœur s'emballer au son de cette voix rauque. De temps à autre, il décelait une pointe d'accent qu'il ne parvenait pas à identifier, mais il n'osait l'interroger sur ses origines. Elle venait certainement d'une contrée où il faisait chaud, où les femmes au regard de braise savouraient la caresse de la brise sur leur peau bronzée. Imaginer la chair nue d'Amina au soleil lui mit l'eau à la bouche.

— Je ne suis pas capricieuse de nature, répliqua-t-elle. Je ne fais rien sans raison.

— Puis-je savoir de quelle offense je suis accusé ?

— Vous ne le savez pas ? C'est encore plus grave.

Face à son silence, elle expliqua :

— Six semaines. Cela fait six semaines que je ne vous ai pas vu dans nos salons. Je commençais à me demander si vous ne vous étiez pas exilé en Argentine.

— Vous me prenez donc pour un aventurier ? répondit-il en réprimant un sourire.

— Je vous trouve très grossier d'avoir disparu de la sorte, persista la jeune femme d'un ton glacial.

— Des obligations familiales m'ont retenu, hélas, expliqua-t-il en s'inclinant.

— Il m'arrive d'oublier que nos clients ont une famille, admit Lucia.

Il décela dans le ton de sa voix une certaine mélancolie, qui l'incita à s'interroger sur la famille de son hôtesse. Ses proches savaient-ils comment elle gagnait sa vie ?

— Enfin, vous êtes là, reprit-elle d'un ton plus léger. C'est l'essentiel.

— La perspective de cette soirée m'a mis du baume au cœur au cours des dernières semaines.

Il ne voyait aucun intérêt à lui mentir ou la flatter.

— Si vous avez eu des problèmes, j'en suis désolée, dit-elle avec sincérité.

Peut-être était-il plus qu'un client masqué à ses yeux ? Un peu plus qu'un moyen de gagner de l'argent…

Dieu savait que la jeune femme était bien plus pour lui que la directrice de cet établissement !

— Je vais surmonter mes difficultés.

Du moins l'espérait-il, car il avait l'impression de s'aventurer un peu plus en terrain inconnu chaque jour.

— Tant mieux. Je serais peinée de vous savoir en détresse.

— Ah oui ?

— Je n'ai aucune raison de vous mentir, répliqua-t-elle en croisant son regard.

— Vous êtes la responsable de ce club, ce qui me porte à croire que vous êtes prête à raconter n'importe quoi pour fidéliser un client.

— Peut-être est-ce parce que je n'exprime pas toujours ce que j'ai sur le cœur. Je ne mens pas… ou très rarement, ajouta-t-elle, désabusée. Et je ne vous cache rien.

Même si c'était faux, il choisit de la croire, car cela lui procurait du plaisir.

— C'est très appréciable, madame.

La présence de la jeune femme lui faisait plus de bien que n'importe quel vin.

— Nous sommes assortis, commenta-t-elle en observant le loup de Tom, qui était de la même couleur que le sien.

Elle effleura son propre loup du bout des doigts, puis celui de Tom. Ce n'était pas un contact de peau à peau, mais il réprima un gémissement.

— Est-ce une coïncidence ?

— C'est le destin, répondit-il.

Elle esquissa un sourire.

— Le destin n'existe pas. La vie est faite de choix.

— Et quel est votre choix ce soir, madame ?

— Pour l'heure, je passe un peu de mon temps précieux avec un fieffé gredin qui a le don de disparaître.

Sa voix rauque le troubla à tel point que son sexe se gonfla de désir.

— Depuis le premier soir, reprit-elle, vous n'avez jamais participé aux ébats. La présence d'un client mécontent ou accablé d'ennui n'est pas souhaitable dans mon établissement. Lorsque vous avez cessé de venir, j'ai cru que vous vous étiez lassé de nous.

— Rien de ce qui se déroule ici ne saurait me lasser.

Il savait qu'il ne reviendrait plus désormais, de sorte qu'il pouvait dire la vérité sans crainte.

Ensemble, ils observèrent les clients dénudés danser ou s'accoupler en soupirant de plaisir.

— Vous n'avez pas pris part aux réjouissances, insista-t-elle. Pas une seule fois en un an.

Après leur première conversation, Tom était revenu dans l'unique but de la voir, en s'efforçant de ne pas sembler trop pressant. À chaque fois, il l'entraînait dans une discussion.

Elle était entourée de mystère, belle et distante. Comment lui résister ? Il en voulait davantage.

Ils se livraient à un petit jeu sophistiqué qui avait tout d'une partie d'échecs. Ils semblaient tous deux connaître la vie et le monde, sans se révéler totalement. Entre eux, le désir était palpable et de plus en plus intense.

Lors de sa dernière visite au club, ils avaient évoqué les lieux secrets qu'ils préféraient dans la capitale, les curiosités inattendues. Amina détestait le zoo car les animaux étaient en cage. En revanche, elle aimait regarder les oiseaux prendre leur envol depuis une petite place au cœur de Chelsea. Tom lui avait confié qu'il achetait parfois un gâteau chez Catton pour le déguster au bord de la Tamise en admirant les bateaux.

Ensuite... il avait pris la main de la jeune femme. Brièvement. Leurs regards s'étaient croisés, et cela avait été comme si un éclair zébrait le ciel. Il avait presque défailli à ce contact.

Lorsque Amina s'était éclipsée pour s'occuper des autres clients, il avait gardé son regard rivé sur elle. La promesse de ce qui aurait pu se passer était restée suspendue dans l'air. Excité, il avait prévu ce qui se déroulerait lors de leur entrevue suivante. Hélas, il avait dû renoncer à son projet.

Jusqu'à ce soir.

Il se posta devant elle pour capter toute son attention. Elle leva la tête pour croiser son regard. Elle s'était toujours montrée directe, ce qui ne manquait pas de susciter le désir de Tom.

— Si je reviens sans cesse ici, c'est pour une bonne raison, dit-il. Celle qui m'amène encore ce soir. Vous.

Elle entrouvrit les lèvres, sans dire un mot. Était-elle vraiment surprise ? Tom s'approcha encore, au point de humer le parfum fleuri de la jeune femme.

— C'est la dernière fois que je franchis le seuil du club de l'Orchidée, annonça-t-il, la mort dans l'âme.

— Si j'ai fait ou dit quoi que ce soit pour vous fâcher...

— C'est le monde qui m'empêche de revenir, pas vous. Je vous en dirais volontiers davantage, mais cela irait à l'encontre du règlement de la maison...

— Vous...

Elle se détourna, puis lui fit à nouveau face :

— Vous allez me manquer.

Si elle lui jouait la comédie en cet instant, elle était excellente actrice, tant elle exprimait de regret. Il choisit de la croire.

— Vous aussi.

Pour le reste de ses jours, quoi qu'il puisse lui arriver, il se languirait d'elle.

— Avant de tirer ma révérence, j'ai une requête à vous soumettre.

— Laquelle ?

Il prit sa main dans la sienne. Elle ne portait pas de gants, et lui non plus. Tom fut parcouru d'un long frisson à ce contact. Comme il avait attendu ce moment ! Et il n'était pas déçu. C'était... un pur délice.

— Passez la nuit avec moi, énonça-t-il d'une voix rauque.

Amina écarquilla les yeux. Pendant un long moment, elle ne dit rien. Tom oscillait entre espoir et résignation.

— Une nuit, reprit-il, rompant le silence. Demain matin, nous nous séparerons à jamais. En attendant que le jour se lève, nous nous donnerons un plaisir indicible. Je vous promets que vous n'aurez pas à le regretter. Vous en garderez le souvenir d'une nuit extraordinaire. Il vous suffit de me dire oui.

Le souffle court, elle leva les yeux vers lui. Une onde de chaleur planait entre eux. Le silence se prolongea. Il lisait presque les pensées de la jeune femme dans son regard. Elle évaluait les avantages et les inconvénients. Tom brûlait d'entendre sa réponse, mais il était prêt à partir sans se retourner en cas de refus. C'était à elle de décider.

Enfin, elle soutint son regard et déclara d'un ton ferme :

— Oui.

6

Lucia toisa le pirate. Il était grand, large d'épaules, brun, avec des yeux d'un bleu intense. Son charme était aussi dévastateur qu'une arme contre laquelle elle ne pouvait se défendre. Son menton volontaire soulignait une bouche sensuelle en diable.

— Oui ? répéta-t-il.

— Oui, confirma-t-elle, le cœur battant à tout rompre. Je vous accueillerai dans mon lit, seulement pour cette nuit.

« Suis-je en train de commettre une terrible erreur ? » se dit-elle.

Coucher avec un client avait toujours été interdit, même sous la direction de Mme Chalke. Et pourtant, depuis un an, Lucia et le pirate se tournaient autour, irrésistiblement attirés l'un vers l'autre. Depuis le début, elle fantasmait sur lui, s'imaginait caressant sa peau nue, goûtant sa saveur.

Au terme de cette unique nuit, elle ne le reverrait pas. Il le lui avait promis.

Le lendemain, elle découvrirait quel sort serait réservé au club. En moins de vingt-quatre heures, tout son univers pouvait s'écrouler. Elle perdrait son gagne-pain et celui des employés. Ce serait la fin de son rêve de foyer pour jeunes filles.

L'avenir n'avait jamais été aussi incertain. Cette nuit, pourtant, elle s'accorderait un peu de plaisir égoïste.

Il ne pouvait rien lui arriver de mal. Son cœur serait à l'abri, et elle ne risquait pas de s'attacher. Ils passeraient de bons moments et partiraient chacun de leur côté.

Elle vit les yeux du pirate s'assombrir d'un désir manifeste qui attisa le sien.

— Ma voiture est garée à l'arrière…

— Mon appartement se trouve à l'étage. N'attendons pas davantage.

Elle n'aurait ainsi pas l'occasion de réfléchir ou de changer d'avis.

— Dans ce cas, je vous suis.

Il lui prit la main et se laissa guider. Dans le hall, Elspeth se leva de son tabouret et observa leurs mains jointes. Elle interrogea Lucia du regard.

— Je te confie la maison pour le reste de la nuit, annonça celle-ci sans se démonter.

Rien que pour cette nuit.

Elspeth comprit sans doute à quel point Lucia avait besoin de ce répit, de ce réconfort, car elle hocha la tête.

— Passe une bonne nuit, lança-t-elle.

Avec un soupir de soulagement, Lucia remercia Elspeth d'un sourire avant d'entraîner son pirate dans l'escalier. Elle sentait sa présence derrière elle et le seul contact de sa main l'embrasait. À chaque pas, il faisait craquer les marches tant sa carrure était imposante. Elle imaginait déjà son corps viril sur le sien et fut parcourue d'un frisson qui se concentra entre ses cuisses, là où une vibration palpitait déjà.

À l'étage, le couloir était éclairé par une unique chandelle. Lucia s'arrêta devant sa porte et glissa la clé dans la serrure. Si elle avait toute confiance en ses employés, elle ne voulait pas qu'un client indiscret pénètre dans l'appartement qu'elle partageait avec Kitty.

Le pirate en profita pour se plaquer dans son dos et lui embrasser le cou. L'espace d'un instant, elle demeura immobile pour mieux profiter de ses attentions. Elle faillit fermer les yeux. Sa main tremblait si fort qu'elle ne parvenait pas à déverrouiller la porte. Enfin, elle l'ouvrit.

— Tu montes bien tôt, fit la voix de son amie, rompant le charme. Je… Oh !

Kitty se tenait dans le couloir, devant la porte de sa chambre, le petit Liam dans les bras. Derrière Lucia, le pirate se figea mais ne recula pas. Elle sentait son souffle tiède sur sa nuque.

Kitty afficha un sourire entendu.

— Bonne nuit ! dit-elle avant de s'éclipser dans sa chambre.

Enfin seuls. Lucia gagna sa propre chambre, le pirate sur les talons, et referma la porte. Elle s'empressa de tourner la clé dans la serrure. Lorsqu'elle plaça les mains dans son dos, le décolleté de sa robe se plaqua sur ses seins sensibles, ce dont elle était pleinement consciente.

Il s'approcha, au point d'effleurer sa poitrine de son torse puissant. Jamais ils n'avaient été aussi proches l'un de l'autre. Leurs cuisses se trouvèrent, puis leurs hanches…

— Donc vous serez mienne ? souffla-t-il.

Elle adorait sa pointe d'accent irlandais. Hélas, elle n'en saurait pas davantage sur ses origines ou son passé. Elle se retrouvait dans sa chambre en compagnie d'un inconnu qu'elle avait l'impression de connaître, alors qu'elle ne savait rien de lui en réalité.

Je veux davantage qu'une nuit. Bien plus, murmura une petite voix au fond de son âme.

Elle chassa vite cette pensée troublante. Il était bien plus facile de réduire son attirance pour cet homme à un simple appel de la chair, une pulsion. En apprendre davantage sur lui ne ferait que le rendre plus concret. Il passerait de l'état de fantasme à celui d'être humain bien réel. Elle ne devait pas chercher à établir un lien qui ne mènerait qu'à la souffrance d'un cœur brisé.

— Nous serons l'un à l'autre, chuchota-t-elle.

Elle enroula les bras autour de son cou et l'attira à elle. Il l'enlaça pour l'envelopper de sa chaleur.

C'est tout ce que je veux, se persuada-t-elle pour chasser son envie de tendresse. Assouvir mes pulsions, rien de plus.

Pendant un long moment, ils s'observèrent. Leurs lèvres se frôlaient presque. Puis Lucia ferma les yeux et il prit possession de sa bouche. Doucement, d'abord, afin que chacun découvre la texture et la saveur de l'autre. Lucia s'étonna de cette douceur initiale. Elle s'attendait à ce qu'il se montre impérieux, possessif, comme tous les hommes. Pas celui-ci, qui avançait pas à pas.

Son cœur se mit à battre la chamade. Il était bien trop tendre. Il allait s'insinuer au plus secret de son être, là où elle ne devait laisser entrer personne.

Elle approfondit donc le baiser. Il réagit aussitôt et plongea en elle sa langue de velours. Lucia se laissa aller à cette sensation divine. Cet homme savait embrasser une femme ! Et il y prenait grand plaisir, au lieu de se précipiter vers une autre partie de son corps. Elle se montra avide et se donna avec enthousiasme.

Je ne veux pas accueillir un autre inconnu dans mon lit, protesta la petite voix de sa conscience. La situation est assez compliquée…

Désireuse d'accélérer leurs ébats pour fuir ses pensées, elle recula vers son lit et prit le temps d'allumer une chandelle. Puis elle se mit à explorer le corps de son pirate en s'extasiant de sa splendeur. Il était ferme et musclé. Elle n'avait pas besoin d'en savoir davantage. Ce corps sculptural pouvait lui donner le plaisir dont elle se languissait.

Et si elle se surprenait à chercher le réconfort de l'âme, elle s'empresserait de réprimer cette envie pour ne pas souffrir.

Ses grandes mains la caressèrent sur tout le corps, s'attardant sur ses fesses rondes, ses hanches, sa taille… Elle fut submergée par une onde de chaleur.

Le dos de sa robe révélait une parcelle de peau entre ses omoplates. Dès qu'il l'effleura, elle ne put réprimer un frisson. Enfin, il posa les mains sur ses seins et elle se cambra pour mieux s'offrir à ses caresses. Elle entendit son grognement rauque qui ne reflétait que son propre désir charnel.

Oh oui… voilà ce qu'elle voulait.

Lorsqu'il sentit ses mamelons durcis, il râla de plus belle, faisant naître un gémissement dans la gorge de la jeune femme. Elle était au paradis. Elle voulait se noyer dans ce plaisir et tout oublier. Demain serait un autre jour. Pour l'heure, rien ne comptait.

« Cela ne suffit pas, protesta la petite voix de sa conscience. Et ton cœur ? Et l'union de deux âmes ? Voilà ce que tu recherches… »

Elle ne pouvait échapper à ses propres exigences, en dépit de ses efforts pour les occulter.

— Tous ces vêtements…, marmonna-t-il.

Il s'écarta un instant pour enlever son manteau.

— Attendez, fit-elle.

Il se figea.

— Vous voulez que j'arrête ?

— Oui… enfin, non.

Ne le dis pas !

— J'en veux davantage, avoua-t-elle d'une voix tremblante.

Madonna santa !

— Tout ce que tu voudras, répondit-il avec un regard intense.

— Je veux…

Les mots jaillirent de sa bouche sans qu'elle puisse les retenir.

— Donne-moi une vérité sur toi, souffla-t-elle.

— Une vérité, répéta Tom en essayant de saisir le sens de sa requête.

Il relâcha la jeune femme.

Amina se mit à parler à toute vitesse, comme si elle craignait de changer d'avis.

— Pas ton nom, qui doit rester secret, mais je veux savoir quelque chose sur toi.

— Pourquoi ?

Il s'efforça de maîtriser sa confusion. Ce n'était pas là ce qu'ils étaient convenus.

— Quelle importance ? rétorqua-t-elle un peu sèchement. Après cette nuit, nous ne nous reverrons plus.

— Pourtant, les conversations personnelles vont à l'encontre des règles de la maison.

La requête d'Amina lui plaisait, finalement. Il lui était facile de trouver une inconnue qui accepte de coucher avec lui. Il avait séduit des jeunes filles peu farouches en quelques minutes. Elles ignoraient tout de lui, de ses sentiments intimes. La plupart du temps, ses conquêtes ne connaissaient même pas son nom !

À l'époque, il n'en avait que faire. Ce soir, la requête d'Amina lui donnait l'impression de nager dans les eaux chaudes d'un océan, d'être de plus en plus détendu.

La jeune femme garda le silence un long moment.

— J'ai déjà eu des amants, reprit-elle. J'ai toujours veillé à ce qu'ils demeurent des inconnus. Toi et moi sommes destinés à partir chacun de notre côté. Toutefois…

Jamais il ne l'avait vue aussi hésitante. Or elle semblait s'adresser à elle-même, comme si elle énonçait des pensées qu'elle ne comprenait pas tout à fait.

— Toutefois ? fit-il.

Elle releva la tête d'un air de défi.

— Je veux que ce soit différent, cette fois. Je veux que tu sois différent.

Il n'était donc pas le seul à ressentir quelque chose de particulier.

Ce qu'elle suggérait était périlleux, mais le secret était chez elle une seconde nature. À l'aube, ils se sépareraient et il ne garderait que des souvenirs d'ébats physiques. Le fait qu'elle veuille en savoir plus sur lui n'était pas suffisant. Il avait faim du moindre détail la concernant, de la moindre parcelle qu'il pourrait garder précieusement pendant des années.

— À une condition.

Elle posa sur lui un regard méfiant.

— En échange de cette vérité sur moi, je veux la même chose de ta part.

Il la vit écarquiller les yeux derrière son loup et sentit son cœur s'emballer. Il jouait avec le feu. S'il la désirait de tout son corps, quelque chose en lui voulait en savoir plus sur cette femme hors du commun. Il ne connaîtrait peut-être pas les secrets de son âme, mais il aurait de quoi se réchauffer le cœur au cours des longues années sans passion qui l'attendaient.

La chambre révélait quelques indices sur elle. Meublée simplement, elle était parsemée de touches colorées. Un couvre-lit vert vif au pied du lit, une table peinte en jaune et des rideaux bleus aux fenêtres. Un livre ouvert était posé sur la table, de sorte qu'il n'en voyait pas le titre. Elle avait épinglé des illustrations de magazines de mode sur les murs. Un vase contenant des marguerites ornait un rebord de fenêtre.

En revanche, pas un portrait ou une miniature de famille.

Le silence de la jeune femme se prolongea. La tension était de plus en plus palpable.

— Je vais pimenter le jeu, proposa-t-il. Pour chaque vérité avouée, il faudra enlever un vêtement.

Elle s'humecta les lèvres, mouvement furtif qui eut le don d'embraser Tom davantage encore.

— À toi de commencer, dit-elle.

Réprimant son envie de crier de joie, il se contenta d'un hochement de tête.

Par où démarrer ? Il y avait tant de choses insignifiantes à raconter, de menus détails sur ses goûts, ses habitudes, qui n'en dévoileraient pas trop.

Cependant, il se refusait à raconter des banalités. S'ils devaient faire preuve de franchise l'un envers l'autre, il fallait lancer les hostilités par un aveu de poids.

— Récemment, il y a eu un deuil dans ma famille. L'un de mes parents. D'où mon absence.

— Toutes mes condoléances, répondit-elle en toute sincérité.

— Merci.

La mélancolie menaçait de l'envelopper. En dépit de sa sévérité, Tom avait toujours été rassuré par la présence du défunt duc. Il y avait des choses immuables sur lesquelles il pouvait compter : la première gorgée d'un verre de vin, la courbe de la nuque d'une femme, le défunt duc de Northfield présidant le souper du dimanche soir, les sourcils froncés.

Comment un homme pour qui il avait été une déception pouvait-il lui manquer à ce point ? Il ne comprenait pas que la blessure ne puisse se refermer… Il s'empressa de chasser cette pensée, car la soirée n'était pas au chagrin. Il aurait tout le temps de se morfondre plus tard.

— Bon, je vais respecter notre accord.

Il enleva sa veste et la posa sur le dossier d'une chaise.

Face au regard intéressé de la jeune femme, il esquissa un sourire.

— Quand vous faites ça, votre chemise se plaque sur vos muscles de la plus charmante façon, commenta-t-elle.

Ce n'était pas la première fois qu'une maîtresse le complimentait sur son physique, loin de là. Ses heures passées dans les académies de boxe et d'escrime avaient visiblement porté leurs fruits. Néanmoins, le commentaire d'Amina le flatta particulièrement.

Voyant qu'elle gardait les yeux rivés sur ses larges épaules, il déclara :

— Notre accord exige votre participation.

— Bien sûr.

Elle s'éclaircit la voix, le front plissé, comme si elle cherchait quelle facette d'elle-même était digne d'être révélée.

— L'Angleterre n'est pas ma patrie. Enfin... je ne suis pas née ici, et je ne retournerai jamais dans mon pays natal.

Elle parlait comme si elle était résignée depuis longtemps à cette triste vérité.

Mille questions se bousculèrent dans la tête de Tom, mais il lui répondit d'un signe de tête, non sans glisser cette information dans un recoin de sa mémoire – tel un cabinet de curiosités qu'il admirerait plus tard.

Elle se pencha et leva le bas de sa robe pour exposer ses chevilles délicates. Le sang de Tom ne fit qu'un tour. Les rubans de ses souliers s'entrecroisaient sur ses mollets enveloppés de bas.

Au rez-de-chaussée, il avait vu des femmes plus ou moins dénudées, un spectacle excitant. Et pourtant, la découverte si pudique des chevilles d'Amina le fit trembler de désir.

Elle dénoua les rubans et se déchaussa, puis elle relâcha sa robe et se redressa.

Sous son regard interrogateur, Tom chercha une information à lui confier.

— J'ai passé les douze premières années de ma vie en Irlande, chez ma mère.

Déjà, ses doigts dénouaient son foulard.

À Harrow, ses camarades de pensionnat se moquaient de lui à cause de son accent irlandais. Au lieu de le gommer, il l'avait cultivé. Il refusait que l'ignorance de certains influence l'image qu'il avait de lui-même.

Il laissa le foulard tomber à terre. Aussitôt, il sentit la fraîcheur de l'air sur son cou. Il n'y avait pas de feu dans la cheminée. Mais il était trop fasciné par la jeune femme pour le remarquer.

Amina fit un pas vers lui et glissa le bout des doigts sur son cou, avant de s'arrêter à la naissance de sa gorge. Tom retint son souffle. Les doigts de la jeune femme avaient tracé un sillon brûlant. Soudain, il ne ressentit plus le froid.

— Le soir de notre rencontre, murmura-t-elle, fut ma première soirée en tant que maîtresse des lieux. Le rôle de simple hôtesse ne me suffisait plus. J'ai veillé à me rendre indispensable auprès de l'ancienne patronne afin que, le jour où elle déciderait de se retirer, elle me choisisse pour prendre sa succession.

— Ambitieuse, chuchota-t-il.

— Toujours.

Une onde de chaleur parcourut les veines de Tom. Voilà ce qu'il voulait ! Un aperçu de ce qui se cachait sous son personnage. Il se réjouissait de sa détermination, de son énergie.

— Jarretières et bas, je te prie, fit-il en fermant brièvement les yeux.

— Tu décides de mon effeuillage, à présent ? demanda-t-elle, la mine boudeuse.

— Simple suggestion. Puis-je te dévêtir ?

Elle éclata d'un rire rauque.

— Drôle de cameriste !

Tom avait déshabillé de nombreuses femmes, et les éléments complexes de leurs toilettes n'avaient aucun secret pour lui. Tout cela n'avait plus la moindre importance. Il ne voyait plus qu'Amina.

Il mit un genou à terre et souleva le bas de la robe. Il eut l'impression que le rideau se levait au début d'une pièce de théâtre. Tom était plus excité que jamais.

Il posa les mains sur ses mollets et sentit la souplesse de ses muscles sous la soie des bas. Dès qu'il glissa les mains vers le haut, elle retint son souffle. Lorsqu'il caressa ses genoux, il sentit le désir palpiter entre ses propres jambes. Enfin, il atteignit ses jarretières d'un bleu saphir parsemé de petites fleurs roses brodées.

Tom se réjouit de son expérience en cet instant. Il s'empressa de faire choir les jarretières sur le tapis.

La gorge nouée par l'émotion, il longea le haut des bas du bout des doigts, incapable de réprimer un grognement de plaisir en découvrant le soyeux de sa peau. En levant les yeux, il constata qu'Amina avait le souffle court, les lèvres entrouvertes.

Avec une patience qu'il ne se connaissait pas, il roula un bas le long d'une jambe, et fit de même avec l'autre. Lorsqu'il se redressa, elle avait les jambes nues et Tom était ivre de désir.

Quand il voulut défaire les boutons de son gilet, elle le retint.

— D'abord, une vérité.

Les mots jaillirent de la bouche de Tom, comme s'ils avaient besoin de sortir.

— Tout le monde s'attend à ce que je poursuive l'œuvre de mon père. Je suis censé être un autre lui-même. Cette seule perspective me donne l'impression d'être enterré vivant. Si je ne le fais pas… il y a davantage en jeu que mon bonheur.

Nom de Dieu… il ne pensait pas en dire autant ! Et pourtant, il se sentait en droit de parler de ces choses avec elle – pas seulement parce qu'ils ne se reverraient jamais, mais parce qu'il aimait se confier à Amina.

Il abandonna son gilet, sans se soucier de l'endroit où il tombait.

— À mon tour, murmura-t-elle d'une voix rauque. Par trois fois, j'ai eu le cœur brisé. Je me suis juré que plus personne ne me ferait de mal.

— Et moi, j'ai envie de corriger quiconque t'a fait souffrir, répliqua-t-il, les poings crispés de rage.

Elle esquissa un sourire mélancolique.

— Les deux premiers sont morts. Il s'agissait de ma mère et de mon géniteur. Le troisième était mon grand-père, qui m'était lié par le sang mais que je ne voyais pas comme un membre de ma famille.

Si elle s'exprimait posément, ses mots teintés d'amertume résonnaient dans la tête de Tom.

— Je m'occuperai de lui, maugréa-t-il d'un ton féroce.

Elle secoua la tête.

— Il ne peut pas me toucher, à présent.

Elle avait tout d'une reine déchue.

— Amina…

Elle pivota et lui offrit son dos.

— Les crochets, s'il te plaît. Ceux de ma robe. Je ne peux pas les atteindre.

Tom contempla sa nuque et la courbe de ses épaules. Soudain, sa fureur fit place à un désir décuplé. En dépit de son expérience, il se sentit maladroit. Ses doigts gourds peinaient à dégrafer le dos de la robe.

Souple et féline, elle ôta la robe et se tourna vers lui.

— Seigneur…, souffla-t-il.

Elle ne portait ni corset ni culotte. Sous sa fine camisole, il devinait ses mamelons bruns et durcis, ainsi que le triangle de la toison entre ses cuisses.

Elle ne se déroba pas à son regard. Au contraire, il put l'admirer à loisir.

S'ils ne se couchaient pas très vite, il allait perdre la raison.

— Voici ma vérité suivante, dit-il d'une voix brisée. Je n'ai jamais autant désiré une femme que toi.

Les yeux de braise d'Amina étaient presque noirs. Elle s'empourpra. Elle le désirait tout autant !

Impatient de sentir son corps contre sa peau nue, il ôta sa chemise et la jeta à terre. Il se débarrassa ensuite de ses bottes. Elle ne lui reprocha pas cette hâte à se dévêtir.

— *Dio mio…*, murmura-t-elle en contemplant son torse. Tu es…

Elle secoua la tête, les joues empourprées d'excitation, puis elle tendit la main et posa la paume sur le cœur de Tom pour enfouir les doigts dans la toison brune couvrant ses pectoraux.

— Là d'où je viens, il y a des statues antiques d'hommes tels que toi, des statues de héros et de dieux.

— Je ne suis pas taillé dans le marbre, répondit-il d'une voix presque gutturale. Je suis un homme de chair et de sang.

— C'est une vérité dont je ne doute pas.

Elle baissa les yeux vers son sexe dressé plaqué contre le tissu de son pantalon et pinça les lèvres.

Ce simple regard aurait pu suffire à le faire jouir.

— Voici mon ultime vérité, dit-elle. Je crois que je vais mourir de désir pour toi.

Alors, enfin, elle sourit et ôta sa camisole. Il ne lui restait plus que son loup. Elle l'avait comparé à un dieu, mais c'était une déesse qui se tenait face à lui, une déesse aux courbes sculpturales.

— Je suis l'homme le plus chanceux du royaume, marmonna-t-il.

Elle ôta les épingles de ses cheveux, qui tombèrent en cascade sur ses épaules.

— La chance n'existe pas, assura-t-elle. Nous faisons tous des choix.

S'il n'avait pas perdu toute faculté à réfléchir, il aurait pu énoncer une réponse intelligente, peser ses mots. Il en était incapable.

Elle pointa le doigt.

— Le pantalon. Enlève-le.

— Je ne t'ai pas livré de vérité, releva-t-il pour faire bonne mesure.

— La seule vérité que je veux, c'est celle de ton corps.

Jamais il ne s'était dénudé aussi rapidement. En un éclair, il se retrouva aussi nu qu'Amina. Elle poussa un long soupir approbateur.

— Quelle superbe queue que voilà...

— Et je veux te faire mienne. D'abord...

Il dénoua les rubans de son loup et lui révéla son visage.

— Je m'appelle Tom.

Elle hésita, parcourue d'un frisson. Jamais il ne s'était senti aussi vulnérable. La nudité ne lui était pas inconnue, mais les vêtements ne dissimulaient que le corps. En ôtant son loup et en lui indiquant son prénom, il s'ouvrait à elle. Elle n'en ferait peut-être pas autant. Elle pouvait reculer, le laissant nu et à sa merci.

Heureusement, elle enleva à son tour son loup. Tom retint son souffle. Elle était d'une beauté unique, avec ses sourcils noirs et ses pommettes saillantes qui lui conféraient une splendeur presque sauvage. Quant à son nez droit et ses lèvres pulpeuses, ils méritaient que l'on compose un sonnet à leur gloire.

— Mon nom est Lucia, affirma-t-elle en laissant son loup tomber à terre. Et je n'attendrai pas une seconde de plus. Je te veux maintenant.

7

Jamais Lucia n'avait été aussi exposée, aussi vulnérable en présence d'un amant.

Peut-être venait-elle de commettre une grossière erreur en jouant ce petit jeu des vérités avec cet homme. Il n'avait plus rien d'un fantasme, désormais. Il était bien réel et il souffrait, lui aussi, il se languissait et il avait une histoire. Son mystérieux pirate s'appelait Tom.

Elle avait très envie de lui. Au cours de leur échange, son désir n'avait fait que s'intensifier. Il palpitait entre ses cuisses et elle avait les seins tendus, à fleur de peau. Tout cela ne faisait pas partie de son plan, qui consistait à chercher la consolation dans des ébats dénués de passion. Il avait suffi de quelques mots pour que son cœur s'entrouvre à lui.

Plus moyen de revenir en arrière, de refouler ses envies. La bête était lâchée et Tom serait sa proie. Elle ne pouvait que suivre son instinct en priant pour que, quand viendrait le moment des adieux, elle ne souffre pas trop.

Il la dévorait d'un regard féroce, les muscles bandés, le sexe vibrant, prêt à la faire sienne. Lucia avait encore du pouvoir sur les hommes : elle sentait qu'elle pourrait lui demander n'importe quoi.

Elle s'éloigna d'une démarche assurée et s'arrêta au pied du lit, puis elle fit volte-face. Tom se hâta de la rejoindre et, le plus naturellement du monde, leurs corps se trouvèrent. La peau sensible de la jeune femme savoura la sensation de sa toison brune sur ses seins, la longueur de ses cuisses fermes contre les siennes. Il posa les mains sur ses fesses tandis qu'elle enroulait les bras autour de son cou. Aussitôt, sa verge palpitante se nicha contre son ventre plat.

Sans son loup, il était encore plus beau. Elle contempla la ligne pure de sa mâchoire, sa bouche expressive, jusqu'à son nez légèrement busqué. Le bleu de ses yeux était limpide, sous des sourcils bruns et fournis. Son regard était presque sévère tandis qu'il la dévisageait.

Ce désir charnel si flagrant la fit frémir.

Ils se toisèrent un long moment. Leurs souffles courts se mêlaient.

Surtout, ne pas penser au lendemain. Vivre l'instant présent.

Il se pencha vers elle, sans l'embrasser.

— Tu es là, avec moi. Maintenant.

— Nous sommes ensemble, dit-elle en se hissant sur la pointe des pieds pour poser les lèvres sur les siennes.

Leurs bouches se dévorèrent fébrilement, puis Lucia se sentit basculer sur le lit. Ils s'embrassèrent comme s'ils étaient insatiables, avec une fougue confinant au désespoir. Elle tremblait de tous ses membres, les seins tendus, une douce moiteur entre les jambes.

— J'ai tant rêvé de toi..., souffla-t-il.

Il traça un sillon de baisers brûlants dans son cou, puis la mordit.

— Tu as faim de moi comme j'ai faim de toi.

Prise d'un vertige, elle le laissa rouler sur le matelas, de sorte qu'elle se retrouva allongée sur lui. Il se mit à la caresser le long du dos. Chaque baiser, chaque caresse la rendait plus folle encore. Il se montra délicat, respectueux en effleurant ses cheveux, puis il entreprit de lécher la ligne de sa clavicule pour remonter dans son cou.

— Parfois le soir, avant de m'endormir, je pense à toi… à ça, avoua-t-il d'une voix rauque. Je me caresse en fantasmant sur toi, sur ce que je voudrais te faire.

En l'imaginant en train d'agiter son sexe dans une quête fébrile de délivrance, elle fut submergée d'une onde de chaleur.

— Tu n'as plus à fantasmer, murmura-t-elle en se redressant pour se retrouver à califourchon sur lui.

Il la prit par la taille, puis glissa les mains sur ses flancs et sur ses seins. Un gémissement sourd naquit dans la gorge de Tom lorsqu'elle se pencha pour mieux lui offrir sa poitrine. Elle sentit son membre enfler encore entre ses cuisses et intensifia le contact, provoquant des gémissements partagés.

— Dieu que tu es belle…

Elle se sentait sublime lorsqu'il la contemplait comme si elle incarnait à la fois le péché et le salut de l'âme. Elle soutint ce regard. Elle avait peine à croire qu'il était dans son lit.

Il était si ferme, si sculptural, et sa peau était fine et douce sur ses muscles tendus. La toison brune de ses pectoraux descendait en ligne droite sur son ventre, vers cette verge épaisse et dressée fièrement.

Le corps d'un homme n'avait aucun secret pour Lucia, dans tous ses états. Or elle n'en avait jamais vu d'aussi beau.

— Tu es injuste, chuchota-t-elle. Tu t'es caché pendant tout ce temps en me privant du plaisir de ta personne.

— Désolé.

Dès qu'elle prit son sexe dans une main pour entamer un lent mouvement de va-et-vient, il émit un grognement rauque. À son tour, il glissa les doigts sur le ventre de la jeune femme et s'attarda entre ses cuisses pour écarter les lèvres humides de sa féminité. C'était la première fois qu'elle était aussi mouillée pour un homme. Haletants, ils s'embrassèrent sans cesser de se prodiguer des caresses.

— Il y a une façon dont j'aimerais te prendre, avoua-t-il. J'en rêve depuis un an.

— Montre-moi.

D'un mouvement souple, il se leva du lit et attira Lucia vers lui afin qu'elle ait les hanches au bord du matelas et les pieds sur le sol.

Les mains sur les cuisses de la jeune femme, il se plaça entre ses jambes et, prenant son sexe, le frotta le long des plis pour s'imprégner de leur moiteur. En sentant le contact du gland soyeux sur son clitoris, elle gémit de plus belle, au bord de l'extase.

— Oui ? fit-il en s'insinuant très légèrement à l'entrée de son vagin.

— Oui.

D'un coup de reins, il la pénétra. Elle le sentit en elle comme s'il était entré dans son corps tout entier.

C'était trop. Coucher avec cet homme était bien trop intime. Elle fut parcourue d'un frisson de panique.

Mais c'était si bon. Elle ne pouvait arrêter. Elle était comme enivrée, et ses tourments s'atténuèrent peu à peu. Il se mit à bredouiller des paroles dans sa propre langue, à voix basse. Il fut secoué d'un spasme, la peau luisant de sueur. Au lieu de se lancer dans une danse sensuelle, il demeura immobile. Elle chercha à l'attirer plus profondément en elle.

— Patience, mon amour, grommela-t-il. J'ai attendu si longtemps ce moment que j'ai l'intention de le savourer.

— Tu savoureras plus tard. Baise-moi tout de suite.

Réprimant un râle, il s'enfonça en elle. Elle vit les muscles de ses bras et ses épaules saillir. Il avait les paupières lourdes, les lèvres entrouvertes. Il savait parfaitement ajuster la force de ses mouvements. Lucia perdit tout contrôle. Elle crispa les doigts sur la couverture et se cambra vers lui.

Lorsqu'il se mit à titiller d'un doigt le bouton de rose de son clitoris, elle retint son souffle et fut bientôt emportée par un tourbillon si puissant qu'elle ne reprit ses esprits que quelques secondes plus tard. Tom était en train de l'installer sur le lit, avant de s'allonger entre ses cuisses. Il plaqua les bras de sa partenaire au-dessus de sa tête, les poignets cloués au matelas.

Ils se retrouvèrent les yeux dans les yeux. Elle plongea dans le regard de cet homme qui était en elle et qui, de sa main libre, lui caressait l'épaule. Elle enroula les jambes autour de sa taille et croisa les chevilles pour le maintenir captif.

— Nous sommes prisonniers l'un de l'autre, à présent, souffla-t-elle.

Du moins pour cette nuit.

Il soutint son regard en s'enfouissant en elle. Il recula lentement, puis donna un coup de reins puissant. Lucia ferma les yeux pour mieux savourer ce plaisir indicible.

Il posa sa main libre sur le matelas, près de la tête de la jeune femme, et poursuivit son va-et-vient, martelant son clitoris du bas de sa verge, de plus en plus fort.

— *Dio...*, râla-t-elle. *Piu forte...* Plus fort... oui...

À mesure qu'il intensifiait ses mouvements, le plaisir montait en elle. Elle aurait voulu que cela ne s'arrête pas, que rien d'autre n'existe. Mais elle brûlait aussi d'atteindre l'extase.

Elle fut bientôt engloutie à nouveau, en criant si fort que sa voix se brisa.

— Oui, souffla-t-il avant de se retirer.

Son corps se raidit tout entier et il jouit dans un grondement, sans relâcher les poignets de la jeune femme.

Lentement, il s'allongea à côté d'elle et la relâcha enfin. Elle sentit un courant d'air frais effleurer sa peau moite. En pleine torpeur, elle n'eut pas la force de se glisser sous les couvertures.

— C'était...

Elle n'avait pas de mots pour décrire ce qui venait de se passer. Elle n'avait pas envie de parler, de peur de trop en révéler.

Elle se concentra sur ses sensations, la texture du couvre-lit, les parfums mêlés de leurs peaux frémissantes.

— Oh oui, dit-il en posant une main sur le ventre plat de la jeune femme.

Elle sentit son cœur se serrer, car ce simple geste était pour elle un réconfort.

— Et ce n'était que le début, ajouta-t-il.

Lucia tourna vivement la tête vers lui.

— Le début ?

Elle s'en voulut aussitôt d'avoir trahi à la fois son espoir et sa peur.

Tom afficha un sourire espiègle.

— Tu ne croyais tout de même pas qu'une seule fois suffirait ?

Lucia savait d'expérience que les hommes prenaient leur plaisir et s'empressaient de fuir juste après. Elle s'attendait au même comportement.

— Je suis ravie d'apprendre que je me trompais, répondit-elle d'un ton qui se voulait enjoué.

— Et comment ! fit-il en l'embrassant longuement.

Il s'appuya sur un avant-bras pour mieux caresser le torse de Lucia, puis son ventre, avant de s'aventurer plus bas.

— Je vais te montrer à quel point tu avais tort...

Les premières lueurs de l'aube filtraient dans la chambre tandis que Tom se rhabillait. Lucia l'observait depuis son lit. Comment parvenait-elle à ne pas s'écrouler de fatigue ? Tom s'était montré inépuisable et créatif. Dans quelques heures, elle aurait sans doute des courbatures à cause des nouvelles positions qu'il lui avait fait découvrir. Elle flottait dans une délicieuse torpeur qui l'empêchait de former la moindre pensée.

Heureusement, car elle n'avait pas envie de réfléchir, surtout sur l'effet qu'il produisait sur elle.

Une fois habillé, il s'approcha du lit.

— Je n'ai jamais passé une telle nuit, avoua-t-il avec un regard plein de douceur, en écartant une mèche de cheveux du visage de la jeune femme.

— Moi non plus, admit-elle sincèrement. C'était... remarquable.

Dans la pénombre de l'aube naissante, elle vit ses yeux étinceler.

— Je ne t'oublierai pas, je te le jure. Jusqu'à la fin de mes jours…

Lucia aurait préféré l'oublier, oublier que deux êtres pouvaient partager un tel bonheur. Tom n'était pas le fruit de son imagination. Il n'était pas un simple objet qu'elle pouvait utiliser pour apaiser ses pulsions. C'était un homme de chair et de sang, sujet aux mêmes désirs qu'elle, avec les mêmes faiblesses…

— Je te souhaite une belle vie, murmura-t-elle.

Il la prit par la nuque et posa le front sur le sien, dans un geste de tendresse qui, une fois encore, serra la gorge de Lucia.

— J'espère que tu obtiendras tout ce que ton cœur désire, affirma-t-il avant de l'embrasser.

— Je t'en prie…, fit-elle d'une voix à peine audible. Pars, maintenant.

Il se leva et se dirigea vers la porte.

Ne te retourne pas.

Il posa sur elle un dernier regard.

Elle eut toutes les peines du monde à ne pas se précipiter vers lui. La mort dans l'âme, elle garda les yeux rivés sur le plafond. Elle entendit la porte s'ouvrir puis se refermer, puis des pas dans le couloir.

Elle l'imagina dans le hall, se joignant aux clients qui quittaient le club. Enfin, il disparut.

À jamais.

8

D'un pas qui se voulait vif et assuré, Tom entra dans le salon. Il n'avait qu'une envie : se laisser sombrer au fond de la Tamise.

Au petit matin, il était revenu de Bloomsbury à Mayfair et avait à peine eu le temps de faire une toilette sommaire et de se changer avant sa réunion avec ses hommes d'affaires, pour étudier une montagne de dossiers.

Son aventure charnelle, cette nuit merveilleuse passée avec Lucia, était bel et bien terminée. Il fallait tourner la page. Son rôle de duc, la protection de la réputation de sa famille étaient désormais prioritaires.

— Te voici, Tommy ! lança Deirdre, sa mère, assise sur le divan.

Sa chevelure d'un noir de jais était striée de gris, et sa robe de deuil en crêpe noir lui donnait un air sévère.

— Je commençais à croire que tu ne nous rejoindrais pas, ajouta-t-elle.

Elle lui tendit une joue, sur laquelle Tom déposa un baiser furtif.

— Tommy n'a jamais manqué une tasse de thé avec nous, déclara Maeve en le servant.

Elle lui adressa un clin d'œil complice. De toute évidence, son rendez-vous avec lord Stacey l'avait mise d'humeur enjouée.

— Quelle que soit l'heure à laquelle il rentre, ajouta-t-elle.

— Ne me dis pas que tu étais encore réveillée à cette heure indue, répondit-il en l'embrassant à son tour, sur le front.

Il posa une pile de documents et s'installa dans un fauteuil en espérant ne pas s'assoupir.

— Non, avoua Maeve, mais ma femme de chambre m'a raconté qu'elle se rendait dans la cuisine quand elle t'a vu entrer discrètement, dans une tenue désordonnée, comme si tu t'étais battu comme un chiffonnier.

Tom se contenta de soutenir son regard. Il ne pouvait raconter à une jeune fille de dix-neuf ans qu'il s'était livré à la plus sensuelle des luttes, avec la plus ravissante des chiffonnières.

— Allons, chérie, intervint Deirdre en choisissant une part de gâteau. Tu n'as pas à connaître les habitudes des hommes.

Maeve leva les yeux au ciel.

— Si je dois épouser Hugh, il faudra pourtant que je m'informe. Je ne peux faire comme s'il existait uniquement lorsque nous sommes ensemble et comme s'il disparaissait dès que nous sommes séparés.

— Seigneur ! Tu connais notre secret, railla Tom en buvant une gorgée de thé.

Il aurait préféré un café bien fort.

Espiègle, Maeve brandit le poing vers son frère.

— Les enfants !

La jeune femme baissa le bras. Tom n'eut pas à rappeler à sa mère qu'il n'était plus un enfant depuis longtemps. Ses dossiers en attestaient.

— Tommy, ne me dis pas que tu as l'intention de travailler pendant que nous prenons le thé, protesta Deirdre.

— Je n'ai pas le choix. Paix à son âme, mais père ne m'a pas légué que cette maison enchanteresse.

Sur ces mots, il se plongea dans la lecture d'une première feuille. Edward Powell n'avait fait preuve d'anticonformisme qu'une seule fois dans sa vie : en épousant une Irlandaise. Catholique, Deirdre O'Connell avait dû se convertir à l'anglicanisme pour épouser le sixième duc de Northfield. Dans tous les autres domaines, celui-ci avait toujours été un fervent défenseur des traditions.

Tom espérait changer cela. Il s'était départi des possessions familiales aux Antilles et en Amérique du Sud, ainsi que de tous les investissements en lien avec la pratique atroce de l'esclavage. Mais depuis sa conversation avec lord Stacey et la parution de l'article du *Times*, il savait qu'il aurait du mal à se démarquer. De plus, il ne voulait pas mettre le bonheur de sa sœur en péril.

— Qu'est-ce que c'est ? s'enquit la jeune fille en désignant le dossier.

— Des notes sur la proposition de loi du duc de Brookhurst.

Tom ne parvenait pas à se concentrer sur sa lecture. Était-ce la fatigue ou le désarroi ? Il afficha un sourire forcé et posa la feuille.

— Et si on faisait une partie de croquet dans le jardin ?

— On est en novembre, répliqua sa sœur, dubitative. Et tu ne parviendras pas à me distraire de la proposition de loi du duc de Brookhurst. N'est-il pas le père de Hugh, après tout ? Je me dois d'être informée des activités de mon futur beau-père.

— Pour ma part, je crois que je vais m'endormir sur le divan, dit Tom. Nous en parlerons plus tard.

Visiblement contrariée, Maeve n'insista pas, au grand soulagement de son frère.

Comment aborder avec elle ce sujet délicat ? De nombreux vagabonds étaient des anciens combattants, et Tom avait le cœur serré en pensant que ces hommes avaient tout donné pour leur patrie sans rien recevoir en retour.

Hélas, voter contre et s'attirer les foudres du duc de Brookhurst anéantirait les chances de Maeve.

« Il n'est pas question qu'un obstacle se dresse entre Maeve et lord Stacey », songea-t-il.

Il fallait qu'au moins l'un des enfants Powell puisse conclure un mariage d'amour, et il ferait tout pour épargner sa sœur. Ainsi, il ne se rendrait plus au club de l'Orchidée, il ne reverrait plus Lucia.

Son cœur se serra dans sa poitrine, comme si la jeune femme s'y était insinuée. Il n'en saurait jamais plus sur elle, ce qui était préférable. Elle avait eu le courage de venir en Angleterre, de quitter un pays lointain, et elle gérait de main de maître son établissement. Elle avait beaucoup souffert. Tom brûlait d'en savoir davantage, de mieux la comprendre…

En dépit de sa fatigue, une grande agitation s'empara soudain de lui. Il se leva d'un bond et alla se poster devant la cheminée pour observer les flammes.

— Je me réjouis que l'un de mes enfants reconnaisse l'importance du mariage, déclara sa mère.

— Maman…, fit-il sans se retourner. Nous venons à peine d'enterrer père. Devons-nous évoquer ce sujet en ce moment ?

— Si tu es décidé à assumer totalement tes responsabilités, oui. Tommy, regarde-moi.

Son ton était implacable, comme chaque fois qu'elle lui donnait un ordre.

Elle le rejoignit lentement. Les mains derrière le dos, il se tourna vers elle et s'efforça d'afficher un air attentif.

— Ce n'est pas en restant célibataire que tu auras un héritier, prévint-elle. Tu dois trouver une épouse au plus vite. C'est impératif, en tant que duc de Northfield.

Elle posa une main sur son épaule.

— Réfléchis au moins à chercher une femme. Je serais tellement heureuse de savoir que tu as quelqu'un qui veille sur toi.

Tom échangea un regard avec sa sœur. Ils étaient habitués au chantage affectif de leur mère.

— Je vais y réfléchir.

— Je ne t'en demande pas plus.

Quelqu'un toussota sur le pas de la porte. Norley, le majordome, venait d'apparaître.

— Oui ? fit Tom, ravi de cette interruption.

— Vous avez de la visite, Votre Grâce.

— Nous ne recevons pas pendant encore plusieurs semaines. Vous n'ignorez pas que nous sommes en deuil. S'agit-il d'une question professionnelle ?

— Dans un sens, oui, monsieur. Veuillez pardonner mon intrusion… Pouvons-nous en parler dans le couloir, je vous prie ?

Tom interrogea sa sœur du regard. Elle se contenta de hausser les épaules. Intrigué par tant de mystère, il suivit le majordome.

Norley ne s'arrêta qu'à bonne distance du salon.

— S'il s'agit d'une question professionnelle, dites à M. Ludlow de prendre la carte de ce visiteur et de lui fixer un rendez-vous.

Son secrétaire gérait habituellement son emploi du temps.

— Excusez mon insistance, Votre Grâce, mais cette visite est d'une grande importance. Monsieur votre père ne manquait jamais ce rendez-vous.

— Mon père ?

— Absolument, monsieur. Nous sommes aujourd'hui le 21 du mois, le jour où votre père voyait cette personne.

— Je l'ignorais, admit Tom, perplexe.

Au cours des dernières semaines de maladie du duc, Tom avait été informé de toutes les responsabilités qui lui incomberaient. Les juristes et conseillers lui avaient énuméré dans le détail ses futures activités, jusqu'aux réunions avec son fournisseur de tabac.

Nul n'avait évoqué une visite tous les 21 du mois.

— Très bien. Faites-le monter.

Norley eut un instant d'hésitation.

— Votre père rencontrait toujours cette personne dans le garde-manger. Je vous suggère fortement d'en faire autant. Excusez mon audace, Votre Grâce.

Soudain curieux, Tom eut envie d'en savoir davantage sur ce rendez-vous mensuel dans ce lieu incongru.

— Parfait.

— Voulez-vous que je vous indique le chemin du garde-manger, Votre Grâce ?

— Ce sera inutile, assura Tom en esquissant un sourire. Il n'y a pas un jambon ou une miche de pain qui échappe à mes fringales nocturnes.

— La cuisinière a toujours prévu une miche supplémentaire pour vous, Votre Grâce.

— Ah bon ? Vous lui accorderez une augmentation...

— Volontiers, Votre Grâce, répondit le majordome en le saluant.

D'un pas vif, Tom traversa l'office. Les domestiques s'inclinèrent sur son passage. Il ne connaissait pas très bien cette partie de la bâtisse et chacune de ses venues en journée ne manquait pas de provoquer un certain remue-ménage. Néanmoins, il trouva sans difficulté le garde-manger. Northfield House était sa maison, après tout !

Légèrement agacé, Tom poussa la porte de la petite pièce. Avec stupeur, il constata que c'était une femme qui l'attendait. Vêtue d'une redingote rouge vif et d'une capeline assortie, elle lui tournait le dos. À peine remis de sa surprise, il sentit son cœur s'emballer et, d'instinct, referma la porte. Si cette femme était synonyme de problèmes, il devait protéger sa famille.

— Madame, dit-il d'un ton sévère, je vous prie de vous expliquer.

Elle fit volte-face, révélant un visage d'une beauté sublime, et croisa son regard.

— Lucia ? s'étrangla-t-il.

Elle écarquilla les yeux et pâlit, incapable de prononcer un mot. Puis elle leva une main comme si elle allait le toucher, mais se contenta de crisper le poing.

Entre eux, la tension était palpable.

— Tom ? souffla-t-elle. Tu es le... fils du duc de Northfield ? Tu es le nouveau duc ?

— Absolument, répondit-il, méfiant.

Elle fronça les sourcils, puis ouvrit son réticule pour en sortir une coquette somme d'argent en espèces.

— Ceci vous appartient, milord.

Tom ne broncha pas.

— Je ne comprends pas.

— Ton père ne t'a jamais parlé de moi ? s'étonna la jeune femme.

— Jamais.

Si le défunt duc avait évoqué le moindre rendez-vous secret avec la directrice du club de l'Orchidée, il s'en serait souvenu ! Il observa la liasse de billets qu'elle lui tendait.

— Cet argent revenait au duc, mais il est à toi, désormais.

— Ah ! fit Tom, qui comprenait enfin. Mon père t'a prêté de l'argent et tu es venue le rembourser.

— Vous vous méprenez, milord, répliqua-t-elle en s'approchant. Il s'agit de la part des bénéfices de mon club qui revient à votre père, donc à vous, Votre Grâce, qui êtes le nouveau propriétaire de cet établissement.

Tom eut toutes les peines du monde à assimiler le sens de ses paroles.

— Ta plaisanterie n'est pas drôle, décréta-t-il sèchement.

— Ce n'est pas une plaisanterie.

Une vague de colère enfla en lui.

— Tu donnes dans la calomnie, commenta-t-il.

Son père était la dernière personne qu'il aurait imaginée dans ce rôle.

— Je regrette, mais ta tentative de chantage est un échec, ajouta-t-il, implacable.

Lucia brandit la liasse de billets.

— Le chantage m'est inconnu, mais je sais au moins une chose : un maître chanteur ne donne pas d'argent à sa victime.

— Quelle autre raison aurais-tu de tenir des propos aussi absurdes ?

Il croisa les bras, furieux de voir la mémoire de son père salie de la sorte. Ces allégations ne pouvaient avoir qu'une seule explication.

Il avait peine à croire que, moins de douze heures auparavant, il explorait chaque parcelle du corps de Lucia. Avait-il passé la nuit avec un maître chanteur ?

— Il m'est arrivé de mentir dans ma vie, avoua-t-elle dans un soupir. Pas cette fois. Il y a dix-huit ans, ton père a conclu un marché avec Mme Nancy Chalke, une entremetteuse de renom. Le projet était de monter une société secrète pour répondre aux fantasmes et aux désirs sexuels de personnes de toutes classes et toutes orientations. Grâce à ses intermédiaires, il a acheté une maison à Bloomsbury. Comme tu le sais, j'ai remplacé Mme Chalke à la tête du club il y a un an. Une partie de mes responsabilités consiste à livrer sa part des bénéfices au propriétaire, une fois par mois. Alors me voici. Tu es le nouveau patron.

Tom n'en revenait pas. Pouvait-il la croire ? Pouvait-il lui faire confiance ? Cette femme étaitelle la même que celle dont il avait partagé le lit ? Celle dont il avait senti les lèvres sur les siennes, dont il avait caressé les courbes, celle qui l'avait accueilli en elle avec passion ? Il l'avait dévorée avec ardeur. À ce souvenir, il sentit un désir renouvelé s'emparer de lui. Malgré l'incongruité de la situation, ils étaient attirés l'un vers l'autre.

— Je ne peux te croire.

Soudain, tout se mit à tourner. Il porta une main à son front.

Elle acquiesça.

— Ce que je viens de te révéler est une surprise…

— Un séisme ! s'écria-t-il.

La violence de son ton démentait la douceur de son expression.

— La mort d'un parent… est un fardeau difficile à porter, murmura la jeune femme. Je comprends, et je compatis. Ce doit être pénible de découvrir que son père avait des secrets.

L'univers de Tom s'écroulait. Il ne pouvait plus se fier à rien.

— Pas de maîtresse, pas de dettes de jeu, maugréa-t-il.

Il émit un rire amer.

— Papa, propriétaire d'un club libertin ! Et il encaissait l'argent de clients masqués qui se livraient à la débauche !

— Effectivement, admit-elle, les lèvres pincées. Et il n'avait pas évoqué ses motivations. Nous n'en saurons jamais rien, mais quelque chose nous échappe.

Hésitante, elle fit un pas vers lui.

— Le club existe bel et bien et, en tant que maîtresse des lieux, je dois faire mon devoir.

— Sois plus directe, fit-il d'une voix mal assurée.

— S'il est de ma responsabilité d'assurer le bon fonctionnement de l'établissement, c'est à toi de décider si tu veux le garder ouvert ou mettre la clé sous la porte.

Face à cette vérité, il se crispa de plus belle.

— Je…

Il se prit la tête dans les mains. Plus rien ne faisait sens !

Son père, ce parangon de vertu, ce mari modèle… c'était impossible.

Il songea aux paroles de Lucia. En tant que responsable du club, elle n'avait aucun intérêt à évoquer publiquement le nom du propriétaire. Et elle avait raison : un maître chanteur ne donnait pas d'argent à sa victime.

Tom était au bord de la nausée. Si quelqu'un apprenait que le défunt duc de Northfield possédait une maison qui accueillait des clients venus se livrer à la débauche en toute discrétion, la famille serait déshonorée. Que deviendrait sa mère ? Sa sœur ?

Maeve n'épouserait pas Hugh. Les deux femmes devraient se cacher. L'exil serait sans doute leur unique salut.

C'était une catastrophe…

— Nul n'a à savoir que ton père était propriétaire de ce club, déclara Lucia. Le secret est bien gardé. D'ailleurs, ce club ne nuit à personne, en réalité. Il procure même beaucoup de plaisir et de joie. De plus…

Elle s'approcha encore.

— Toi et moi sommes les deux seuls à savoir que tu as succédé à ton père. Ma discrétion me permet de gagner ma vie depuis des années. Jamais je ne mettrais mon gagne-pain en danger en rendant la chose publique. Le club peut poursuivre ses activités. Tout le monde sera gagnant.

Elle le dévisagea, guettant sa réaction.

« Bon sang », songea-t-il. Elle voulait qu'il prenne une décision sur-le-champ ?

— Je ne sais pas…, grommela-t-il enfin.

Lucia parut contrariée.

— Il n'y a pas d'hésitation à avoir, protesta-t-elle, comme s'il était anodin de décider du destin d'une famille en quelques instants.

Il était furieux d'être placé face à un tel dilemme, à la fois par son père et par Lucia.

— J'ai dit que je ne savais pas, nom de Dieu !

En la voyant reculer, il se rendit compte qu'il avait haussé le ton.

— J'ai besoin de temps, reprit-il plus bas.

Elle ouvrit la bouche, mais se ravisa aussitôt pour afficher une expression insondable. Elle finit par poser la liasse de billets sur une étagère.

— Ceci t'appartient toujours.

Elle s'avança et plaça une main sur l'avant-bras de Tom.

D'instinct, il ne refusa pas ce contact. Il avait besoin du réconfort qu'elle lui donnait depuis un an, sans parler du plaisir qu'ils avaient partagé. Cependant, c'était une femme bien plus complexe qu'il ne l'avait imaginé.

Il dégagea son bras de son emprise. Elle l'observa un instant et, soudain, afficha une expression déterminée.

— Avant que tu ne prennes ta décision, dit-elle en se redressant fièrement, accorde-moi une faveur. Viens au club demain soir.

— Il est fermé le vendredi, répondit-il en fronçant les sourcils.

— En apprenant la mort de ton père, j'ai eu peur que les jours du club ne soient comptés, alors j'ai décidé d'ouvrir deux fois par semaine afin d'engranger le plus d'argent possible avant la fermeture.

Tom oscillait entre la colère et l'admiration. Elle ne manquait pas d'audace !

— Tu veux que je vienne au club dans quel but, au juste ?

— Pour que tu constates que ce n'est pas uniquement un lieu de perdition. C'est une véritable entreprise.

— Cet argent me le prouve, admit-il froidement.

— Je t'en prie, viens au club, insista-t-elle. Et ne sois pas trop élégant.

Face à son silence, elle soupira d'un air résigné.

— C'est tout ce que j'ai à te dire sur la question. Pour l'instant.

Elle passa devant lui et ouvrit la porte. Pendant une fraction de seconde, elle hésita, mais Tom se trouva incapable de bouger, de parler, pétrifié par l'incrédulité, la colère et la confusion.

Lucia disparut et referma la porte derrière elle.

Tom tendit la main pour saisir la liasse de billets. Hélas, ce cauchemar était réel.

9

Lucia trouva Kitty et Elspeth dans la cuisine. Des effluves de saucisses lui envahirent les narines. Liam était perché sur les genoux d'Elspeth tandis que Kitty s'affairait au fourneau.

Les deux femmes se tournèrent vers leur amie d'un air interrogateur.

— Alors ? s'exclama Kitty.

— Il était horrifié, je suppose, hasarda Elspeth.

Lucia entra et posa une boîte bleu pâle entourée d'un ruban en satin sur la longue table qui trônait au milieu de la pièce. Tous les 21 du mois, après son rendez-vous avec le duc, elle avait coutume de s'arrêter chez Catton sur le chemin du retour.

— Une tarte aux cerises et aux prunes pour toi, Elspeth, et un gâteau au gingembre pour toi, Kitty. J'ai... J'étais trop distraite pour choisir quelque chose pour moi.

— C'est gentil de nous apporter des gourmandises, fit Kitty en ôtant sa poêle du feu, mais que s'est-il passé avec le nouveau propriétaire ? A-t-il hurlé ? Ri ? A-t-il lâché ses molosses sur toi ?

Épuisée et fébrile, Lucia prit appui sur le bord de la table. Elle leur résuma son entrevue avec le duc dans le garde-manger de la demeure de Mayfair. Ensuite, elle guetta la réaction de ses amies.

— Nom de Dieu, soupira Elspeth. Tu ignorais tout de son identité quand tu as passé cette nuit torride avec lui ?

— Absolument.

Elle n'en revenait pas elle-même. Comment aurait-elle pu imaginer qui était Tom ?

— Quelle histoire ! commenta Kitty.

Elle disposa les saucisses dans les assiettes et rejoignit Elspeth. Lorsqu'elle voulut servir Lucia, celle-ci refusa d'un geste.

— Il ignorait tout de l'implication de son père dans ce club ?

— Il n'aurait pas été plus surpris si je lui avais annoncé qu'il était le roi de Naples.

Plus agitée que jamais, Lucia se mit à faire les cent pas.

— Vous auriez vu son expression d'effroi !

Elspeth confia l'enfant à Kitty, qui l'installa sur sa chaise haute.

— Il est pourtant venu ici souvent, dit-elle. Pourquoi cette réaction ? Ce n'est pas comme s'il était un défenseur de la moralité !

— Aucune idée, fit Lucia en haussant les épaules.

Non seulement l'homme qui avait exploré son corps avec tant de sensualité et d'expertise était un duc, mais il tenait entre ses mains son gagne-pain et son rêve le plus fou.

Elle avait brisé ses propres règles en se compromettant avec un client, et voilà ce qu'elle récoltait : des tourments !

— Quelles que soient ses raisons, je l'ai prié de ne pas prendre de décision sur l'avenir du club avant demain soir.

— Toi, tu mijotes quelque chose…

Kitty coupa un morceau de poire et le tendit à Liam, qui mordit dedans avec gourmandise.

Lucia envisageait déjà les hypothèses les plus sombres. En se préparant au pire, elle avait souvent réussi à sauver sa peau, par le passé.

— Je pensais lui faire effectuer le tour du propriétaire, expliqua-t-elle, tel un général d'armée avant la bataille. Je veux qu'il constate que ce n'est pas qu'une maison où les gens copulent comme des bêtes. C'est une entreprise à part entière qui fait vivre une dizaine de personnes. Ensuite, il devrait se décider en notre faveur.

Elle cherchait avant tout à se convaincre elle-même, comme si énoncer ce souhait à voix haute le rendait plus réalisable.

— Espérons-le, fit Elspeth, la mine grave. La perspective de chercher un autre emploi me rend malade. Comment avouer à un employeur potentiel que j'étais responsable de la comptabilité d'un club libertin ?

— D'un autre côté, intervint Kitty d'un ton enjoué, ton futur employeur saura qu'on ne te distrait pas facilement de tes registres.

— Tu es la seule à pouvoir me distraire…

Elspeth prit la main de Kitty dans la sienne et les deux femmes échangèrent un regard complice.

« *Dio mio*, songea Lucia en observant ses amies. Je n'ai rien vu venir. Je n'ai même pas remarqué qu'elles étaient tombées amoureuses l'une de l'autre… »

Elle se surprit à les envier. Elle-même ne pourrait jamais connaître l'amour sans s'exposer à un désastre. Une seule nuit avec Tom avait suffi à lui faire perdre la tête.

Elspeth serra une dernière fois la main de Kitty et commença son repas.

— Tu crois qu'il viendra, demain ?

Lucia prit le temps de balayer la pièce du regard. Elle espérait pouvoir confier un jour les rênes à quelqu'un afin qu'elle, Kitty et Elspeth puissent vivre près du foyer pour jeunes filles. Elles géreraient ensemble l'établissement, Elspeth à la comptabilité, Kitty à la tête du personnel et Lucia dans le rôle de directrice et enseignante. Il y aurait au moins un chat roux. Liam grandirait entouré d'une vingtaine de grandes sœurs d'adoption, et le monde serait enfin pour toutes un lieu sûr.

— Comment le saurais-je ? Je ne suis pas voyante, soupira-t-elle.

Il ne lui restait plus qu'à espérer que son univers ne s'écroulerait pas comme un château de cartes, anéantissant ses rêves.

À peine le majordome avait-il annoncé Tom que ce dernier déboula dans le bureau du duc de Greyland. Son ami se leva pour lui serrer la main. Tom était sur des charbons ardents.

— Tous les restaurants et les tripots sont donc fermés ? railla Greyland.

Percevant la fébrilité de Tom, il fronça les sourcils.

— Je me suis rendu dans le lieu de perdition le plus proche et on m'a conseillé de venir ici, plaisanta Tom.

Il observa les dossiers accumulés sur le bureau.

— Un spectacle tristement familier, grimaça-t-il.

— Toi et moi sommes au sommet de la montagne, admit Greyland. Nous essayons simplement de ne pas nous noyer dans la paperasse.

Incapable de tenir en place, Tom s'approcha de la cheminée en marbre et regarda les flammes danser dans l'âtre.

— Je ne voudrais pas t'empêcher de gérer le duché, déclara-t-il en luttant pour ne pas taper du poing. Je n'aurais pas dû venir. Tu es occupé et…

— Viens donc faire un tour dans le jardin avec moi, proposa Greyland d'un ton sans réplique, mais chaleureux.

Tom regarda vers la fenêtre givrée.

— En novembre, il fait frisquet dans le jardin, répondit-il sèchement.

— Tu es équipé pour la circonstance, insista son ami en désignant le manteau de Tom. Il me suffit d'enfiler le mien.

Greyland tira le cordon pour appeler le majordome.

— Mon manteau et deux canifs !

— Bien, Votre Grâce, fit l'employé avant de s'éclipser.

Tom effleura les livres alignés sur les rayonnages de la bibliothèque. Il commençait à s'interroger sur la sagesse de la confession qu'il était venu livrer.

— Comment va la duchesse ? demanda-t-il.

— Elle se porte à merveille. Elle est mon soleil après le long hiver que fut mon existence.

Le bonheur de son ami faisait plaisir à voir, songea Tom. Bientôt, le majordome réapparut.

— Les canifs, monsieur.

— Un pour moi et un pour le duc de Northfield, ordonna Greyland.

Tom saisit le manche en ébène.

— Tu comptes m'obliger à me battre ?

— Tu comprendras si tu parviens à patienter deux minutes.

Greyland enfila son manteau en refusant l'aide du majordome.

— Très bien, dit-il. Nous sommes prêts. Suis-moi.

Quelques instants plus tard, les deux hommes foulaient le gravier d'une allée du parc. Tom peinait à marcher lentement : il brûlait de courir jusqu'à l'épuisement. Il se força à balayer le paysage du regard. Les arbres tendaient leurs branches nues vers un ciel gris et les fontaines étaient asséchées, pleines de feuilles mortes. Les rosiers avaient été taillés.

La nature n'était pas totalement en sommeil dans le parc de Greyland. Un jardinier ambitieux avait planté des haies dont les feuilles étaient couvertes de givre, créant un spectacle enchanteur.

— Si nous sortons dans un lieu public, nous risquons d'être importunés par des députés raseurs, confia Greyland. Ici, nous sommes libres de déambuler sans endurer flagorneries et jérémiades.

— Je m'étonne que quelqu'un ose faire la leçon à deux ducs, rétorqua Tom. Il faut un sacré culot pour te prendre à parti.

Greyland ne put réprimer une grimace.

— C'est rare, en effet. Cela dit, quand on suggère d'augmenter les taxes imposées aux plus riches de ce pays, il faut s'attendre à des protestations.

Son ami se pencha pour ramasser deux branches mortes et en tendit une à Tom.

— Tu veux travailler tes ripostes et des feintes ? demanda ce dernier en faisant mine de manier une épée.

— Regarde bien, dit Greyland en sortant son canif et se mettant à gratter l'écorce. Il n'y a pas que les marins et les paysans qui taillent le bois pour s'occuper les mains.

Tom observa pendant un instant les mouvements agiles du duc, puis ses propres mains trouvèrent le rythme. Il y puisa un semblant de calme. Sans doute était-ce l'objectif de Greyland depuis le départ.

Dans le silence, l'esprit de Tom se mit à vagabonder malgré lui. Soudain, la lame de son canif glissa sur le bois et il faillit s'entailler le doigt. Il étouffa un juron.

— Écoute, j'ai quelque chose à te dire, déclara-t-il soudain. Il ne faudra surtout pas le répéter. À personne ! Y compris la duchesse.

— J'ai toute confiance en Cassandra. Je lui confierais ma vie.

— Je ne puis prendre un tel risque. Bon, tant pis… je ne vais pas t'ennuyer avec cette histoire…

Il voulut s'éloigner, mais Greyland le retint par le bras.

— Je te jure de ne rien répéter à personne, fit-il d'un ton sincère.

— As-tu entendu parler du club de l'Orchidée ? demanda Tom, le souffle court.

Cela semblait peu probable.

Mais Greyland rougit légèrement.

— J'en ai entendu parler…

Tom ne s'attendait pas à cela !

— Euh… eh bien… Mon père en était le propriétaire, et je lui ai succédé.

Greyland parvint à masquer sa stupeur. Il se contenta d'arquer les sourcils.

— Voilà qui est surprenant.

— Je ne l'ai découvert que cet après-midi. La personne responsable du club est venue me remettre ma part des bénéfices.

Mieux valait ne pas préciser qu'il avait passé une nuit torride avec cette personne, un détail qui ne ferait que compliquer une situation déjà épineuse.

— Mon père ! grommela Tom. Lui qui se présentait comme un défenseur des valeurs morales était le propriétaire du club de l'Orchidée !

Il jeta rageusement son bout de bois par-dessus la haie.

— Si par malheur quelqu'un l'apprenait, la réputation de ma famille serait anéantie. Ma mère, Maeve... devraient s'exiler à jamais. Déshonorée, Maeve ne pourrait se marier. Nom de Dieu !

Il se sentait accablé. Son père n'avait pas hésité à mettre les siens en danger, il avait flirté honteusement avec le scandale, et Tom ne saurait jamais pourquoi le défunt duc avait agi de la sorte.

— Ce responsable compte-t-il te faire chanter ? demanda Greyland.

— Elle gardera le silence, affirma Tom sans l'ombre d'un doute.

Greyland se remit en marche, Tom sur les talons.

— Tu vas devoir trouver une stratégie.

— Justement... je ne sais pas quoi faire, admit Tom.

— Si Ellingsworth - enfin, lord Blakemere - est un fin stratège militaire, je suis un expert de la navigation dans les eaux troubles de la bonne société. Chaque étape doit être réfléchie et analysée.

— Ce n'est pas dans mes habitudes... et la respectabilité n'est pas mon fort. Ces gens sont des dragons.

— Les dragons te dévoreront, ainsi que ta famille, si tu ne fais pas attention. Le plus sage serait de fermer ce club sans tarder.

— Ce serait plus sage, répéta Tom d'un ton morne. Quant à l'aspect humain du problème...

— La réputation de ta famille est en jeu, rétorqua Greyland. Quels sont les autres éléments à prendre en considération ?

La supplique de Lucia résonnait encore dans la tête de Tom. Il revit ses yeux et sentit le contact de sa peau.

« Accorde-moi une faveur. Viens au club demain soir. »

— Depuis trente-deux ans, avoua-t-il en s'arrêtant près de la fontaine, je cherche avant tout à me faciliter la vie. Et me voilà perdu dans un labyrinthe, dans le noir complet.

— Quelle que soit ta décision, je sais que tu as les meilleures intentions du monde, dit son ami avec bienveillance.

— L'enfer est pavé de bonnes intentions, persifla Tom.

— Personne ne te demande d'être parfait, Northfield. Ce qui compte, c'est ce que tu as dans le cœur.

Pour souligner ses propos, Greyland lui assena un coup de poing sur le torse, au point de le déséquilibrer.

— Tu ne seras peut-être pas le meilleur, mais tu feras de ton mieux.

Tom sentit sa gorge se nouer d'émotion.

— Donc c'est vrai, bredouilla-t-il.

— Quoi ? fit Greyland, intrigué.

— Que ta duchesse a réussi le même tour de magie qu'Aphrodite avec Pygmalion. Elle a transformé la froideur de l'ivoire en un être de chair.

Greyland fronça les sourcils, mais il ne put masquer son amusement.

— Je n'étais pas d'ivoire, nom de Dieu ! J'étais en granit. Je ne sais pas si j'ai réussi à te réconforter.

— Il est toujours bon d'exprimer ses soucis.

Si les problèmes de Tom n'étaient en rien résolus, il se sentait un peu plus léger et moins oppressé.

Greyland émit un petit rire, formant de la buée devant sa bouche.

— Rentrons boire un cognac avant de mourir de froid. Tu restes souper à la maison, bien sûr.

Une soirée à regarder Greyland et sa duchesse échanger des regards enamourés ? Il préférerait rejoindre Amina… enfin, Lucia, dans son lit pour n'en sortir qu'au petit matin.

Bon sang… elle était désormais son employée !

Qu'allait-il faire du club ? Il serait si facile de considérer uniquement les bonnes mœurs. Or Lucia lui avait demandé de songer au personnel. Il ne savait rien de ceux qui servaient les boissons et veillaient au respect des règles du club. Et à moins qu'il n'accède à la requête de Lucia de visiter les lieux, il resterait dans l'ignorance.

Il reprochait souvent à son père de ne pas envisager tous les aspects d'une situation. S'il ne se rendait pas au club pour en découvrir les coulisses, il serait coupable de la même étroitesse d'esprit. Sa décision était prise. Le lendemain, il retournerait au club, non plus en tant que client, mais en tant que propriétaire.

— Je te remercie, dit-il à Greyland en gravissant les marches du perron. Nous souperons ensemble une autre fois. Je crains d'être de mauvaise compagnie, ce soir.

— À ta guise.

Greyland le fit entrer dans un petit salon donnant sur l'arrière de la maison.

— Cela vaut peut-être mieux, ajouta-t-il. Cassandra t'aurait défié aux cartes et je n'ai jamais vu une telle tricheuse !

10

— Un vendredi soir rentable, annonça Elspeth, qui attendait les clients dans le hall, en compagnie de Lucia.

— Il n'est pas encore onze heures, signala celle-ci, tenaillée par l'angoisse.

— S'il y a un nouveau coup de feu à minuit, cela nous assurera notre meilleure recette. Le prince en personne viendra peut-être. Tout peut arriver…, ajouta Elspeth en prenant son amie par les épaules.

— C'est le charme de l'inconnu, admit Lucia.

Ce soir-là, elle prenait deux risques : elle ouvrait le club un soir supplémentaire, et Tom allait probablement se présenter.

Mais la recette ne suffirait peut-être pas à couvrir les heures supplémentaires des employés. Comme Lucia refusait de léser son personnel, elle préférait se priver de rémunération pour que sa mauvaise décision ne retombe pas sur les autres.

Et si Tom ne venait pas… S'il décidait simplement de fermer le club…

Elle avait pourtant l'habitude du danger. À Naples, sa mère Antonia jouait à la loterie chaque samedi et, bien qu'elle ne sache pas lire, elle connaissait la Smorfia napolitaine par cœur. Ce qu'elle voyait en rêve trouvait son numéro correspondant dans les pages de cet ouvrage, qui prédisait les tirages de la loterie. Elle et sa fille attendaient avec impatience les résultats, dans l'espoir de sortir enfin de la pauvreté. Elles voulaient quitter leur quartier surpeuplé et délabré pour se retirer dans une villa de Posillipo afin de mener une vie sereine et luxueuse.

Chaque semaine, Lucia et sa mère étaient déçues, ce qui n'empêchait pas Antonia de rejouer le samedi suivant.

Quand Lucia demandait à sa mère pourquoi elle dépensait un argent précieux avec si peu de chances de gagner, Antonia répondait :

— Qui ne risque rien n'a rien.

Lucia voulait croire qu'elle pouvait obtenir mieux, dans la vie, pour elle et pour ceux qu'elle aimait.

Or, cette fois, elle voulait que les choses ne changent pas, que le club reste ouvert, que Kitty, Elspeth et les autres gardent leur emploi. Et leur sort dépendait de Tom.

— Que feras-tu s'il ne vient pas ? s'enquit Elspeth comme si elle lisait dans ses pensées.

— Nous continuerons comme d'habitude, répondit Lucia d'un ton qui se voulait assuré.

— Jusqu'à ce qu'il décide de mettre la clé sous la porte…

— S'il le décide.

Si elle s'exprimait avec conviction, son souhait se réaliserait peut-être.

En entendant des coups frappés à la porte, la jeune femme sentit son cœur s'emballer. Elspeth alla ouvrir, puis elle recula de quelques pas pour laisser entrer un homme.

Il posa immédiatement les yeux sur Lucia, qui retint son souffle.

— Sont-ce là vos vêtements de moindre qualité ? demanda-t-elle.

Elle toisa Tom, de son loup en satin noir à la pointe de ses bottes dont le cuir n'était en rien usé. Son manteau, son gilet et son pantalon suffisaient à le désigner comme un homme riche. Il respirait l'élégance, même si un semblant de barbe lui donnait un air un peu canaille, irrésistible.

Lorsqu'il tendit les bras, son manteau souligna ses larges épaules.

— Je n'avais pas le choix. Je n'ai pas voulu emprunter une tenue à mon valet.

— Peu importe. Vous êtes venu, conclut Lucia en s'approchant de lui.

Les yeux de Tom se mirent à pétiller, au point que la jeune femme sentit son corps vibrer de désir. Elle n'avait pas effacé cette nuit torride de sa mémoire, loin de là.

Elle se tourna vers Elspeth :

— Je ne ferai pas de présentations, ce soir, mais vous n'êtes pas étrangers l'un à l'autre.

Elspeth et Tom échangèrent un signe de tête discret.

Will apparut dans le hall.

— Un problème, Amina ? demanda-t-il.

— Aucun, répliqua Lucia en désignant Tom. Je songe à engager ce monsieur, alors je lui fais visiter les lieux.

— Bonne chance, mon vieux, lança Will avec sympathie. J'espère que tu n'es pas bégueule.

— Loin de là, assura Tom.

— Dans ce cas, tu vas t'intégrer.

Sur ces mots, Will retourna à son poste.

— Je surveille l'entrée, annonça Elspeth. Tu peux t'occuper de ton... employé potentiel.

S'efforçant de calmer son angoisse, Lucia se redressa. Pour l'heure, les choses se déroulaient comme prévu. Tom était là et il était disposé à écouter ses arguments. Son véritable travail de la journée allait commencer et elle espérait agir au mieux dans l'intérêt de son personnel.

— Outre moi-même et les employés, tu connais très bien cet endroit, dit-elle en l'entraînant dans le couloir vers le salon. Tu pourrais sans doute dessiner les plans de la maison. Cependant, il y a autre chose dans ce club.

Dans le salon, les clients laissaient libre cours à leurs fantasmes, en quête de sensations fortes, dans une atmosphère lourde. Les corps moites luisaient de sueur. Lucia n'avait d'yeux que pour Tom.

Elle contempla son profil altier, la courbe de ses lèvres. Très vite, elle se ressaisit.

— Qu'est-ce que tu vois ? demanda-t-elle un peu sèchement.

Il balaya la pièce d'un regard acéré et répondit :

— Des domestiques qui circulent avec des plateaux, des verres de vin ou des amuse-bouches.

— Un client ne doit jamais avoir à réclamer quoi que ce soit. Ce qu'il souhaite doit apparaître comme par enchantement. Or il n'y a rien de magique, ici.

— Rien que du travail acharné, acquiesça Tom, pensif.

Le cœur de la jeune femme s'emballa : il avait compris ce qu'elle voulait lui montrer !

— Quand on gère un tel établissement, il y a deux facteurs essentiels. Sauras-tu les deviner ?

— Le service, cita Tom après réflexion.

— Absolument. Et la propreté.

Elle se tourna vers deux employés affairés à ramasser les verres sales et à remettre de l'ordre dans la pièce.

— Les clients peuvent ainsi se laisser aller pendant quelques heures en oubliant tout souci.

Tom indiqua Arthur, posté discrètement dans un recoin sombre.

— Les anges gardiens, dit-il.

— Tu l'as rencontré. Lui et nos autres garçons passent régulièrement dans les salons pour veiller à la sécurité de chacun. Le personnel réprime tout fauteur de troubles… et nettoie également les sanitaires.

— Je n'avais pas songé à ce détail, pouffa Tom.

— Nous devons prendre en compte le moindre détail. Mon personnel est précieux et essentiel.

Tom observa encore la pièce, visiblement en pleine réflexion sur ce nouvel élément.

— Je ne sais presque rien de toi, souffla Lucia. Tu dois posséder de nombreux biens et avoir des parts dans d'innombrables entreprises. Des centaines de personnes dépendent de toi pour gagner leur vie.

— Ce sont des intermédiaires qui gèrent une partie de mes possessions, dit-il machinalement.

— Mais le poids de tes responsabilités… au vu de ton statut… Quant à moi, je suis responsable du club de l'Orchidée. À plus petite échelle, ce fardeau est aussi lourd à porter.

— C'est drôle, fit Tom en esquissant un sourire.

— Pourquoi ?

— Nous ne partageons pas uniquement une attirance réciproque, expliqua-t-il avec un regard brûlant qui la troubla. Nous partageons le poids du devoir.

— Effectivement…

Elle s'étonnait de garder un calme apparent quand il lui parlait ainsi.

« Reste concentrée sur ta tâche », s'ordonna-t-elle.

Elle lui fit signe de la suivre vers la salle de bal. Non sans satisfaction, elle constata qu'il s'intéressait davantage aux déplacements des employés qu'aux ébats sensuels des clients.

— Ils ne restent jamais en place, commenta-t-il. Et pourtant, leur présence est très discrète.

— Nous apprenons à passer inaperçus.

Il posa sur elle un regard perçant.

— Je t'ai toujours remarquée.

Elle brûlait d'envie de le toucher, de glisser une main sur son torse pour sentir la puissance de ses muscles. Céder à cette attirance ne pourrait que lui causer des ennuis, hélas, et mettre son cœur en péril.

— Les employés ont toujours soutenu mes initiatives, dit-elle d'un ton qui se voulait détaché. Comme moi, ils pensent qu'il faut donner aux clients ce qu'ils veulent. Il faut faire en sorte que les clients aient envie de revenir, encore et encore.

Elle observa l'estrade déserte à une extrémité de la salle de bal, puis les musiciens dans un coin.

— Ils ont adopté mon idée de proposer des attractions et de la musique.

— Cela fait longtemps que je n'ai pas assisté à un spectacle ici, releva Tom.

— Certes. J'ai manqué à mon devoir dans ce domaine, mais il est facile d'y remédier. Les clients semblaient apprécier ces numéros.

— L'orchestre est une idée judicieuse, concéda Tom, admiratif. C'est ainsi que l'ancienne maîtresse des lieux t'a choisie pour lui succéder. Parce que tu lui donnais de bonnes idées.

Lucia se permit de sourire. Elle avait beaucoup travaillé pour obtenir ce qu'elle voulait, et elle était flattée que Tom reconnaisse la qualité de ses efforts.

— Je me suis rendue indispensable, admit-elle.

Elle avait fait partie des « filles » de Mme Chalke dans une maison close de St. Martin's Lane, près de Covent Garden. Lorsque s'était présentée l'occasion de travailler une fois par semaine en dehors de l'établissement, elle l'avait saisie.

— C'est arrivé très vite, raconta-t-elle. J'ai servi des boissons, puis j'ai géré les commandes de vin et de fournitures.

— Je suppose que cela ne te suffisait pas ?

— En effet.

Elle avait toujours eu de l'ambition.

Tous les Napolitains adoraient le personnage de Polichinelle de la commedia dell'arte. Ils aimaient ses frasques, riaient de ses intrigues et compatissaient de le voir affamé. Lucia guettait surtout l'entrée en scène de Colombine, personnage coquet et rusé qui avait toujours une longueur d'avance. Domestique, elle agissait toujours dans l'intérêt de sa maîtresse.

À Naples, Lucia traînait dans les rues et gagnait quelques pièces en rendant de menus services et en tant qu'intermédiaire dans diverses affaires. Elle ne rêvait pas d'être actrice et d'incarner Colombine : elle voulait devenir Colombine, être sur le devant de la scène et tout diriger.

— Une tâche de plus ne me suffisait pas, confia-t-elle. Je suis intervenue dans l'embauche et la formation des employés. Je versais des pots-de-vin aux autorités, je pointais les reçus des soirées.

À peine Mme Chalke avait-elle un projet que Lucia le menait à bien à sa place.

« Tu es futée, disait Mme Chalke avec un sourire entendu. C'est ainsi que l'on sort du ruisseau, à force d'astuces et de détermination. »

— Si le club de l'Orchidée t'appartient, repritelle, il prospère grâce à moi et, par mes attentions constantes, personne ne manque de rien ici. Les salaires sont élevés et je suis compréhensive en cas de problème.

C'était la première fois qu'elle décrivait son métier aussi longuement, et elle en ressentait une certaine fierté.

— Tes employés sont conscients de tes efforts, constata Tom.

Bien qu'ils aient fait part à la jeune femme de leur gratitude, elle craignait toujours de ne pas en faire suffisamment pour eux. Pourtant, ils ne mentaient pas. Et ils ne resteraient pas à son service s'ils n'étaient pas heureux.

— Nous vivons dans un monde brutal et dangereux, dit-elle. Se contenter de survivre ne suffit pas. Le moins que l'on puisse faire, c'est veiller les uns sur les autres.

Elle sentit l'émotion monter en elle, mais elle refusait de le laisser croire qu'elle se troublait pour un rien. Elle lissa le bas de sa robe pour se donner une contenance.

— Continuons, proposa-t-elle. La visite n'est pas terminée.

Ils gagnèrent l'office où Lottie essuyait des verres et des assiettes, puis passèrent dans la chambre de dégrisement réservée aux clients pris de boisson. Plusieurs personnes gisaient sur des matelas, en pleine torpeur, sous la surveillance d'un dénommé George.

— La maison n'offre que deux verres de vin, expliqua-t-elle à voix basse pour ne pas les réveiller. De temps à autre, ils arrivent en état d'ébriété. Nous essayons de les repousser, mais s'ils insistent, nos vigiles les amènent ici, le temps qu'ils retrouvent leurs esprits. George s'occupe d'eux.

— Ce ne sont pas de mauvais bougres, commenta ce dernier.

— Votre tâche est plutôt ingrate, il me semble, remarqua Tom. Regarder ces ivrognes ronfler…

— Oh non ! assura George avec entrain. J'en profite pour lire le journal. Amina achète le journal et ceux qui savent lire peuvent le feuilleter. Pendant les repas, à l'office, elle fait la lecture pour que les autres s'informent de ce qui se passe dans le monde.

Tom hocha la tête d'un air pensif.

Lorsqu'ils eurent regagné le couloir, il reprit :

— Et quand un invité refuse de se reposer ? Menace-t-il de vous dénoncer ?

— Personne ne le ferait. Ils risqueraient de ternir leur propre réputation. Et si quelqu'un se montre trop tapageur… L'un de nos messieurs arrondit ses fins de mois en participant à des combats, et un autre a grandi au milieu de huit frères et sœurs, alors…

— Ah, fit Tom. Moi, je suis l'aîné. L'héritier. Il était de mon devoir de veiller sur ma sœur. J'ai donc intégré une académie de boxe pour pouvoir jouer des poings, au cas où.

— Tu as mené une vie de moine, railla-t-elle en feignant la tristesse.

— Absolument ! Et je mérite votre pitié, madame, répondit-il, les yeux rieurs.

Lucia aurait voulu se noyer dans cette intimité qui existait entre eux. Elle avait aussi envie de s'éloigner pour se protéger. Hélas, Tom l'attira vers lui, dans sa chaleur.

— Il doit y avoir autre chose, dit-il.

Le cœur battant, elle lui adressa un regard de biais.

— Il y a toujours autre chose..., souffla-t-elle.

En entendant quelqu'un se racler la gorge, elle fit volte-face et découvrit Kitty, la mine contrariée.

Lucia s'empourpra. Elle s'était juré de rester détachée et professionnelle, et voilà qu'elle flirtait outrageusement.

— Désolée de vous interrompre, fit Kitty. Il y a un problème à la cuisine et ta présence est indispensable.

— J'arrive, répliqua-t-elle vivement.

Elle suivit Kitty le long du couloir, Tom sur les talons, ce qui ne manqua pas de l'étonner.

— J'ai l'intention de tout voir, assura-t-il en réponse à son regard interrogateur.

Ils descendirent les marches vers l'office où régnait une certaine effervescence. Les employés allaient et venaient avec leurs plateaux. Jenny, la cuisinière, dirigeait sa brigade d'une main de fer et ornait ses petits-fours d'amandes caramélisées.

— Kitty a évoqué un incident, lui indiqua Lucia.

Exaspérée, Jenny leva les mains au ciel.

— Je comptais sur un pain de sucre entier, mais voilà ce que Sue m'a rapporté du garde-manger !

Elle brandit un morceau à peine plus gros qu'un œuf.

— Grignoté par les souris !

— Pourquoi ne s'en est-on pas rendu compte plus tôt ? s'enquit Lucia. Nous aurions pu faire des provisions en conséquence.

Sue baissa la tête.

— Pardon, madame. C'est ma faute. La cuisinière m'a demandé de vérifier nos réserves de sucre, ce matin, et je lui ai répondu sans vérifier.

Une larme coula sur la joue de la jeune fille. Lucia sentit aussitôt sa colère retomber.

— Va voir combien nous avons de miel et apporte-le-moi.

Sue ne se le fit pas dire deux fois et revint quelques instants plus tard avec un grand pot de terre.

— Voilà, madame, dit-elle à Lucia.

Celle-ci le montra à la cuisinière.

— Jenny, y en a-t-il assez pour remplacer le sucre manquant, ce soir ?

— Ça devrait aller, maugréa Jenny.

— Demain, nous aurons une petite conversation toutes les deux, dit Lucia à Sue, d'un air grave.

— Vous allez me renvoyer ? s'inquiéta la jeune fille.

— Non, tu gardes ta place… Mais cela ne signifie pas que tu es pardonnée.

— Bien, madame.

— Au travail, ordonna Lucia.

La jeune fille esquissa une révérence et reprit son couteau pour hacher des noisettes.

Le problème étant réglé, Lucia fit signe à Tom de la suivre dans l'escalier de service.

Soudain, il posa une main sur la sienne, sur la rampe. Parcourue d'un long frisson, Lucia se retourna. Elle occupait une marche plus haute et dominait le duc. L'intensité de son regard bleu s'insinua en elle.

— La plupart des responsables auraient congédié cette fille, remarqua-t-il.

— Sue a trois petits frères qui risquent de se retrouver à l'assistance publique, et le peu d'argent qu'elle gagne à la pâtisserie n'est pas suffisant. Si je la renvoie, elle ne pourra pas régler son loyer.

— Rares sont les employeurs qui prennent en compte ces considérations.

— Ce club est mon entreprise, et le personnel est ma famille.

— Vous n'avez aucun lien de sang, pourtant.

Elle sentit son cœur se serrer.

— Ils représentent bien plus que cela à mes yeux, tant qu'ils sont loyaux et qu'ils travaillent dur. Je ne tolère pas que l'on ne donne pas le meilleur de soi-même. Ou que l'on trahisse la confiance de nos clients.

L'année précédente, un employé avait parlé à un pasteur de l'un des clients, et elle l'avait mis à la porte sans remords.

Elle croisa le regard de Tom, sans chercher à masquer son émotion :

— Ce club emploie presque vingt personnes, sans compter les musiciens. Ils travaillent tous ailleurs dans la journée, mais je les rémunère généreusement pour leur discrétion et leurs efforts. Grâce à ce supplément de revenus, ils nourrissent leur famille loin des taudis de Whitechapel.

Elle frémit en songeant aux bas-fonds de Berner Street et Gravel Lane.

Elle avait fui cet enfer quand Mme Chalke l'avait amenée dans la maison close proche de Covent

Garden, où elle avait pu manger à sa faim et dormir dans un lit sans cafards ni puces.

— Réfléchis à tout cela avant de prendre ta décision de fermer ou non cet établissement.

Il fronça les sourcils et crispa la mâchoire, sans dire un mot.

Il restait une carte à jouer, songea Lucia. Pourvu que ce soit la bonne.

— J'ai une ultime requête à formuler. Demain après-midi, à trois heures, rejoins-moi dans l'appartement situé au-dessus du pub le Green Oak.

— Je ne le connais pas, avoua Tom.

— C'est normal. Il se trouve à Bethnal Green.

— Je ne fréquente guère ce quartier malfamé. Est-ce bien raisonnable que tu t'y rendes ?

Sa sollicitude la toucha, même si elle était déplacée.

— Tout ira bien, mais je te recommande de laisser ta voiture ducale chez toi au profit d'un véhicule plus sobre. Et tu devras emprunter les vêtements de ton valet.

— C'est noté, répondit-il d'un ton neutre, le regard brûlant.

Entre eux, le désir était palpable, vibrant. Elle aurait pu se noyer dans ce regard et se consumer de passion. Si seulement elle pouvait tout oublier pour laisser libre cours à l'appel des sens…

Il fallait qu'elle se maîtrise. Elle avait déjà eu le cœur brisé et elle avait mis du temps à s'en remettre.

Si cela se reproduisait avec Tom, elle n'y survivrait pas…

11

— Vous êtes certain de vouloir vous arrêter ici, monsieur ?

De son perchoir, le cocher du fiacre observa d'un œil critique la façade du Green Oak.

— C'est bien ma destination, confirma Tom en mettant pied à terre pour régler la course.

Le cocher empocha la pièce de monnaie, les yeux rivés sur le groupe d'hommes à la mine patibulaire et aux vêtements élimés devant l'entrée du pub.

— Je vous préviens, je ne vous attendrai pas dans ce coupe-gorge, annonça-t-il.

— C'est inutile.

Tom n'était pas inquiet, même s'il demeurait sur ses gardes. En dépit de ses vêtements modestes, il ne passait pas inaperçu, même s'il avait laissé sa chevalière ducale à la maison.

Certains pairs du royaume aimaient s'encanailler dans les quartiers populaires, observer la misère comme s'ils assistaient à un spectacle. Ils appréciaient le frisson du danger, la possibilité d'une agression, d'un vol. Ensuite, à la fin de la nuit, ils regagnaient leurs manoirs de Mayfair et leur confort.

Tom n'était pas de ceux-là. Le malheur des autres ne lui procurait aucune satisfaction. Il préférait d'autres distractions : les danseuses, la boxe, le lancer de couteau. Il se retrouvait en territoire inconnu.

— Si vous êtes encore en vie, vous me retrouverez au pub proche de Fenchurch et Leadenhall Street, précisa le cocher.

— J'ai bien l'intention de rester en vie, répliqua Tom. J'en prends bonne note.

L'homme fit claquer les rênes et s'éloigna, laissant Tom sur le trottoir.

Il balaya du regard la rue jalonnée de boutiques, sous des logements délabrés en brique. La chaussée n'étant pas pavée, la boue maculait les bottes et les pieds nus des passants. Sur un perron, une femme portant un enfant fixa Tom d'un air méfiant. Quelques gamins en haillons jouaient avec une balle façonnée à l'aide de chiffons.

Tom se sentit vite oppressé. L'atmosphère était lourde et grise, le désespoir palpable. Mayfair était bien loin…

Pourquoi Lucia l'avait-elle fait venir en ce lieu ? Le club de l'Orchidée se trouvait à des kilomètres. Que pouvait-elle fabriquer dans ce quartier ?

À côté de l'entrée du pub, il y avait une porte, qu'il ouvrit. Il découvrit un escalier branlant. L'air empestait. Lucia lui avait donné rendez-vous à l'étage. Les marches craquèrent sous ses pas.

Le sommet de l'escalier débouchait sur un couloir. Plusieurs portes étaient entrouvertes. Tom s'avança prudemment pour regarder dans chaque pièce. Dans l'une d'elles, une femme était assise par terre, entourée d'une pile de chemises. Elle ne leva pas les yeux de son ouvrage de couture.

Son voisin était un homme installé devant un poêle, avec un chien très maigre. L'animal ne réagit pas, et l'homme posa sur Tom des yeux injectés de sang.

— Qu'est-ce que tu veux, mon gars ?

— Je cherche quelqu'un.

— Ici, y a personne qui vaille la peine qu'on le cherche. Sauf si tu parles d'elle.

— Elle ?

— La fille aux yeux noirs. Elle apporte toujours un panier quand elle vient, mais il ne contient pas à manger. Je lui en ai demandé et elle m'a répondu que ce qu'elle apporte ne se mange pas.

Un sourire apparut sur son visage buriné.

— La fois suivante, elle m'a apporté une tourte à l'anguille.

Cela ressemblait bien à Lucia, songea Tom.

— Où puis-je la trouver ?

L'homme désigna la pièce voisine de la tête.

— Si tu la vois, dis-lui que je veux un pâté en croûte, la prochaine fois. Sinon, je me contenterai d'une autre tourte.

— Je le lui ferai savoir.

Tom effleura le bord de son chapeau et se dirigea vers la dernière porte.

En entendant la voix de Lucia, il se figea.

— Essaie encore, Letty. Ce n'est pas grave si la boucle n'est pas parfaite.

— Je veux qu'elle soit comme la vôtre, répondit une fillette aux intonations des faubourgs.

— Un peu de patience. J'ai mis un mois avant d'y arriver.

— D'accord..., grommela l'enfant, peu convaincue.

Curieux, Tom frappa doucement à la porte. Lucia l'invita à entrer.

Dans la pièce grise, la jeune femme était penchée vers une fillette qui se tenait à un petit bureau devant une feuille de papier, un fusain à la main. De toute évidence, elle apprenait à écrire. D'autres filles de sept à douze ans environ, en guenilles, se trouvaient dans cette salle de classe improvisée.

Les murs sales étaient fissurés. Une unique lampe éclairait faiblement la pièce pour permettre aux élèves de déchiffrer leurs manuels. Dans un panier, il vit quelques livres.

— Qui c'est ? s'enquit une petite brune en fixant Tom.

— Un ami, répondit Lucia en se redressant.

Son regard était chaleureux, mais elle semblait lasse.

— Il vient nous rendre visite, poursuivit-elle.

— Mesdemoiselles, fit Tom en s'inclinant.

Les enfants le regardèrent avec curiosité. Deux d'entre elles gloussèrent.

— Vous venez apprendre votre alphabet, vous aussi ? demanda la petite brune. C'est difficile ! Mlle Lucia dit que tout ce qui vaut la peine est difficile à obtenir.

Comme tous les Londoniens, Tom connaissait les divers aspects de la pauvreté, visibles à tous les coins de rue, des marchandes de fleurs aux mendiants qui rendaient de menus services pour quelques sous. Attendri, il ne manquait pas de faire l'aumône. Mais ces enfants au visage crotté, assidues dans leur travail… Il eut l'impression de recevoir un coup de poignard en plein cœur. Il ne pouvait plus se cacher derrière ses bons sentiments, faire comme si quelqu'un allait s'occuper de ces malheureuses et améliorer leur sort. Il se retrouvait face à la réalité de la société. Il était de la responsabilité de tous les privilégiés d'aider les plus faibles.

— Notre ami serait ravi que tu lui fasses la lecture, Mary, déclara Lucia.

Voyant que l'enfant hésitait, Tom déclara :

— Si tu ne veux pas…

— Non, non, je vais lire.

Elle se leva et s'approcha de lui, munie d'un livre en piteux état. Elle sembla impressionnée lorsqu'il se pencha vers elle.

Il s'accroupit pour croiser son regard. Elle semblait si sérieuse, et avait sans doute déjà une expérience de la vie qu'il n'aurait jamais.

Mary ouvrit son livre et se mit à déchiffrer les mots d'une voix hésitante.

— Les part… les part…

— Les parties, souffla gentiment Lucia.

— Les parties principales d'une fleur sont le calice, la corolle, l'éta…

— L'étamine, intervint Tom.

Mary poursuivit ses efforts :

— … l'étamine et le pistil.

Elle referma vivement l'ouvrage.

— C'est de la botanique, expliqua-t-elle. Plus tard, je serai botaniste et j'étudierai les plantes.

— C'est un beau métier, approuva Tom avec un hochement de tête.

Devait-il se désespérer en pensant à ses chances de réaliser son rêve, ou l'applaudir pour son ambition et sa détermination ?

Lucia vint poser une main sur la tête de son élève. Tom se releva.

— Les enfants, poursuivez votre travail pendant que je parle avec M. Tom dans le couloir.

— Oui, mademoiselle ! répondirent-elles en chœur.

Elles étaient particulièrement sages et obéissantes. Lucia et Tom se retrouvèrent dans le couloir sombre, face à face. Il distinguait à peine son visage mais percevait l'intensité de son regard.

— Elles sont comme moi, dit-elle. Sans famille, sans maison, sans personne pour s'occuper d'elles.

Avec le recul, il avait toujours décelé une pointe d'accent des faubourgs chez elle. Cette femme altière et fière était impressionnante. Elle méritait sa réussite.

— Tu t'occupes d'elles, commenta-t-il en croisant les bras. Cela fait combien de temps ?

Elle regarda en direction de l'escalier, la mine triste et déterminée à la fois.

— J'ai commencé ces leçons il y a deux ans. Je me suis rendue à Bethnal Green pour recueillir les petites filles les plus déguenillées. La plupart sont orphelines et dorment dans les ruelles ou les asiles, sur des paillasses, sans manger à leur faim. Ce premier jour, je leur ai promis un gâteau si elles venaient avec moi pendant une heure. Elles sont venues. Certaines sont parties au bout de cette heure, mais les autres sont restées.

Elle était visiblement très fière de ses élèves.

Tom sentit son cœur se serrer de plus belle. Il émanait d'elle tant de courage et d'espoir !

Aucun membre du Parlement n'affichait un tel sourire.

— Elles sont nombreuses, reprit-elle. Les manuels, les craies, le papier..., je les achète avec l'argent que je gagne au club. Hélas, cela ne suffit pas. Cela ne suffit jamais..., soupira-t-elle.

— Tu es seule à les aider ?

— J'essaie de changer cela.

Il parut intrigué.

— Depuis que j'ai remplacé Mme Chalke, l'ancienne patronne, j'ai fait des économies et je suis proche du but.

— Quel but ?

— Je veux leur créer un refuge, expliqua-t-elle. Un foyer permanent, et pas seulement une pièce sordide dans un taudis. Un lieu où elles seraient en sécurité.

Sa voix se brisa et elle s'essuya furtivement les yeux. Ému, Tom tendit la main vers elle, mais elle eut un mouvement de recul. Chassant sa contrariété, il comprit qu'elle ne voulait pas de réconfort. Elle voulait être entendue.

— C'est le club qui finance le projet, déclara-t-elle. J'ai mis de côté mon salaire pour régler le loyer des futurs locaux de mon institution. Kitty et Elspeth ajoutent un peu d'argent dans la cagnotte quand elles le peuvent. Si le club ferme ses portes…

Dans la pénombre du palier, ses yeux brillaient d'une rage qui pénétra Tom jusqu'au plus profond de son âme.

— C'en sera terminé du foyer, compléta-t-il dans un souffle. Nom de nom, Lucia, tu es dure en affaires…

— La vie est une sale affaire, assura-t-elle sans remords. La question est de savoir jusqu'où on est disposé à aller pour sortir vainqueur.

Tom se massa les tempes. Il avait l'impression de devenir fou.

— Ce que tu me demandes… c'est de mettre la réputation de ma famille en péril…

— Il y a toujours des risques, admit-elle. Tant de personnes sont dépendantes de moi et du club. Et moi, je dépends de toi.

Il décela une note implorante dans le ton de sa voix. Elle fit un pas vers lui et tendit une main.

— Ne ferme pas le club... Donne à ces filles la chance de réaliser leur rêve.

Il regarda la porte ouverte. Les enfants travaillaient avec application. La ville était pleine de fillettes perdues, vivant de menus larcins et de la vente de tout ce qu'elles trouvaient sur les rives de la Tamise.

— Et toi, tu as eu une chance de réaliser ton rêve ? demanda-t-il doucement.

Elle eut soudain l'air mélancolique.

— Cela n'a pas été facile de trouver un rêve, un objectif. Par moments, je n'avais rien du tout, rien que moi-même à négocier.

Soudain, Tom comprit et se figea.

Les filles des rues ne vendaient pas seulement des objets.

— Oui, je l'ai fait, enchaîna-t-elle. D'abord sur le trottoir, puis dans la maison close de Mme Chalke à Covent Garden, avant qu'elle ne me prenne comme serveuse au club.

Le cœur du duc s'emballa. Lucia faisait partie de ces milliers de femmes qui vendaient leur corps à Londres. Cela lui semblait irréel, jusqu'à cet instant.

— Et tu...

Comment formuler cette question ? Tant d'idées se bousculaient dans sa tête... mais il brûlait de savoir.

— ... tu aimais cela ?

Elle haussa les épaules.

— Parfois, oui. Ce n'était qu'un travail. Tu ne me juges pas, j'espère, ajouta-t-elle en fronçant les sourcils.

— Les hommes de mon rang paient des femmes pour posséder leur corps. Il serait hypocrite de ma part de te mépriser parce que tu as proposé des services que je me suis moi-même offerts par le passé. Néanmoins, je vais avoir besoin d'un peu de temps pour m'y habituer.

— Mon passé n'a aucune importance, dit-elle en désignant la salle de classe. Seuls comptent le présent et l'avenir. Alors, quelle est ta réponse ?

Il s'éloigna de quelques pas, puis revint vers elle, le cœur et l'esprit en émoi. Si la bonne société apprenait qu'il était propriétaire d'un club libertin, sa famille serait anéantie, mais s'il fermait le club, que deviendrait le personnel ? Et l'espoir de Lucia d'ouvrir un foyer pour recueillir les enfants perdues ? Et Mary, qui rêvait de devenir botaniste alors qu'il ne poussait à Londres que des mauvaises herbes ?

Devait-il protéger sa famille, ou donner de l'espoir aux fillettes de Bethnal Green pour sortir du cycle de la misère ? Pouvait-il concilier les deux ? Chaque vie humaine était précieuse, quelles que soient les origines sociales.

Le monde était cruel pour les femmes, même bien nées comme sa mère et sa sœur. Mais en quoi ces dernières avaient-elles plus de valeur que ces petites filles ? Soudain, il s'immobilisa et fit volte-face. Lucia le regarda avec une impatience teintée d'appréhension. Tom voulait trouver une solution pour sauvegarder à la fois sa famille et l'avenir des enfants de Bethnal Green.

— Le club restera ouvert, annonça-t-il.

La jeune femme ne put réprimer un long soupir de soulagement.

— *Grazie Dio...*

— Nul ne devra le savoir, ajouta Tom. Au moindre risque de scandale, je mettrai immédiatement la clé sous la porte. C'est clair ?

Elle hocha la tête.

— Le secret de ton père est bien gardé depuis plus de dix ans, et il en sera toujours ainsi.

Hésitante, elle fit un pas vers lui.

— Je peux ?

Il faillit s'esclaffer. Ils avaient exploré leurs corps, échangé un plaisir indicible. Ils se connaissaient depuis plus d'un an. Ils n'étaient rien l'un pour l'autre en théorie, mais en pratique...

Il la prit dans ses bras, et cette sensation l'enivra tel un alcool puissant. Elle se plaqua contre lui, un geste d'autant plus touchant qu'elle s'était forgé une carapace de femme forte au grand cœur.

— Tu es désormais mon employée, commenta-t-il.

— J'avais oublié ce détail...

Elle s'écarta de lui, ce que Tom ressentit comme un déchirement.

— Ne l'oublions pas.

Il ne voulait surtout pas profiter de son statut.

— Si seulement je pouvais l'oublier, avoua-t-elle, les yeux rivés sur ses lèvres. J'ai envie de t'embrasser.

— Moi aussi, répliqua-t-il d'une voix rauque. Hélas, il ne faut pas.

Un silence s'installa.

— Les filles ont besoin de moi, déclara-t-elle enfin.

— Je comprends.

Aucun autre mot ne fut échangé. Tom se rendait compte que Lucia et lui étaient liés à jamais.

Une cacophonie de voix graves résonnait dans la galerie de la Chambre des lords. Par petits groupes, des messieurs austères devisaient de leurs alliances politiques et du destin du royaume.

Le samedi précédent, Tom avait rejoint Lucia à Bethnal Green, et voilà qu'il se retrouvait au Parlement, la gorge nouée, la bouche sèche.

Ces derniers temps, sa vie n'était qu'une succession de cahots. Il naviguait en eaux troubles et risquait gros.

En voyant arriver le duc de Greyland, Tom ravala un juron. Son ami exigerait des réponses, et Tom n'en avait aucune à lui fournir.

Greyland fut abordé par plusieurs pairs désireux de lui parler, mais il les repoussa d'un geste de la main pour se tourner vers Tom. La mine grave, il se dirigea vers son ami.

— Je ne te comprends pas, Northfield. Tu as voté en faveur de cette proposition de loi de Brookhurst ! Comment as-tu pu… ?

— Il y avait mieux à faire que d'adhérer aux principes de ma conscience, rétorqua Tom.

Dans le premier tiroir de son bureau se trouvait une lettre, arrivée de bon matin afin que Tom puisse la lire avant de venir au Parlement pour la séance du jour.

Le duc de Brookhurst avait été très clair :

Votre sœur et mon fils ont développé un lien qui honore nos deux familles, un lien qui ne tiendra malheureusement pas si vous vous détournez de la voie ouverte par votre père. J'ai fait part de ma position à Hugh. Il n'épousera pas lady Maeve si son frère se met en tête de me résister.

Je suis certain que vous tiendrez compte de cet avertissement et que vous agirez en conséquence.

Voter en faveur d'un châtiment plus sévère des vagabonds était pour Tom un crève-cœur, mais il n'avait pas eu le choix. Il en avait la nausée.

Greyland fronça les sourcils de plus belle et baissa la tête vers les pieds de Tom. Ce dernier se sentit poussé à l'imiter.

— Qu'est-ce que tu regardes fixement ?

— Je me demandais si tu étais bien dans tes bottes, railla Greyland.

Tom se sentit à la fois furieux et coupable. La réflexion de son ami lui fit l'effet d'un coup de poing.

— Nom de Dieu…

— Pas de jurons en ce lieu, gronda Greyland en désignant la splendeur du cadre.

— Ah ! Northfield !

Le duc de Brookhurst s'approchait, une main tendue, accompagné de deux membres plus âgés de la Chambre des lords. Le duc était un homme élancé à la crinière grise et au front large. Son port altier attestait de sa lignée.

Il serra la main de Tom avec chaleur, puis foudroya Greyland d'un regard glacial.

— Milord…

— Brookhurst, répondit Greyland. Je vous félicite pour l'adoption de votre proposition de loi.

Le duc afficha une expression de dédain.

— Et ce malgré vos manœuvres !

Il se tourna vers Tom :

— J'espère que lady Maeve sera bientôt en mesure de recevoir des visites. Hugh erre dans Brookhurst Hall comme une âme en peine. Il se languit de sa bien-aimée.

— Lorsque viendra la fin de sa période de deuil, lord Stacey sera le premier à fréquenter notre salon.

— À la bonne heure ! s'exclama Brookhurst en lui tapotant l'épaule. Et si nous soupions ensemble, un soir ? Demain ?

Était-ce un ordre à peine voilé ?

— Peut-être… oui, bredouilla Tom, qui n'en avait aucune envie.

Là encore, il n'avait pas le choix, et il devrait ronger son frein en présence de cette ordure.

— Parfait, conclut Brookhurst avant de s'éloigner, ses compagnons sur les talons.

Tom sentit le regard appuyé de Greyland.

— Tu es désormais au courant : en faisant plaisir à Brookhurst, je garantis le bonheur de ma sœur, marmonna-t-il.

— Tu es dans un sale pétrin, maugréa Greyland. Ta situation est un peu risquée.

— Parfois, on est obligé de pactiser avec le diable.

— J'espère que le jeu en vaut la chandelle.

Tom eut l'impression d'être submergé par l'angoisse.

— Moi aussi, avoua-t-il.

12

Il n'y avait pas si longtemps, parcourir les rues élégantes de Mayfair faisait battre le cœur de Lucia. Les imposantes façades qui montaient vers le ciel lui donnaient l'impression d'être toute petite, et les voitures somptueuses éclaboussaient ses bottines usées et le bas de sa robe. Les gens huppés la toisaient avec un tel mépris qu'ils lui rappelaient qu'elle n'était qu'une étrangère, une intruse, et qu'elle le serait toujours.

Or ce jour-là, elle était en colère. Le poing crispé sur son journal, elle remontait South Audley Street. Elle passa devant Chesterfield House sans même lui accorder un regard.

Comment avait-il pu faire une chose pareille ?

À l'approche de Grosvenor Square, elle vit Northfield House se profiler au loin. Malgré sa fureur, elle fut impressionnée par la porte d'entrée, qui rappelait celle d'un temple. De toute son existence, elle n'avait essayé qu'une seule fois de rendre visite à quelqu'un en passant par la grande porte, et elle avait été rejetée.

Depuis le temps, elle aurait pu pardonner à ses grands-parents d'avoir refusé d'abriter leur petite-fille à moitié napolitaine, autrefois. Son troisième chagrin. Mais non, elle était toujours en proie à une rage et une tristesse qui l'accablaient.

Rien qu'une fois, elle rêvait de frapper à une porte et d'être reçue comme une invitée d'honneur.

Elle se dirigea vers les écuries, dans la ruelle jalonnée de flaques de boue et de crottin de cheval, croisant des palefreniers, des femmes de chambre et un valet. Ils lui adressèrent un signe de tête poli.

Lucia gagna l'entrée de service. La porte était ouverte. Rassemblant le courage qui lui restait, elle franchit le seuil. Quelques domestiques se hâtaient dans un couloir. Ils ne lui prêtèrent aucune attention. Des bruits de casserole lui parvinrent de la cuisine. Au loin résonna une sonnette.

Lucia frappa doucement à une porte.

— Entrez ! fit une voix d'homme.

— Bonjour, monsieur Norley, dit-elle.

Le majordome était assis à son bureau, devant un registre ouvert. En la voyant, il se leva d'un bond.

— Nous ne sommes pas le 21 du mois, protesta-t-il.

— J'ai besoin de le voir. C'est urgent !

Sans doute lut-il sa colère et sa détermination sur son visage, car il déclara :

— Je vais requérir sa présence immédiatement.

Il enfila sa veste et vérifia sa tenue.

— Vous voulez bien attendre à l'endroit habituel ?

— Et moi qui espérais être introduite au petit salon pour prendre le thé ! railla-t-elle.

Voyant que le majordome ne riait pas, elle retrouva son sérieux.

— Très bien, je patienterai.

Elle longea le couloir en direction du garde-manger attenant à la cuisine. La pièce, qui était plus grande que sa chambre, était tapissée d'étagères chargées de fromages entiers, d'épices et de confitures, sans oublier la farine et le sucre en quantités généreuses.

Elle était venue plus d'une dizaine de fois, mais ce n'était pas un lieu confortable. Après avoir refermé la porte, elle ne parvint pas à se calmer. Enfin, elle entendit des pas sur le sol carrelé du couloir. Tom entra et les enferma dans le garde-manger.

L'expression perplexe du duc ne parvint pas à atténuer l'émotion de Lucia de le revoir. Il était très viril dans ses vêtements noirs, et plus beau que jamais. Son magnétisme ne fit qu'attiser la fureur de la jeune femme.

— Pourquoi ? demanda-t-elle vivement.

Intrigué, il fronça les sourcils.

— Peux-tu préciser ta pensée ?

— Pourquoi fais-tu du tort aux gens que je cherche à aider ?

Il demeura impassible, ce qui l'enragea davantage.

— Je ne comprends rien à ce que tu racontes...

Elle brandit le journal, tel un guerrier son sabre.

— J'ai lu l'article ! persifla-t-elle. La loi du duc de Brookhurst contre les vagabonds ! Tu as voté pour ! L'article te félicite de poursuivre l'œuvre de ton père en reprenant ses idées !

— Nom de Dieu..., souffla-t-il en fermant les yeux.

— Après ce qui s'est passé l'autre jour, ta rencontre avec les enfants, je croyais que tu avais compris. Comme j'ai été stupide de penser que tu me soutenais dans mon action. J'avais tort..., conclut-elle, la voix brisée.

— Le fils de Brookhurst est pratiquement fiancé à ma sœur, expliqua-t-il, affligé. En m'opposant au duc, j'aurais privé Maeve de tout espoir de se marier avec ce jeune homme. Brookhurst m'a écrit pour me menacer.

Lucia se calma un peu, mais sa colère grondait toujours.

— Tu dois faire un choix, dit-elle. Soit tu agis comme ton père et tu gardes les mêmes alliances que lui, soit tu fais table rase du passé et tu repars sur de nouvelles bases.

— Si seulement c'était aussi simple !

— Je n'ai jamais prétendu que c'était simple, répliqua-t-elle en soutenant son regard. Dans la vie, il vient un moment où il faut se regarder dans la glace et se voir tel qu'on est. C'est compliqué, je sais, il faut faire certains choix, sinon... rien ne change et la situation se dégrade peu à peu.

— Tu n'as pas à me juger, nom de Dieu !

Son visage exprimait une vive souffrance.

— Tu as raison, admit-elle, enfin apaisée.

Il regarda par la petite fenêtre, derrière la jeune femme.

— Nul ne me condamne davantage que je ne me condamne moi-même.

Lucia sentit son cœur se serrer. Tom semblait si triste. Il s'en voulait terriblement. Elle posa doucement une main sur son épaule. Il se crispa à son contact, mais n'eut pas de mouvement de recul.

— Je n'ai pas de frères et sœurs, déclara-t-elle. Il n'y avait que maman et moi. J'aurais aimé avoir une petite sœur à qui confier mes secrets et avec qui vivre des aventures, quelqu'un à protéger, à chérir. Ce que tu ressens pour ta *sorella* est une chose merveilleuse, un sentiment rare.

— Elle est née un an après mon retour d'Irlande, raconta-t-il plus posément. Elle était toute petite, avec un duvet roux sur le crâne et de grands yeux. Elle agrippait mon doigt de sa menotte potelée et je ressentais sa poigne jusqu'au plus profond de mon âme. Je ne peux priver Maeve de ce mariage avec Hugh. L'un de nous deux doit pouvoir vivre le grand amour…

— Et pas toi ? demanda Lucia en se figeant.

Il pouffa, désabusé.

— Je suis entravé par mes devoirs. En tant que duc, je dois conclure un mariage stratégique. Je le sais depuis toujours.

Il se tourna vers elle, mais elle n'ôta pas sa main. Sa paume reposait sur son torse.

Comme il était bon de le toucher… d'absorber la chaleur de son corps. Une semaine plus tôt, ils s'étaient donné tant de plaisir ! Son corps vibrait encore des sensations qu'il lui avait procurées.

Ce manque n'était qu'un désir charnel, rien de plus…

— L'amour est une arme que nous utilisons contre nous-mêmes, décréta-t-elle. Il vaut mieux ne jamais prendre entre ses mains l'instrument de notre destruction.

— Comment se fait-il que tu aies une vision aussi sombre de l'amour ? s'étonna Tom.

— J'observe, j'apprends en permanence.

Sa mère n'avait été qu'un passe-temps pour John Thompson et sa grossesse, un fardeau. Plus tard, les grands-parents de Lucia l'avaient chassée quand elle avait frappé à leur porte.

À treize ans, orpheline et seule au monde dans un pays étranger, elle avait compris que croire à l'amour ne pouvait qu'engendrer chagrin et désastre.

— Que comptes-tu faire, pour la suite ? demanda-t-elle.

— Deux possibilités s'offrent à moi : suivre ma conscience ou suivre mon cœur.

Il soupira.

— Quoi que je fasse, reprit-il, quelqu'un va souffrir.

Lucia n'aurait pas imaginé que les privilégiés puissent subir une telle angoisse. Dans les prunelles bleues de Tom, elle ne lisait que l'effroi d'une bête sauvage prise au piège.

Malgré elle, elle eut pitié de lui.

Tom n'avait aucune envie de se trouver au Golden Plough, ce soir-là. Il entra dans la salle et tendit son manteau, son chapeau et ses gants à un domestique. Il pensait encore à son entrevue avec Lucia, dans le garde-manger de Northfield House. Elle était furieuse d'avoir été trahie. Comment lui en vouloir ? La colère était un sentiment dévastateur. Et pourtant, il s'en voulait davantage qu'elle ne lui en voulait.

— Le duc de Brookhurst et ses amis vous attendent dans le salon privé du fond, milord, indiqua le maître d'hôtel.

Visiblement, songea Tom, sa venue avait été annoncée.

— Des amis ?

— Oui, milord.

— De qui s'agit-il ?

— Deux messieurs, milord. Je n'ai pas saisi leurs noms.

Tom le remercia d'un signe et traversa la salle, résigné. Naturellement, il y croisa des hommes qu'il connaissait depuis longtemps. Quand il rentrait à Londres pour les vacances, son père l'autorisait à se joindre aux adultes, à table. En silence, il devait endurer les discours de son père et ses semblables sur la sauvegarde de la nation.

— Quel plaisir de vous voir ici, cher duc ! lança le comte de Clarington, qui dégustait une pièce de bœuf. Il est essentiel que vous poursuiviez l'œuvre de votre père.

Tom esquissa un sourire forcé, et passa sans s'arrêter. D'autres convives l'interpellèrent ou lui sourirent d'un air approbateur.

À l'extrémité de la salle, Tom sentit pointer une migraine. Un domestique était posté devant la porte du salon privé.

Deux autres employés impassibles se tenaient dans la pièce. Des plats sous cloche étaient posés sur une desserte, à la lueur des chandelles. Au centre trônait une table couverte d'une nappe blanche. Le duc de Brookhurst était assis en compagnie de deux hommes aux cheveux gris, que Tom n'avait jamais rencontrés.

— Ah, cher duc !

Tom ne put éviter de serrer la main qu'il lui tendait.

— Quel plaisir de vous voir vous joindre à nous !

— Ne m'en parlez pas, maugréa Tom.

Brookhurst fit une moue et se tourna vers ses deux convives.

— Puis-je vous présenter MM. Pratchett et Dillard, de la Midlands Canal Company ?

— Messieurs, fit Tom un peu sèchement, pris d'une sourde appréhension.

Le vieux duc avait une idée derrière la tête.

— C'est un tel honneur pour moi, milord ! s'exclama l'un d'eux. Je disais justement à Pratchett que nous avions fait la connaissance de certains des Anglais les plus estimés et les plus distingués, mais aucun ne se compare à vous, le duc de Northfield.

— Absolument, renchérit l'autre.

Tom réprima un soupir. Il détestait la flagornerie.

— Je boirais bien quelque chose, dit-il.

Brookhurst fit signe à un domestique qui tenait une carafe de vin.

— Je voudrais quelque chose de plus fort, précisa Tom.

L'employé alla chercher une autre carafe, remplie d'un liquide ambré.

— Du whisky ? s'enquit Tom tandis qu'il lui versait une dose.

— Oui, milord.

— Revenez dans vingt minutes avec.

— Bien, milord, répondit le domestique en reprenant sa place.

Tom but une longue rasade, avant de s'asseoir enfin à table. Ses trois convives l'imitèrent.

Tom posa sur eux un regard méfiant. Au White's, il avait plusieurs fois entendu parler de la Midlands Canal Company, qui rachetait de nombreux terrains à un prix correct. En revanche, ses représentants ne toléraient pas un refus de la part des propriétaires. Tom ignorait comment ils s'y prenaient, mais ils finissaient toujours par avoir le dernier mot.

— Puis-je vous présenter mes condoléances pour la mort de votre père ? fit Pratchett en feignant une émotion qu'il ne ressentait pas.

Tom grommela vaguement en observant le fond de son verre.

— Un homme éminent, commenta Dillard. Pratchett et moi l'admirions beaucoup.

Les domestiques soulevèrent les cloches, révélant un faisan rôti, une côte de bœuf, un gigot d'agneau et une fricassée de poulet, sans oublier un plat de navets pour accompagner ces diverses viandes.

— Et comment ! dit Brookhurst. Le défunt duc soutenait sans faille les valeurs traditionnelles. C'est pourquoi, quand je lui ai proposé d'investir dans la Midlands Canal Company, il a repoussé cette idée. Il ne trouvait pas convenable qu'un duc s'enrichisse par des méthodes aussi modernes.

Sans un mot, Tom se servit d'un peu de poulet et de légumes.

— Vous êtes un homme jeune et dynamique, poursuivit son hôte. Un homme qui respecte les coutumes mais qui sait aussi regarder vers l'avenir.

— Les canaux représentent l'avenir, intervint Pratchett. Ils permettront à la Grande-Bretagne de conserver sa suprématie sur les autres nations.

Il guetta la réaction de Tom et fit grise mine en constatant qu'il semblait indifférent à ses arguments.

— Après le vote d'hier, dit le duc de Brookhurst, j'ai compris que non seulement vous êtes le digne successeur de votre père et de ses ambitions, mais que vous pouvez aussi contribuer à la gloire de notre pays aux yeux du monde. Vous savez, fit-il en dévorant une bouchée de faisan, de nombreux gentlemen de notre connaissance me supplient de leur présenter MM. Pratchett et Dillard, et vous êtes le seul de mon cercle à profiter de cette occasion.

« Quelle chance », songea Tom amèrement.

— Vraiment ? rétorqua-t-il avec prudence.

— Ces deux messieurs sont actuellement en phase de développement et recherchent des hommes d'exception désireux d'investir dans leur entreprise.

— Ils veulent de l'argent, traduisit Tom, perplexe.

— Nous ne parlons jamais de ces choses, s'empressa de déclarer Dillard. Pas aux messieurs de votre rang, bien sûr. Ces questions doivent être gérées par vos juristes. Ce sont eux qui négocieront les termes.

— Cependant, ajouta Pratchett, vous devez comprendre que tous ceux qui ont apporté leur soutien à la Midlands Canal Company ont vu leur mise multipliée par quatre.

— Quatre ? répéta Tom en reposant son verre.

— Absolument, Votre Grâce.

Pratchett afficha un large sourire, de même que Dillard, tandis que Brookhurst se contentait d'un air satisfait.

— Je n'exagère pas, reprit Pratchett. En échange de votre confiance, et de votre capital, bien sûr, vous serez largement bénéficiaire.

— Voyez-vous, milord, dit le duc d'un air indulgent, je n'offrirai une telle chance qu'à mes plus proches alliés – ce que vous êtes assurément, vous venez de le prouver.

Mille pensées se bousculèrent dans la tête de Tom. Les coffres du duché étaient bien remplis, mais un investissement rapportant quatre fois la mise… cela valait la peine d'être considéré. La proposition était tentante. Il pourrait consacrer une partie de ces bénéfices au mariage de Maeve.

Le reste irait à des œuvres de charité, notamment le programme de Blakemere en faveur des vétérans de l'armée. Sans oublier le foyer pour jeunes filles de Lucia.

Toutefois, le prix à payer était conséquent. Il devrait se rapprocher encore de Brookhurst et ses alliés, et d'une entreprise dont les pratiques n'étaient certainement pas irréprochables. Brookhurst mettait à mal tous ses principes. Pouvait-il prendre ce risque ?

Il observa les visages qui l'entouraient, guettant sa réponse.

— Je dois y réfléchir, déclara-t-il.

— Bien sûr, Votre Grâce, bredouilla Dillard avec un regard hésitant vers Brookhurst.

— Cette étape de nos recherches exige un engagement sous huit jours, expliqua Pratchett.

— Ne vous faites pas prier, cher duc, dit Brookhurst. Une telle aubaine se présente rarement, et il serait dommage que vous ratiez l'occasion.

— Je vais y réfléchir, maugréa Tom qui avait perdu tout appétit. Je suis fatigué. Veuillez m'excuser.

Il se leva et adressa un signe de tête aux deux représentants de la compagnie, avant de s'incliner devant le duc.

— Messieurs, je vous souhaite une bonne nuit.

— Je vous raccompagne, fit Brookhurst.

Au grand dam de Tom, il le suivit vers la sortie de l'établissement. Il posa une main sur son épaule.

— J'apprécie que vous soyez venu, ce soir. Je ne plaisantais pas en vous jugeant digne de profiter de cette chance. Cela ferait du bien à votre famille. À nos deux familles.

— En effet, concéda Tom, soudain très las.

— L'annonce des fiançailles officielles de mon Hugh avec lady Maeve sera une bonne chose, n'est-ce pas ? Un excellent mariage, avantageux pour tous.

— Ils semblent être amoureux, répondit Tom.

La porte d'entrée de l'établissement était pour lui synonyme de liberté, quoique illusoire.

— Oui, l'amour..., fit le duc avec un sourire indulgent. Les jeunes ont de ces idées !

— Vous ne croyez pas en leur amour réciproque ? demanda Tom.

— Ils se croient amoureux. Enfin, fit-il avec un geste désinvolte, nous devons nous occuper de questions plus concrètes : l'alliance de nos deux familles, et le renforcement du pouvoir que nous détenons. Le mien et le vôtre. C'est ce que votre père aurait voulu.

Et qu'en est-il de ce que je veux ?

L'image de Lucia s'imposa dans son esprit. Elle n'était pas au lit, mais dans sa salle de classe improvisée, avec les petites orphelines. Elle incarnait la fierté et la détermination, une force dont il avait tant besoin.

Il avait besoin de Lucia également, or elle lui était interdite.

Pour l'heure, il avait aussi besoin de temps et d'espace pour réfléchir et remettre de l'ordre dans son esprit en ébullition.

— Si votre père n'a pas investi dans les canaux, reprit le vieux duc, je n'ai pas une fois douté de sa loyauté envers notre cause. Si vous soutenez cette entreprise, j'y verrai un signe de bonne foi. Je saurai que je peux compter sur vous. Dans le cas contraire... comment saurai-je si je peux vous faire confiance ?

Tom sentit la fureur monter en lui. Il se retrouvait pieds et poings liés ! Brookhurst le tenait sous sa coupe, prêt à lâcher sur lui sa meute de chiens enragés.

Lui qui croyait que le chantage était l'œuvre de voyous des bas-fonds. C'était ce qu'il pensait étant jeune, quand il lisait des articles dans les journaux. Jamais il n'aurait imaginé à cette époque que les pairs du royaume se livraient à de telles manigances.

Comme il se trompait !

— Nous en reparlerons sous peu, conclut son aîné avec une tape dans le dos. Allez vous reposer, cher duc.

— Je vais essayer.

Tom savait que, en dépit de sa fatigue, il ne trouverait pas le sommeil, tant il se sentait écartelé.

Tôt ou tard, il allait craquer.

Tom n'avait pas donné de nouvelles à Lucia depuis deux jours. Elle ne s'attendait pas à ce qu'il lui écrive, surtout après la façon dont ils s'étaient séparés la dernière fois. Et pourtant, en vaquant à ses occupations quotidiennes, elle se surprenait à guetter le bruit de ses pas.

Elle avait enfin commencé à chercher un local pour son foyer, une initiative qui suffisait à la remplir d'espoir. Elle avait déjà visité deux maisons qui ne répondaient pas à ses critères, et dont le loyer était trop élevé. Mais elle était toujours aussi enthousiaste, voire davantage, car son projet semblait proche de se concrétiser.

Ce jour-là, elle ne visiterait aucun bien. En ce mercredi, le club de l'Orchidée ouvrait. Elle n'avait pas de temps à perdre si elle voulait que tout soit prêt dans huit heures.

Avec Elspeth et Kitty, et l'incontournable Liam, elle faisait l'inventaire des provisions que Jenny transformerait plus tard en amuse-bouches pour les clients.

— Et les œufs ? fit-elle en consultant sa liste.

— Six douzaines, indiqua Elspeth au terme d'un rapide calcul.

La jeune femme était très douée. Son père avait commis une grossière erreur en refusant de l'engager dans son cabinet de comptabilité.

— Sucre ?

— Deux pains de sept kilos, énonça Kitty en empêchant le bébé de toucher le sucre.

— Beurre...

Quelqu'un frappa à la porte de service.

— Tu attends de la visite ? s'enquit Elspeth.

— Les livraisons ont toutes eu lieu ce matin, répondit Lucia. Ce doit être un mendiant ou un marchand de bricoles.

Elle fouilla sa poche.

— Je vais lui donner une pièce, et nous poursuivrons notre inventaire.

Sur ces mots, elle s'éloigna pour ouvrir la porte.

— Nous n'avons besoin de...

Elle se figea soudain en découvrant la présence de Tom sur le seuil, portant une mallette.

— Je t'ai pris pour un vagabond ou un tueur de rats, avoua-t-elle.

— Je ne suis pas très doué pour la chasse à la vermine, déclara-t-il avec un sourire. Même si certains membres du White's pourraient être qualifiés ainsi. Le problème, quand j'essaie de réfléchir, c'est qu'il y a toujours trop de bruit, trop de tumulte dans mon esprit. J'ai l'impression que je vais devenir fou et être interné à l'asile de Bedlam.

Que faisait-il sur le pas de la porte alors que le club n'ouvrait que dans la soirée ?

— Tu devrais essayer l'amphithéâtre d'Astley, où l'on donne des spectacles de cirque.

— J'ai dit à ma famille et mes amis que je partais en voyage pendant quelques jours. Je suis monté dans ma voiture et j'ai indiqué au cocher de choisir une destination. Au bout de quelques centaines de mètres, j'ai réalisé que le seul endroit où je voulais me trouver était ici.

Il respira profondément et reprit, hésitant :

— J'aimerais séjourner ici jusqu'à samedi, le temps de remettre de l'ordre dans mes idées.

— Ici, répéta-t-elle lentement.

— Sans vouloir m'imposer.

Comme elle ne répondait pas, il ajouta :

— Je ne cherche pas à revenir dans ton lit. S'il n'y a pas de chambre libre pour moi, je dormirai par terre, avec quelques coussins, bien sûr. Je suis un duc, pas un chien.

Lucia le dévisagea longuement. Sa présence serait une tentation permanente, même s'ils ne dormaient pas dans le même lit… Il serait plus sage de refuser.

— Je dois poser la question à Elspeth et Kitty. Elles sont aussi chez elles, ici.

— Naturellement.

Le laissant patienter sur le seuil, elle se précipita vers la cuisine, toujours perplexe à l'idée d'héberger Tom. Et si cela se terminait par une catastrophe ?

« Je le veux près de moi, songea-t-elle. Ne serait-ce que quelques jours. Il n'y a pas de mal à cela, non ? »

Elle résuma la situation à ses amies.

— Il a besoin d'un endroit calme pour réfléchir, rien de plus.

— Il doit bien y avoir des hôtels de luxe ou des auberges où il serait seul, commenta Elspeth, intriguée.

— Ce n'est pas sa propre compagnie qu'il recherche, fit Kitty avec un regard entendu.

— C'est mon patron, rappela Lucia avec une assurance qu'elle était loin de ressentir. La nuit que nous avons passée ensemble ne se reproduira pas.

Une fois encore, ses deux amies échangèrent un regard complice.

— Arrêtez ! s'exclama Lucia.

— Nous nous soucions de ton bien-être, expliqua Elspeth en s'approchant pour lui caresser la joue. Le plus important est de savoir si tu as envie de le recevoir ici.

La sollicitude de son amie gonfla de joie le cœur de la jeune femme. Elles la connaissaient si bien ! Et elles ne voulaient que son bonheur. Tout le monde n'avait pas la chance d'avoir un tel soutien.

— Je me protégerai, déclara-t-elle comme pour se convaincre elle-même. De plus, la présence d'un duc pendant trois jours pourrait se révéler utile. Les alliés puissants ne sont pas à négliger.

Mieux valait considérer ce séjour comme un atout.

— Dans ce cas, il est le bienvenu, décréta Kitty après réflexion.

Elspeth hocha la tête en signe d'approbation.

Lucia fut parcourue d'un frisson d'exaltation, mais elle se jura de garder la tête froide, de ne pas se laisser mener par ses pulsions.

Tom patientait, adossé au chambranle, les bras croisés. Il se redressa en la voyant s'approcher.

— J'ai l'impression que le club de l'Orchidée vient d'accepter un pensionnaire, annonça la jeune femme.

Le sourire de Tom la toucha en plein cœur.

— C'est formidable !

Il prit son bagage et la suivit vers la cuisine.

À leur entrée, Elspeth et Kitty interrompirent leurs messes basses. Lucia était un peu inquiète à l'idée que Tom rencontre plus longuement ses amies.

— Je suis Elspeth, Votre Grâce, murmura la jeune femme en esquissant une révérence.

— Et moi Kitty, Votre Grâce.

— Assez avec ce titre, répondit-il chaleureusement. Durant les trois prochains jours, je serai simplement Tom O'Connell, un membre du personnel.

Lucia fronça les sourcils.

— Tu ne vas tout de même pas travailler ? s'étonna-t-elle.

Depuis quand les ducs travaillaient-ils ? C'était inédit.

— Bien sûr que si. Je ne suis pas un parasite. Tant que je serai sous ton toit, je suis à tes ordres.

Une douce chaleur envahit Lucia. Elle avait bien une idée de ce qu'elle voulait de lui. Elle parvint à masquer son émoi pour afficher un air professionnel :

— Dans ce cas, tu tombes à point nommé. Ce soir, nous donnons des scènes extraites des ouvrages de l'auteure qui se fait appeler la Dame de petite vertu.

— Je les connais, répondit Tom avec un sourire. Une véritable mine d'informations. J'ai même un exemplaire de *La Séduction du brigand* sous mon lit.

— Comme la moitié des habitants de cette ville, commenta Lucia. Nous avons répandu la rumeur que l'auteure en personne pourrait faire une apparition. Elle sera masquée, bien sûr. La curiosité ne manquera pas d'attirer davantage de clients, ce qui fera plus de travail pour le personnel. Tu es prêt pour une longue nuit de labeur ? Dans le cas contraire, tu pourras te retirer...

Tom se redressa fièrement, presque impérieux.

— Ne m'insulte pas !

Cet air aristocratique excita Lucia au-delà de toute raison. Était-ce mal ? songea-t-elle.

— À ton service, dit-il en s'inclinant.

Elle en eut des papillons dans le ventre.

— Nous allons te trouver une chambre, proposa-t-elle d'un ton assuré.

Parviendrait-elle à jouer le jeu ? En sa présence, elle avait tendance à perdre toute raison.

Elle l'entraîna vers l'escalier de service.

— Les chambres sont occupées, expliqua-t-elle par-dessus son épaule. Kitty et Elspeth avaient chacune la leur mais, depuis hier, elles partagent la même. Celle d'Elspeth contient encore toutes ses affaires, je vais donc devoir t'installer dans l'une des mansardes de l'étage supérieur.

— Un simple matelas me suffira, du moment qu'il n'y a pas de cafards.

— Si tu étais un employé, je te dirais que cette maison est saine. Malheureusement, tu es un duc, alors...

Derrière elle, il étouffa un rire qui caressa la nuque de la jeune femme.

— C'est de bonne guerre, concéda-t-il.

Au sommet des marches, elle ouvrit une porte étroite et pénétra dans un couloir exigu.

— Parfois, nos employés dorment ici, quand ils sont trop fatigués pour rentrer chez eux après le travail. Deux jeunes filles viennent pendant la journée pour aider à faire le ménage et la cuisine. Elles s'en vont après le souper, de sorte que tu seras tout seul ici.

— Parfait, déclara Tom. Je pourrai faire mes vocalises sans déranger personne.

Lucia s'efforça de réprimer son sourire, en vain.

— Voici ta chambre.

Elle ouvrit une porte et s'effaça pour laisser entrer le duc.

À l'intérieur, les meubles étaient sobres et fonctionnels, avec un petit lit, une table de toilette et une armoire délabrée. Le plafond mansardé l'obligeait à se pencher. Son sac, qu'il posa au pied du lit, valait bien davantage que tout le mobilier réuni, mais il hocha la tête d'un air approbateur.

— Tu es certain que tu ne serais pas mieux installé dans une auberge ?

Il ouvrit son bagage, pour en sortir plusieurs chemises pliées avec soin.

— Cette chambre m'offre plus de tranquillité que n'importe quelle suite dans un hôtel.

Il rangea ses chemises dans l'armoire, puis se tourna vers la jeune femme.

— Je ne vais pas y aller par quatre chemins, dit-il. Quand je suis près de toi, j'éprouve une sensation de… paix.

Lucia s'efforça d'ignorer son trouble.

— Lorsque nous avons partagé mon lit, tu n'étais pas si paisible, répondit-elle malgré elle.

Seigneur, quelle mouche l'avait piquée ? Ils devaient garder leurs distances, rester professionnels !

— Eh bien... Je te convoitais depuis un an, alors, quand tu m'as fait le cadeau de ton désir...

Son regard indiquait que, si une telle occasion se représentait, il en profiterait sans l'ombre d'une hésitation.

Soudain, l'atmosphère sembla pesante. Elle eut très chaud et s'imagina qu'il l'allongeait sur le lit pour embrasser son corps tout entier.

Il demeura toutefois immobile, et elle le remercia intérieurement de ne pas s'approcher.

Lucia recula pour regagner le couloir.

— Nous travaillons jusqu'au lever du soleil, expliqua-t-elle pour se donner une contenance. Je te suggère de prendre un peu de repos. Tu n'auras qu'à descendre à cinq heures, pour le repas du personnel.

— J'ai l'impression que tu as l'intention de me presser comme un citron.

— Tu es prêt à relever le défi ? demanda-t-elle, les mains sur les hanches.

Il soutint son regard, ce qui fit naître en Lucia une onde de chaleur.

— Quoi que tu me proposes, je suis prêt. Quand j'ai pris une décision, je m'y tiens coûte que coûte.

— Je m'en souviendrai.

Il fallait qu'elle cesse de flirter à la moindre occasion !

De peur de le provoquer davantage, elle tourna les talons et s'enfuit. Elle avait coutume de faire une sieste avant l'ouverture et s'endormait généralement très vite.

Hélas, la présence de Tom sous son toit l'empêcherait à coup sûr de fermer l'œil.

13

Allongé sur son lit, les mains croisées derrière la tête, Tom fixait le plafond mansardé. Il n'avait pas réussi à ouvrir la minuscule lucarne, et l'atmosphère était lourde et poussiéreuse.

Au cours de sa vie, il avait connu des chambres d'auberges dont le confort laissait à désirer, notamment sur la route de Harrowgate. Il avait dormi dans un taudis dont les murs étaient moisis et dont la fenêtre laissait entrer les courants d'air. Jamais il n'avait séjourné dans un logement destiné aux domestiques.

Et pourtant, il avait besoin d'être là, de remettre de l'ordre dans son esprit tourmenté... de savoir Lucia à proximité. Le simple fait de penser à elle l'apaisait. Son désir pour elle ne s'atténuait en rien. Elle possédait de la force et de l'assurance. Près d'elle, tout semblait possible.

Il se redressa en prenant soin de ne pas se cogner la tête, puis il consulta sa montre de gousset.

Bientôt cinq heures. Le temps pour lui d'aller travailler.

Un duc employé dans un club libertin ! Là où les clients venaient se livrer à la débauche ! Et pourtant, il soigna sa tenue, ajusta les plis de son foulard, tel un valet se préparant pour son premier jour. Il était un peu inquiet. C'était ridicule, mais il avait envie d'impressionner Lucia, d'être à la hauteur de ses attentes. Après avoir lissé ses cheveux, il descendit.

Le cœur en joie comme chaque fois qu'il la voyait, il trouva la jeune femme dans la salle de bal.

Elle lui tournait le dos et s'adressait à un groupe d'hommes et de femmes masqués, sur l'estrade. Elle arborait une robe bleu saphir qui lui donnait l'air d'une princesse.

Il aurait pu la dévorer des yeux pendant des heures.

Elle ne semblait pas avoir remarqué sa présence, de sorte qu'il put la contempler à loisir à son insu.

— La première représentation aura lieu à onze heures, expliqua-t-elle en consultant un dossier. Ici, il n'y a pas d'horloge, donc veillez à être à l'heure. Vous avez certainement eu le temps de répéter.

— Oui, madame, répondirent-ils en chœur.

— Vous connaissez l'ordre des saynètes, n'est-ce pas ?

Ils opinèrent.

— Une dernière chose, avant que je ne vous laisse à vos préparatifs. Deux de nos vigiles seront présents dans la salle durant les représentations. En cas de problème ou si un client cherche à vous rejoindre sur scène, Will et Arthur les excluront sur-le-champ. Votre sécurité est garantie.

— Merci, madame, dit une brune d'un ton sincère.

Au moment où elle se retournait, Lucia aperçut Tom, juste derrière elle. Au moment où leurs regards se croisèrent, le duc se tendit.

En dépit de son sourire détaché, il sentit qu'elle le toisait avec plaisir.

— Tu es sûr de vouloir continuer ? lui demanda-t-elle.

— Certain.

— Alors au travail !

Elle entraîna Tom dans un couloir, et il essaya de ne pas se laisser distraire par sa proximité.

— Tu es peut-être le propriétaire de cet établissement mais, ici, c'est moi qui commande. Tout ce qui se passe entre ces murs est de ma responsabilité. Je tiens à ce que chacun effectue ses tâches avec la même assiduité.

— Vous pouvez compter sur moi, madame.

Elle consulta une montre dissimulée dans les plis de sa robe.

— À cette heure-ci, l'équipe prend son repas en bas. Après l'ouverture, on n'a plus le temps. Je te suggère de manger sans tarder.

— J'espère que tu te joindras à eux.

Et à moi.

— C'est l'un des meilleurs moments de ma journée, avoua-t-elle avec un sourire.

Il remercia le Ciel. Lucia resterait donc près de lui un peu plus longtemps.

Ensemble, ils gagnèrent l'office, une longue pièce où trônaient une table et des bancs. Plusieurs miches de pain étaient posées sur des planches. Les employés étaient déjà attablés. Dès que Lucia apparut, les conversations se turent et les hommes se levèrent.

— Qui est-ce ? demanda la cuisinière, une marmite dans les mains.

— Je suis le nouveau. Tom O'Connell.

Les autres saluèrent. Tom avait réussi à se procurer des vêtements qui ne trahissaient pas ses origines sociales.

— Que contient cette marmite ? s'enquit-il.

— Un ragoût de mouton avec des pommes de terre et des navets.

Il soupira de soulagement en ne s'entendant pas appeler « Votre Grâce ».

— Il sent très bon, et je crois que je vais m'empresser d'en dévorer une assiette.

Jenny rougit légèrement.

— Pour la suite, il y a des tartelettes au coing.

— Vous êtes une fée ! J'adore le coing.

— Il n'y a pas mieux que les tartelettes de Jenny, affirma Lucia. Elle me prépare même de la *pastiera* pour Pâques.

— Sans doute pas aussi bonne qu'à Naples, objecta Jenny.

— Sans doute meilleure, persista Lucia. Mais nous chanterons tes louanges après avoir mangé.

Elle prit place sur le banc. Les hommes se rassirent et Tom s'installa à côté de la jeune femme. Ils étaient si serrés que leurs épaules se frôlaient. Il sentit une cuisse fuselée contre la sienne.

« Tu es là pour travailler et réfléchir », songea-t-il. Hélas, son cœur ne voulait rien entendre et s'emballait à chaque effleurement.

Les conversations reprirent et les plaisanteries fusèrent. Elspeth et Kitty étaient côte à côte et prenaient Liam sur leurs genoux à tour de rôle. Jenny remplit les assiettes de ragoût et versa de la bière dans les timbales.

— Comment en es-tu venu à travailler ici ? demanda Tom à son voisin de table.

— Dans la journée, je suis apprenti tailleur de pierre. Un copain à moi m'a dit qu'il y avait moyen de gagner un peu d'argent à Bloomsbury, qu'on était bien traité tant qu'on se tenait à carreau et tant qu'on n'était pas choqué de voir des gens trinquer du nombril... enfin, des clients avoir des relations sexuelles.

Lucia étouffa un rire.

— Gordon ! Je gagne ma vie en voyant des gens copuler. Tu n'as pas à surveiller ton langage en ma présence.

— Moi, j'aime bien ton expression, fit Tom. Trinquer du nombril.

— Je vais t'en citer une autre, intervint un employé assis en bout de table. Faire la bête à deux dos.

— Ou remuer le gigot, intervint Jenny.

Chacun crut bon d'apporter sa contribution au débat.

— *Inzuppare il biscotto*, suggéra Lucia. Tremper son biscuit.

Tom se surprit à aimer l'entendre proférer des insanités. Il était même émoustillé. De plus, elle semblait enfin détendue et détachée du fardeau de ses responsabilités.

— Et chatouiller le nénuphar, ajouta-t-il pour ne pas être en reste.

Les autres l'acclamèrent et les rires fusèrent de plus belle, dont celui de Lucia.

Dès que le calme fut revenu, Tom mangea une bouchée de ragoût sous le regard attentif de la cuisinière. Le mélange des saveurs était un délice. Il ferma les yeux et émit un soupir d'aise.

— Je vais vous enlever, madame.

— Allons, mon garçon ! souffla Jenny. Ce n'est qu'un simple ragoût.

Flattée, elle minauda. Ses commis l'observèrent avec stupeur.

— Mangez, vous autres ! s'emporta-t-elle, gênée. Ensuite, vous vous mettrez au boulot ! On a des clients à nourrir, ce soir.

Sur ces mots, elle fila sans demander son reste.

Pendant un moment, seul le bruit des couverts remplit le silence. L'atmosphère était détendue, chaleureuse, bien plus agréable que les élégants soupers de Mayfair auxquels Tom était convié.

Et pourtant, il ne pouvait être totalement à l'aise en présence de Lucia. Au moindre mouvement, ils se frôlaient. La regarder manger avec appétit était un spectacle incroyablement sensuel. Ses petits gémissements approbateurs lui rappelaient leur nuit torride et ses plaintes de plaisir.

— Vous avez un léger accent, monsieur, dit Rose, l'une des femmes de chambre qui était irlandaise. De Galway ?

L'esprit de Tom revint aussitôt à des questions moins érotiques.

— Kerry, répondit-il. Près de Tralee. Je suis né à Londres. On m'a emmené en Irlande quand j'étais bébé. Ma mère voulait que je grandisse dans son pays. J'ai eu une enfance merveilleuse. Je sillonnais la lande sauvage… Mes parents m'ont ramené en Angleterre à douze ans pour mon instruction. L'Irlande me manque.

— On ne perd jamais la nostalgie de son pays, murmura Lucia, le regard lointain.

— C'est vrai…

Il brûlait de prendre sa main dans la sienne pour la réconforter, mais il ne pouvait faire preuve d'une telle audace en présence des employés.

— Et vous ? demanda-t-il à Rose.

— Ardcath. La vie de la ferme n'était pas pour moi. Je voulais partir loin, alors je suis venue à Londres.

— Il paraît que vous, les Irlandais, vous êtes doués pour raconter des bobards, déclara l'un des hommes. On ne peut pas vous faire confiance.

Tom se figea, et Lucia retint son souffle.

— Arthur ! prévint-elle.

Tom crispa les poings sous la table. Ce n'était qu'une plaisanterie, mais Arthur venait de le traiter de menteur. De temps à autre, Tom subissait des railleries sur son sang irlandais. Au pensionnat puis à Oxford, il s'était battu plus d'une fois pour moins que cela.

Mais il travaillait sous les ordres de Lucia et devait, pour l'heure, ravaler sa colère, dans l'intérêt de la jeune femme. Il poussa un long soupir et déclara :

— Je dois dire que tu es particulièrement séduisant, Arthur.

Un silence s'installa, puis la tablée éclata de rire. Lucia semblait soulagée.

Sentant qu'elle lui prenait la main sous la table, il réprima un sursaut de surprise. Aussitôt, il se détendit.

Le reste du repas se déroula dans la bonne humeur. Il regarda Lucia rire, les yeux pétillants, les joues roses. Elle dut servir de juge pour un différend entre deux serveuses. Un jeune homme lui demanda conseil pour un cadeau qu'il voulait offrir à sa dulcinée. Elle lui prêta même un peu d'argent, afin qu'il puisse acheter des fleurs au lieu d'en cueillir dans un jardin.

Si Lucia avait évoqué sa nostalgie, elle était pourtant chez elle dans cette maison vivante et chaleureuse. En dépit de ses désillusions sur l'amour romantique, ce qu'elle ressentait pour son personnel et ses amies était pur et généreux.

Elle vérifia sa montre :

— Nous ouvrons dans une demi-heure. Un peu de tarte au coing, et au travail !

Ils s'empressèrent de terminer leur repas et vaquèrent à leurs ultimes tâches.

— Viens avec moi, souffla-t-elle à Tom.

Sans un mot, un peu alarmé, il la suivit dans le hall.

— Pendant l'heure qui vient, tu es responsable de l'entrée, annonça-t-elle en lui tendant une bourse. Tu connais le code et le mot de passe. N'oublie pas que le tarif est variable.

— Les clients paient en fonction de leurs moyens, acquiesça-t-il. C'est une excellente politique qui permet à tout un chacun d'avoir accès aux plaisirs sensuels.

Elle lui adressa un sourire radieux.

— Je suis ravie que tu aies compris ce qui fait la spécificité du club de l'Orchidée.

Elle retrouva son sérieux et prit un loup bleu foncé sur une desserte.

— Enfilons nos armures, dit-elle.

Tel un valeureux guerrier, elle noua le ruban et ajusta la position du loup sur son visage. Comme toujours, Tom fut ému par ce spectacle.

— Tu as ton loup ? s'enquit-elle. Nous en avons plusieurs, en cas d'oubli.

— J'en ai apporté un.

Chassant son trouble, il sortit un loup noir de sa poche de sa veste et le mit en place. Il devina à son regard qu'il n'était pas le seul à ressentir un désir intense. Ils se contemplèrent un long moment, à deux doigts de faire une énorme bêtise...

Quelqu'un frappa à la porte. Ils revinrent sur terre pour accueillir le premier client de la soirée.

L'heure suivante fut un véritable tourbillon. Tom et Lucia reçurent les clients, prirent leur argent et décrivirent les règles de la maison aux nouveaux venus. Lucia ne quittait pas Tom des yeux. Elle observait son attitude face aux dizaines de personnes qui franchissaient le seuil du club.

En entendant quelques coups hésitants frappés à la porte, la jeune femme recula pour le laisser agir. Une femme aux cheveux grisonnants entra timidement, ses doigts nerveux sur son loup pour l'ajuster. Elle prononça le mot de passe en parcourant le hall d'un regard fébrile.

— C'est votre première visite, n'est-ce pas ? s'enquit Tom gentiment.

Elle hocha la tête et déglutit.

— Je m'étais promis de venir dès la fin de mon année de deuil.

Il lui sourit.

— Excellente idée. Vous l'avez bien mérité. N'oubliez pas que le maître mot, ici, est le consentement. Vous n'êtes en rien obligée de faire quelque chose qui ne vous convient pas. Si cela se produit, adressez-vous à moi ou à un autre membre du personnel. Nous sommes là pour assurer votre confort, votre sécurité et vous permettre de passer un bon moment.

— Merci, répondit la veuve.

— Je vous en prie, fit Tom en se penchant sur sa main.

— Bien joué, commenta Lucia dès qu'elle se fut éloignée. Certains nouveaux se sont enfuis à peine entrés.

— Elle avait simplement besoin d'être rassurée. Elle va très bien se débrouiller.

Ils se dévisagèrent. L'approbation de la jeune femme lui faisait du bien. Il dut se retenir de caresser la courbe de sa nuque, de son épaule, de chercher la chaleur de sa peau.

Elle écarquilla les yeux et s'humecta les lèvres.

— Je viens vous relever ! fit soudain la voix d'Elspeth, rompant le charme.

Lucia s'éloigna de quelques pas et reprit sa posture de directrice pour dire à Tom :

— Descends à la cuisine vérifier que tout va bien, et voir si Jenny a besoin de quelque chose.

Il hocha la tête et partit accomplir sa mission, heureux de cette occasion de se remettre de ses émotions.

Il trouva la cuisinière penchée sur un plateau de pâtisseries qu'elle était en train d'orner de glaçage à l'aide d'une poche à douille.

— Vous êtes une véritable artiste, s'extasia-t-il.

Elle écarta une boucle de cheveux de son visage.

— C'est une perte de temps, si tu veux mon avis, mon garçon. Les gens viennent pour ici pour s'envoyer en l'air, pas pour déguster des friandises.

— En effet, mais je parie qu'ils ne s'intéresseraient pas autant à leurs galipettes si vous leur serviez des plats immangeables. On ne peut faire l'amour comme il faut avec l'estomac vide.

Une aide-cuisinière se mit à glousser.

— Je broderais volontiers cette citation au point de croix sur un coussin.

Jenny la foudroya d'un regard qui l'incita à se remettre au travail sans tarder.

— Vous avez suffisamment de provisions ? demanda Tom. Si vous avez besoin de quoi que ce soit, je suis à votre disposition.

— On a tout ce qu'il faut, ce soir. Lucia y a veillé.

Voyant que Tom tendait la main vers ses petits gâteaux, elle lui donna une tape.

— Mes moelleux au citron sont réservés aux clients, pas aux jeunes chenapans !

— Vous êtes cruelle.

— Et inutile de me faire ce sourire charmeur ! Allez, file !

Il croisa deux domestiques aux plateaux vides en remontant vers les salons. La soirée battait son plein. Les clients s'adonnaient aux plaisirs charnels. Quelques-uns attendaient au pied de l'estrade que le spectacle commence. Tom adressa un signe aux deux vigiles – dont Arthur, celui qui l'avait traité de menteur. Il chassa son ressentiment et préféra adresser un clin d'œil à la jeune Rose, la domestique irlandaise, qui lui répondit de même.

Ils travaillaient tous ensemble pour que la soirée se déroule au mieux. Cet esprit d'équipe n'existait malheureusement pas à la Chambre des lords ni au White's, dont les membres ne se souciaient que de leurs propres besoins.

C'était un sentiment d'appartenance étrange et merveilleux à la fois.

Ici, il n'avait pas à se soucier d'alliances stratégiques, du destin de sa famille ou de la nation. Sans oublier totalement qui il était et quelles responsabilités lui incombaient, il pouvait se perdre dans le travail et apprécier la camaraderie qui unissait ces gens.

Il n'avait pas les réponses aux questions et aux doutes qui le taraudaient. Elles viendraient peut-être... ou pas. Pour l'heure, il travaillait avec l'équipe du club de l'Orchidée.

Lucia surveillait les activités de la salle de bal. Attiré comme par un aimant, il s'approcha d'elle.

— Tout va pour le mieux en cuisine, annonça-t-il d'un ton enjoué. En revanche, la cuisinière m'a grondé parce que je voulais lui chiper un petit gâteau au citron.

Lucia lui tapota le bras.

— Si tu travailles bien, tu auras ton gâteau, je te le promets.

— J'y compte bien, maugréa-t-il, feignant d'être fâché alors que leur badinage le mettait en joie. Je suis gourmand, hélas. Un vilain défaut.

Lucia ouvrit la bouche pour lui répondre, mais un client entre deux âges se précipitait vers elle.

— On m'a promis des scènes tirées de romans érotiques, déclara-t-il. Je suis là depuis une heure, et je ne vois rien venir sur l'estrade !

Tom s'agaça de ce malotru qui se montrait insolent envers Lucia.

— Patience, monsieur, dit-elle avec un sourire. Le spectacle va bientôt commencer.

— Quand ? insista l'importun. Je n'ai pas payé une demi-couronne pour voir des amateurs copuler !

Malgré lui, Tom crispa les poings de colère.

Lucia ne s'émut pas le moins du monde.

— Cher ami...

Le client voulut empoigner le bras de la jeune femme. Tom s'interposa et saisit son poignet.

— Soit vous vous calmez, monsieur, maugréa-t-il entre ses dents, soit vous partez, et vous ne remettrez jamais les pieds ici. C'est compris ?

— Oui..., bredouilla-t-il en grimaçant de douleur. Oui... c'est compris.

Tom le libéra. L'homme fila sans demander son reste et se perdit dans la foule.

Tom prit le temps de se calmer avant de prendre la parole :

— Je suis désolé, marmonna-t-il. Je sais pertinemment que tu es capable de veiller sur toi-même, mais ce type a voulu te...

Il secoua la tête de dépit.

— Si tu veux que je parte, je le ferai, reprit-il.

— Je...

Ils se tenaient face à face. Dans les yeux écarquillés de Lucia, il lut une telle vulnérabilité qu'il eut d'instinct envie de la protéger et de corriger quiconque oserait s'attaquer à elle.

— Les filles du trottoir et des maisons closes veillent les unes sur les autres, dit-elle enfin à voix basse. Elles sont sœurs d'armes. Mais cela faisait des années que...

— Que quoi ?

Elle leva vers lui des yeux pleins de sincérité :

— Qu'un homme n'avait pas pris ma défense.

Cet aveu le bouleversa jusqu'au plus profond de lui-même. Soudain, il eut envie de traquer tous ceux qui l'avaient malmenée.

— Tu mérites d'être protégée.

Tom était protecteur de nature. Il aurait donné sa vie pour sa sœur, par exemple, et il défendait toujours les plus faibles. Sa colère montait vite, mais elle redescendait rapidement. Il avait porté secours à Blakemere, un soir où trois brutes l'avaient agressé dans une taverne à la campagne. Trente minutes plus tard, il offrait une tournée à tout le monde tandis qu'ils soignaient leurs ecchymoses.

Et pourtant, en voyant Lucia en danger… Sa rage n'était toujours pas retombée et il aurait beau frapper ce sale type, rien n'y ferait. Lucia avait souffert sans personne pour la protéger. C'était insupportable.

Pendant qu'il menait une existence de nanti, elle luttait pour survivre. Il se jura que la jeune femme ne connaîtrait plus jamais la souffrance.

Il était duc, bon sang ! Rien ne lui était impossible.

Elle pinça les lèvres et ses yeux semblèrent s'embuer de larmes, qu'elle chassa aussitôt.

— Tu n'as pas à partir. J'apprécie ta considération.

— Je me ferais un plaisir de lui casser la figure.

— Ce ne sera pas nécessaire.

Elle recula imperceptiblement et reprit sa posture de maîtresse des lieux, même s'il n'était pas dupe.

— J'aimerais que tu fasses un tour dans les différents salons pour voir si les domestiques ont besoin de quelque chose. En passant, tu informeras les vigiles de la présence de ce client agressif. Qu'ils gardent un œil sur lui. S'il recommence, il lui faudra quitter le club.

Tom devait lui obéir, alors qu'il n'avait aucune envie de la laisser. Il fit un pas, puis se retourna.

— Être sous tes ordres…

Au diable ses bonnes résolutions !

— J'aime ça, avoua-t-il, le regard brûlant de désir.

Sans lui laisser le temps de répondre, il s'éloigna. Il avait dépassé le stade de la simple attirance. S'il était honnête avec lui-même, il devait admettre qu'il était plus qu'amouraché. Il était à deux doigts d'être amoureux.

« Peu importe ce que tu ressens, se dit-il. Tu veux la protéger ? Alors tiens tes distances. Tu ne peux franchir la ligne qui vous sépare. »

Il donna les instructions aux deux vigiles, puis alla voir la jeune fille qui lavait les verres. Elle avait les avant-bras plongés dans l'eau savonneuse.

— C'est beau, la vie de princesse ! railla-t-elle.

— Tu as besoin d'aide ?

— Tu es adorable, mais non.

Il était conscient que les domestiques assuraient le bon fonctionnement de Northfield House. Sans eux, il n'y aurait ni repas, ni bains, ni vêtements propres… Découvrir les coulisses était pour lui une leçon de vie.

Soudain, il pensa à Brookhurst et ses semblables, qui tenaient tant à ce que rien ne change dans cette société injuste, afin qu'ils conservent leur pouvoir et leurs privilèges. Aux yeux des aristocrates, les petits employés étaient des citoyens de seconde zone.

Comment pouvait-il faire comme si les membres du personnel du club de l'Orchidée n'étaient que les rouages d'une machine, et rien de plus ? Comment pouvait-il avancer dans la vie avec la certitude de la suprématie de son opinion, sans tenir compte de l'expérience des gens qui l'entouraient ?

C'était impossible.

Si les différences sociales ne lui étaient pas inconnues, il n'avait jamais eu le pouvoir de changer les choses. Dès qu'il quitterait le club, il mettrait en marche une vraie transformation.

Mais le prix à payer… Maeve…

Seigneur, que faire ? La sécurité de sa sœur et de sa mère était en jeu.

Il salua la jeune fille d'un signe de tête et la laissa à ses verres de cristal.

Dans la salle de bal, Lucia regardait ses clients danser et se caresser. Ils étaient de plus en plus excités. Au lieu des groupes de trois ou quatre habituels, ils étaient plus nombreux, en quête de sensations fortes. Tom ne comprit pas immédiatement pourquoi. Puis il constata que les mêlées étaient proches de l'estrade. Les gens attendaient la représentation, tels des adorateurs païens autour d'un autel.

— Ton idée d'engager quelqu'un pour jouer le rôle de la Dame de petite vertu fonctionne à merveille, murmura Tom. Les clients sont déchaînés.

— Je n'ai engagé personne, répondit Lucia.

Il lui décocha un regard intrigué.

Quelques secondes plus tard, une femme arborant un loup doré et une cape assortie entra avec une grâce féline, un sourire mystérieux sur les lèvres. Un homme blond et élancé la suivait d'un air possessif. « Gare à celui qui osera même la regarder ! » disaient ses yeux. Lucia lui trouva un air étrangement familier.

Elle agrippa la main de Tom.

— Mon Dieu, elle est venue...

— J'aimerais la remercier de m'avoir procuré des heures de lecture délectables, murmura-t-il.

La femme à la cape dorée se posta près du mur, son compagnon tout proche.

— Elle tombe à pic, dit Lucia en consultant sa montre. Excuse-moi.

Elle se dirigea vers l'estrade et y grimpa en levant les mains. Les musiciens baissèrent leurs instruments.

— Votre attention, je vous prie, les amis ! lança-t-elle.

Les clients affluèrent, souvent nus. Les différents groupes se séparèrent. Tous se tournèrent vers Lucia avec espoir.

— Au nom du club de l'Orchidée, je vous remercie de nous honorer de votre présence en ce soir particulier. Vous êtes venus assister à des scènes extraites des œuvres de la Dame de petite vertu. J'ai le plaisir de céder la place à nos comédiens. La première scène est tirée du roman *La Séduction du brigand*.

Un homme portant un manteau et un loup monta sur l'estrade, un pistolet de théâtre dans chaque main. Apparut ensuite une jolie femme à la robe très décolletée, le cou et les oreilles parés de pierres précieuses certainement fausses. Les acteurs saluèrent le public, qui applaudit.

Lucia quitta la scène pour rejoindre Tom.

— Merci d'avoir choisi ce titre, dit-il.

— J'avais prévu de présenter cette œuvre avant de savoir que tu l'appréciais. Mais je m'en réjouis.

Ils échangèrent un sourire, et il se sentit aussitôt enveloppé d'une onde de chaleur. Il avait l'impression d'être soudain léger, très léger. Ce devait être cela, le bonheur… Il en eut le tournis. Il ne s'était pas rendu compte à quel point cette sensation lui manquait. Et voilà que Lucia lui en faisait cadeau. Et quel cadeau ! Jamais il ne s'était senti aussi heureux.

— J'adorerais assister à la représentation, souffla-t-elle, mais nous sommes là pour veiller au bon fonctionnement de la maison…

La nuit s'écoula à une vitesse incroyable. Lucia confia certaines tâches à Tom, qui s'empressa de les accomplir. Il était si occupé qu'il n'avait pas le temps de réfléchir, ce qui n'était pas une mauvaise chose. Trop de réflexion nuisait parfois.

De temps à autre, il passait dans la salle de bal pour jeter un coup d'œil vers l'estrade. Certains clients semblaient fascinés par le spectacle. D'autres copulaient à quelques mètres de l'estrade. La femme à la cape dorée et son compagnon vêtu de noir s'en allèrent au milieu du troisième numéro, sous les murmures fébriles des invités.

— J'ai l'impression de ne pas servir à grand-chose, admit Lucia en croisant Tom. Tout se passe à merveille, et presque personne n'a eu besoin de la chambre de dégrisement.

— Et si tu déléguais davantage ?

— Je le devrais peut-être...

Ils se séparèrent une fois de plus. Tom monta du vin, redressa des meubles, et surveilla l'entrée. Au fil des heures, il commençait à accuser une certaine fatigue. Sans doute dormirait-il comme une masse... ce qui ne lui était pas arrivé depuis longtemps.

Il prit un moment pour s'adosser au mur dans le couloir sombre, la tête penchée en arrière. Sentant une présence, il n'eut pas à rouvrir les yeux pour deviner qu'il s'agissait de Lucia. Il en oublia presque qu'il était fourbu.

— Tu te sens bien ? demanda-t-elle en posant une main sur son torse.

Le cœur du duc s'emballa à ce contact.

— Merveilleusement bien. La journée a été longue, je l'admets. Je me suis réveillé à six heures, c'est-à-dire...

Il consulta sa montre, qu'il rangea ensuite dans son gousset.

— Il y a vingt-deux heures.

— Pourquoi n'as-tu pas fait une sieste, comme je te l'ai conseillé ?

— J'étais trop énervé pour dormir, avoua-t-il avec un sourire penaud.

— Monte, fit-elle d'une voix douce en appuyant sa main sur sa poitrine. Va te reposer.

Lorsqu'il se redressa, elle n'ôta pas sa main.

— Seulement quand la maison fermera, répliqua-t-il. J'ai promis de t'aider et il n'est pas question que je ne respecte pas mon engagement.

— Si seulement je savais que faire de toi, souffla-t-elle tout près de son oreille.

— Le problème, dit-il avec un rire triste, c'est que moi, je saurais exactement que faire de toi. Comme je suis un gentleman, je n'en ferai rien.

Il s'écarta du mur et, cette fois, elle ôta sa main.

— Par chance, je serai tellement épuisé, quand je me coucherai, que je ne me torturerai pas en pensant que tu es à quelques mètres de moi.

Il perçut la chaleur de son regard dans la pénombre.

— À présent, excuse-moi. J'ai du travail.

Sur ces mots, il s'éloigna.

14

Après une nuit de travail, Lucia n'avait généralement aucun mal à trouver le sommeil. Il lui suffisait de se déshabiller et de s'écrouler sur son lit : au bout de quelques minutes, elle sombrait dans les bras de Morphée.

Pas cette fois. Après avoir terminé ses comptes, elle se glissa sous les couvertures, sachant qu'elle n'avait qu'à gravir quelques marches pour rejoindre Tom et se faufiler dans son lit pour sentir son corps contre le sien, être enveloppée dans sa chaleur, son odeur. Ils s'endormiraient ainsi... ou pas.

Mais elle finit par s'assoupir car, à son réveil, la lumière du jour filtrait dans sa chambre. Elle se prépara à la hâte et descendit, vêtue d'une robe simple et d'un tablier.

Dans le couloir menant à l'office, elle fut attirée par des rires provenant de la cuisine. Kitty s'esclaffait, en compagnie d'Elspeth et d'un homme. Elle reconnut la voix grave de Tom. Son cœur s'emballa. Elle s'approcha à pas de loup et passa la tête dans la pièce pour observer discrètement la scène.

Effie, une aide-cuisinière, s'affairait aux fourneaux. Elle se retourna pour rire à son tour. Liam était assis sur les genoux de Kitty, attablée à côté d'Elspeth.

Tom était habillé, mais il manquait quelque chose : son foulard était entre les mains potelées de Liam, qui mordillait le tissu. Attendrie par cette scène, Lucia était néanmoins fascinée par le cou et le creux des épaules de Tom.

— Ton foulard sera plein de bave, déclara-t-elle en entrant.

Par chance, sa voix ne trahissait rien de son désir pour lui.

Tom se tourna vers elle, un sourire aux lèvres, plein de joie et d'énergie, plus charmeur que tous les mots tendres qu'il aurait pu murmurer à son oreille.

— Je vais lancer une nouvelle mode, dit-il avec entrain. Je serai le nouveau Brummell.

Il tendit une tasse à la jeune femme :

— Je parie que tu préfères le café au thé.

Ce geste pourtant banal la toucha. Jamais elle n'avait partagé une telle intimité avec un homme. Cela ne lui semblait ni bizarre ni répréhensible. Elle se sentait soudain comme dans un cocon douillet.

— *Mille grazie*, déclara-t-elle en acceptant la tasse.

Elle huma le parfum du café avant d'en déguster une gorgée.

— *Perfetto.*

— Avant que le jeune Liam ne se prenne de passion pour mon foulard, Elspeth et Kitty me racontaient des anecdotes sur tes débuts au club de l'Orchidée.

Il s'assit à table et posa son menton dans sa paume.

— Tu as vraiment donné un coup de poing à un client avant de menacer de lui couper les parties ?

— C'était avant que Will et Arthur n'arrivent, précisa Elspeth. Nous n'étions pas équipées contre les perturbateurs.

Lucia expliqua :

— En réalité, ce crétin croyait que l'une des serveuses faisait partie des prestations. Comme il s'énervait, j'ai dû le calmer. Je lui ai dit que s'il n'y prenait garde, je jetterais son *cazzo* par la fenêtre, sur le trottoir, avec son corps inconscient.

Tom frémit.

— Rappelle-moi de ne jamais te contrarier.

— Faut-il vraiment te le rappeler ? fit-elle en arquant les sourcils.

— Non. Plus maintenant.

— Chaud devant ! s'exclama Effie en apportant sa poêle brûlante.

— Assieds-toi donc pour prendre ton dîner… ou petit déjeuner, ou quel que soit le nom que vous donnez à ce repas, dit Tom à Lucia.

Ils mangèrent avec appétit. La veille, Lucia avait observé Tom lors du souper. Il était fascinant avec ses manières impeccables, son élégance. Elle aimait regarder les muscles de son poignet quand il utilisait son couteau, et ses grandes mains très fines.

« Voilà que je me pâme pour les mains d'un homme…, songea-t-elle. Je suis tombée bien bas ! »

— Elspeth, Liam et moi allons faire des courses, puis chez Catton, annonça Kitty. Vous venez avec nous ? fit-elle à l'adresse de Lucia et Tom.

Le duc secoua la tête à regret.

— Je ne peux prendre le risque d'être reconnu. Je suis censé être à la campagne. Je resterai seul avec mes pensées. À moins que quelqu'un ne souhaite me tenir compagnie…

Il se tourna vers Lucia avec espoir.

D'ordinaire, celle-ci adorait courir les boutiques. À Naples, elle avait passé beaucoup de temps à admirer les vitrines. Elle se faisait régulièrement repousser des étals du marché et n'avait jamais les moyens de s'offrir un jouet, ou même une savonnette.

L'argent qu'elle ne mettait pas de côté pour son foyer de jeunes filles, elle le consacrait à de jolis rubans, de petits cadeaux pour ses amies. Ses sorties hebdomadaires réservaient toujours de bonnes surprises.

Mais alors… Tom resterait seul.

— Si c'est de la compagnie que tu cherches, fit-elle d'un ton détaché, je me ferai un plaisir d'y remédier. Ce ne sera pas une journée oisive. Il y a un tas de choses à faire dans cette maison. Tu es peut-être un aristocrate en villégiature, mais j'ai l'intention de te faire travailler. Tu as été si efficace, cette nuit, que cela semble être ton destin.

— Hélas, railla-t-il.

Ils terminèrent leur repas en discutant des menus travaux à effectuer, puis ils portèrent leurs assiettes à Effie.

— La cuisinière a mis ça de côté pour vous, annonça la jeune fille en remettant un paquet au duc.

L'ayant déballé, il afficha une expression de joie que Lucia trouva adorable.

— Cette femme est une fée ! s'exclama-t-il.

Lucia secoua la tête en découvrant le moelleux au citron.

— Tu ne le manges pas ? demanda-t-elle en le voyant poser la pâtisserie sur une étagère.

— Je préfère différer le plaisir pour mieux le savourer, dit-il en soutenant son regard.

Elle se sentit rougir au souvenir de leur nuit torride.

— Je veux prendre mon temps pour en déguster… chaque miette.

Hum. Devait-elle vraiment envisager de passer la journée seule avec lui, dans cette maison ?

— On y va ! annonça Elspeth en nouant l'écharpe de Kitty, qui la remercia d'un baiser.

Lucia s'extirpa de sa torpeur.

— Vous avez besoin d'argent ? Je peux aller vous en chercher dans ma chambre.

Kitty leva les yeux au ciel.

— Non, maman ! railla-t-elle. Nous avons notre propre argent.

Elspeth approcha le landau pour y installer Liam. Le trio prit congé, non sans promettre à Tom et à Lucia une friandise… s'ils étaient sages.

— Effie, je vais avoir besoin d'eau chaude pour la lessive, prévint Lucia.

— Bien, madame.

Elle se rendit à la pompe dans la cour, laissant Lucia seule avec Tom.

— J'aurais envie de prendre tous mes repas ici, désormais, dit-il d'un ton léger.

— Tu n'es pas bien nourri à Mayfair ?

— La compagnie est plus agréable ici. L'ambiance est sans cérémonie et beaucoup moins guindée.

Comment la vie d'un duc pouvait-elle être pénible ? Se lassait-on vraiment de tels privilèges ? Chacun ses problèmes…

— Que fais-tu de ta mère, de ta sœur ? s'enquit-elle, les mains sur les hanches.

— Je les amènerais volontiers, assura-t-il. Elles s'amuseraient beaucoup. Maman ne refuse pas un peu de fantaisie, et Maeve trouverait l'office fascinant. De plus, je suis le propriétaire des lieux, non ?

L'ironie de la situation frappa Lucia, qui ne put retenir un rire caustique.

— Je t'entends déjà : « Maman, chère sœur, dînez donc avec moi et le personnel du club de l'Orchidée. Qu'est-ce que le club de l'Orchidée ? Oh, un lieu très joyeux où les gens viennent de tout Londres pour mettre un loup et copuler sauvagement. » Charmante sortie en famille !

Il existait entre leurs deux univers un tel gouffre qu'il ne serait jamais comblé. Lucia fut envahie d'une vague de tristesse.

— Inviter ma mère et ma sœur n'est peut-être pas très avisé, admit Tom d'un air grave.

Il semblait très seul, en cet instant. Lucia soupira, oubliant son amertume. Ils ne pouvaient rien changer à leurs origines, de toute façon.

— Elles ne sont pas au courant de l'existence du club, j'imagine ?

— Non, et j'emporterai ce secret dans la tombe. Il doit être protégé à tout prix.

— Ton père te l'a bien caché pendant des années. Tu ne diras rien durant les décennies à venir.

Il voulait la croire. Elle dégageait une telle assurance.

— Tu penses vraiment que le club existera encore dans plusieurs décennies ?

— Je l'ignore, en vérité.

Elle se massa le front avant de poursuivre :

— Quand je travaillais pour Mme Chalke à Covent Garden, je savais que toutes les filles de ma profession vieillissaient vite, et ce n'était pas un métier que je voulais exercer longtemps. Au bout d'un moment, même une maîtresse perd de sa fraîcheur.

Tom eut l'air pensif.

— Je n'ai jamais vraiment réfléchi à ce qu'implique le fait de vendre son corps.

— C'est un véritable travail. Le club de l'Orchidée m'offre des perspectives d'avenir. J'aimerais tourner la page, un jour, et me contenter de mon foyer pour jeunes filles... mais il nous faudra des revenus réguliers. (Elle poussa un long soupir.) Enfin, nous en reparlerons un autre jour. Dans l'immédiat, toi et moi avons rendez-vous avec un placard.

— C'est ici que nous rangeons les vêtements perdus ou oubliés, expliqua Lucia en ouvrant une porte.

Tom découvrit des chemises, des camisoles, des chaussures et autres effets.

— Personne ne les réclame jamais ? s'étonna-t-il.

— Rarement. Mais je les conserve pendant quelques mois. Aujourd'hui, je vais faire le tri et laver ceux qui sont en bon état. J'en donnerai à des œuvres caritatives, à Whitechapel et Bethnal Green.

Il examina un gilet qui était trop court pour lui, et bien trop large.

— Tu n'arrêtes pas, n'est-ce pas ? fit-il doucement.

— Quoi ?

Elle sélectionna quelques camisoles dont le tissu était trop usé.

— Tout ce qui est récupérable doit être posé à tes pieds, reprit-elle.

— De penser aux autres, répondit Tom en ramassant une chaussure.

— Les chaussures dépareillées vont dans cette pile.

Se concentrer sur sa tâche lui permettait de ne pas se laisser submerger par le sens de ses mots.

— Pourquoi ?

— *Ovviamente*, je ne passe pas tout mon temps à me soucier des autres. Il faut que je me nourrisse. Et je prends un bain de temps à autre, railla-t-elle.

De vieilles douleurs ressurgirent, tranchantes comme des couteaux. Peu importait que quinze années se soient écoulées. Ses blessures étaient encore à vif.

— Cet interrogatoire ne sert à rien, dit-elle, tendue.

— Je veux te déchiffrer.

La colère était plus facile à exprimer que la tristesse.

— Je ne suis pas un mystère, Votre Grâce. Je ne suis pas une énigme à élucider pour t'aider à passer le temps.

Elle jeta une paire de bas à terre.

— Tu te méprends, affirma-t-il en s'adossant au mur. J'ai envie de tout savoir sur toi, non par ennui ou pour me distraire.

— Alors pourquoi ?

— Parce que tu me fascines, avoua-t-il en soutenant son regard.

La jeune femme en eut le souffle court. Son irritation se mua en une chose beaucoup plus dangereuse : le désir.

Elle ramassa une pile d'éventails, de châles et de rubans.

— Mon histoire n'a rien d'extraordinaire, assura-t-elle d'un ton léger.

— Je t'écoute.

Très bien. Elle était capable d'en parler sans sombrer dans le piège des sentiments. Comme si c'était arrivé à quelqu'un d'autre.

— Tu connais la société Thompson Ironworks ?

Tom se redressa.

— Bien sûr. Cette entreprise a fourni le métal pour tous les ponts construits ces trente dernières années. Stephen Thompson est plus riche que la moitié des membres de l'aristocratie.

— Mon père était le fils de Thompson, révéla Lucia posément. Il a voulu faire un grand voyage à travers l'Europe, comme les jeunes nobles. Après Paris, Berlin et Zurich, il s'est installé un temps à Naples. Il voulait jouer les gentlemen, aller à l'opéra, visiter les ruines de Pompéi… Ma mère était sa gouvernante.

— Ah…

— Comme tu dis…

Elle ravala les larmes qui montaient toujours quand elle pensait à l'ordure qu'avait été son géniteur.

— Quand elle lui a avoué qu'elle était enceinte, il a promis de l'épouser et de la ramener en Angleterre avec lui.

— Et elle l'a cru ?

Lucia afficha une moue désabusée et crispa les doigts sur son châle.

— Elle était venue à Naples pour fuir son village. Elle était innocente, crédule. Elle ne voyait aucune raison de ne pas lui faire confiance.

Lorsqu'elle évoquait la mort de son père, elle n'éprouvait aucun chagrin, rien qu'une terrible absence de sentiments – ce qui pouvait aussi être douloureux.

— Avant même d'avoir organisé quoi que ce soit pour un retour en Angleterre, reprit-elle, il est mort accidentellement, en escaladant le Vésuve. Ma mère l'a pleuré comme une veuve. Par la suite, elle n'a plus jamais eu un homme dans sa vie. Hélas, il lui était impossible de regagner son village natal alors qu'elle portait un enfant illégitime, un bâtard. Sa vie aurait été encore plus difficile qu'à Naples. Elle est donc restée en ville et a survécu à l'aide de menus travaux de lessive, de couture, afin que je ne manque de rien.

Elle ravala ses larmes, mais elles finissaient toujours par couler à l'évocation de sa mère tant aimée.

Tom posa sur elle un regard dépourvu de tout jugement, de toute condamnation. Il semblait recoller en pensée les fragments de son existence, et le résultat le peinait.

— Que faisais-tu pendant que ta mère s'échinait au travail ?

— Ma part de boulot.

S'il savait qui elle était vraiment, s'il connaissait toutes les facettes de sa personnalité, il se détournerait peut-être d'elle. Cette mise à distance lui ferait mal. Hélas, elle devait l'affronter, comme autrefois. Elle préférait se planter elle-même un couteau dans le cœur que d'être blessée de la main d'un autre.

— Les rues de Naples grouillent d'enfants perdus, raconta-t-elle amèrement. Des gamins livrés à eux-mêmes. J'en faisais partie… Je rendais de menus services, je troquais des objets… Je m'efforçais aussi de ne pas être illettrée. Ma mère avait gardé des livres appartenant à mon père. Elle était sentimentale. Il y avait un peintre anglais sans le sou qui habitait près de chez nous. Je volais du pain pour lui et, en échange, il m'apprenait l'anglais.

— C'est très ingénieux, commenta Tom, visiblement sincère.

Elle ne s'attendait pas à un tel soutien.

— J'avais seulement la rage de survivre, expliqua-t-elle.

Son existence n'était pas facile. Elle revoyait les corps des pendus, secoués de spasmes au bout d'une corde, lorsque les martyrs de la République parthénopéenne avaient été exécutés.

Elle avait assisté à ces exécutions dans l'espoir de gagner quelques sous en allant acheter des glaçons ou des victuailles pour les spectateurs. La terreur s'était emparée d'elle face à la mort de ces hommes et ces femmes, devant une foule déchaînée.

Toute vie est fragile. Héros un jour, réprouvé le lendemain.

— Tu as tout laissé derrière toi pour venir en Angleterre, dit Tom, la ramenant à la réalité.

Elle était au bord des larmes.

— Ma mère est morte... La malaria. J'avais treize ans.

Le médecin était ivre et n'avait été d'aucun secours face à sa mère, en proie à la fièvre, qui tremblait de tout son corps. Lucia s'était allongée contre elle pour la calmer, mais elle avait la peau brûlante.

— Avant de rendre son dernier souffle, elle m'a implorée d'aller en Angleterre pour retrouver la famille de mon père, qui s'occuperait de moi. J'étais la fille d'un homme important et je grandirais certainement dans le luxe. Alors...

Elle haussa les épaules, feignant la nonchalance, puis ramassa la pile de vêtements à laver.

— Alors je suis partie.

— Tu n'étais qu'une enfant !

Les sourcils froncés, Tom la suivit dans l'escalier en direction de la buanderie. Le voyage entre Naples et Londres était long et coûteux.

— J'ai vendu des babioles appartenant à mon père et j'ai persuadé un pêcheur de m'emmener à Capri, où sont amarrés les navires anglais. J'ai trouvé un capitaine britannique qui a accepté mon argent pour me transporter. Ce fut un long voyage.

Elle avait eu le mal de mer et, terrifiée, avait prié sa mère défunte pour trouver le courage de s'accrocher.

— Finalement, reprit-elle avec autant de calme qu'elle le put, mon grand-père n'a guère été impressionné par sa petite-fille bâtarde. Avant de me chasser, il m'a montré une lettre que mon père lui avait envoyée, dans laquelle il lui faisait part de son projet d'abandonner ma mère au lieu de la ramener à Londres.

— Seigneur…

— Une fois encore, j'ai appris à survivre, dans des rues grises et froides.

Elle avait été choquée par le climat anglais, le ciel plombé. À Londres, la vie n'était pas meilleure qu'à Naples et, pire encore, elle était considérée comme une étrangère.

Elle poussa la porte de la buanderie. Une grosse bassine en cuivre fumait doucement dans la cheminée. Lucia jeta les camisoles et les chemises dans l'eau chaude et ajouta des cendres. Tom l'observait avec fascination.

— Tu n'as jamais vu personne faire la lessive ? demanda-t-elle.

— Si, mais je n'ai jamais lavé du linge… Je veux bien essayer.

Elle saisit un bâton.

— C'est assez fatigant, sans parler de la chaleur et des éclaboussures.

— Dans ce cas…

Il ôta sa veste et déboutonna son gilet, dont il se débarrassa. Sa chemise se retrouva également à terre.

Il se plaça face à elle, torse nu.

« Seigneur », songea-t-elle.

Le temps n'avait pas atténué la puissance des souvenirs de leur nuit torride. Le corps de Tom lui mettait l'eau à la bouche. Ses mains brûlaient de palper les muscles fermes, de redécouvrir leurs reliefs et la texture de la toison qui couvrait son torse.

Il lui était bien plus agréable – et plus facile – de désirer Tom que de s'appesantir sur son passé.

— Comment un duc peut-il être aussi sculptural qu'une statue romaine ? marmonna-t-elle en s'humectant les lèvres. Je croyais que les hommes de ton rang passaient leur temps à ripailler et à courir les jupons. Tu devrais être flasque et gras…

À son sourire, elle comprit qu'il était flatté par ses propos.

— Je pratique la boxe trois fois par semaine, l'escrime, je monte à cheval. Et il ne faut pas négliger les bienfaits pour la santé d'une bonne partie de jambes en l'air.

Lucia avait constaté ces bienfaits lors de leur nuit partagée.

— Nous allons voir si tu as de la force, dit-elle en lui tendant le bâton. Tu vas battre le linge dans la bassine.

— Tes désirs sont des ordres.

Cette journée était décidément sous le signe de la sensualité. La jeune femme observa, subjuguée, le jeu de ses muscles tandis qu'il s'activait.

— Donc, tu t'es retrouvée sans famille dans un pays étranger, déclara-t-il entre deux coups de bâton. Raconte-moi la suite.

— Tu n'es pas lassé de ce sujet ?

— Tu es pour moi une source inépuisable de fascination.

Une goutte de sueur coula sur ses pectoraux, puis le long de son ventre plat.

Come tu sei per me. Tu l'es aussi pour moi.

— Mon histoire est plutôt banale, reprit-elle en feignant à nouveau l'indifférence. Pour une jeune fille, il n'y a pas mille moyens de survivre, surtout si elle n'a pas de métier ou de compétences.

— D'où ton projet de foyer, dit Tom en s'interrompant. Seigneur, je n'avais aucune idée…

— Vraiment ?

Il s'épongea le front de son bras et se remit au travail.

— En vérité, admit-il, j'ai déjà côtoyé la pauvreté, même si je ne l'ai pas vécue. En Irlande, certains métayers gagnent à peine de quoi se nourrir. Une fois, j'ai glissé une partie de mon repas dans mes poches pour l'offrir aux enfants, devant leur cottage. J'avais oublié cette anecdote… Lorsqu'il l'a appris, mon précepteur m'a corrigé à coups de trique, me reprochant de donner à ces malheureux de faux espoirs. « Une bouchée aujourd'hui et plus rien demain, c'est encore plus cruel que rien du tout », a-t-il dit. Nom de Dieu, je devrais en faire plus pour aider l'Irlande...

— Peut-être, en effet.

Pendant quelques minutes, seuls les coups de bâton sur le linge mouillé se firent entendre.

— Je ne comprends toujours pas pourquoi mon père a mis en péril la réputation de sa famille en finançant le club de l'Orchidée, reprit Tom.

Lucia s'empara de ce sujet pour éviter de s'épancher sur son propre passé.

— Quand je venais lui verser son argent, il m'interrogeait. Il voulait savoir combien de clients venaient accompagnés, s'ils mettaient un certain temps à commencer leurs ébats ou s'ils se jetaient tout de suite les uns sur les autres. Y avait-il plus de femmes que d'hommes, ou autant ? (Elle haussa les épaules.) Je n'ai pas cherché à savoir ce qui le motivait, du moment que le club pouvait ouvrir normalement.

— Il aimait peut-être être un gentleman respecté en public tout en ayant un secret coquin, hasarda Tom.

— Je soupçonne de nombreux moralisateurs de mener une double vie. Cette duplicité les émoustille.

Les coups de bâton étaient de plus en plus violents. Lucia sentit son cœur se serrer de plus belle. Elle n'avait jamais vraiment songé au fardeau de Tom, trop concentrée qu'elle était sur ses propres blessures. Il luttait, lui aussi, d'où sa présence au club, pour échapper à ses responsabilités pendant quelques jours.

En dépit de sa richesse, de son pouvoir, il n'était pas libre.

— Tom...

Comme il ne semblait pas l'entendre, elle posa une main sur son biceps.

Il s'interrompit enfin, à bout de souffle, la peau moite de sueur.

— Le bonheur de ma sœur dépend d'un vote qui va à l'encontre de mes convictions. Et si j'investis dans une affaire qui fera du mal à certains, cela me rapportera un profit que je pourrai consacrer à aider de nombreux autres… Comment choisir le plus important ? Je ne sais pas, je ne sais plus…

— Tu trouveras la solution en toi-même, dit-elle gentiment.

— Je me réjouis qu'au moins l'un d'entre nous y croie, avoua-t-il, désemparé.

15

Il était difficile de distinguer les étoiles dans le ciel londonien. Les réverbères et la fumée créaient une atmosphère pesante. Seule une demi-lune formait une trace pâle. Tom venait de prendre un bain et avait les cheveux encore humides. Hissé sur les toits, il observait le ciel, la tête en arrière.

Il était épuisé ! Même de loin, faire la lessive lui avait toujours semblé laborieux. Ce n'était rien par rapport à la réalité.

Lucia et lui avaient rincé les vêtements dans une bassine d'eau froide, puis il avait fallu tout essorer à la force de leurs bras. Plusieurs heures plus tard, Tom était fourbu. Tous ces efforts pour quelques guenilles…

Outre sa volonté de fer, Lucia avait un cœur d'or, ce qu'elle considérait peut-être comme un défaut. Il n'était pas de cet avis.

Et lui, pouvait-il se permettre d'avoir du cœur concernant ses affaires avec Brookhurst ? Cet investissement potentiel dans la Midlands Canal Company le tourmentait, le rongeait comme un acide. Il était venu au club de l'Orchidée pour réfléchir. Hélas, ses soucis le rattrapaient.

Et il ne savait toujours pas quoi faire…

— Ah, tu es là !

En tournant la tête, il vit la tête de Lucia dans l'entrebâillement de la fenêtre.

— Le dîner est servi, annonça-t-elle.

Tom sentit son estomac gargouiller, mais il n'avait pas envie d'interrompre sa contemplation.

— Je descends dans un quart d'heure, répondit-il. Commencez sans moi.

Au bout de quelques secondes, elle reprit la parole :

— Tu as envie d'un peu de compagnie ?

Il lui fit signe de venir le rejoindre.

— Il y a de la place pour deux.

La jeune femme s'assit à côté de lui sur le toit. Ensemble, ils observèrent la ville en contrebas.

— C'est la tour Saint-Georges, dit-elle en désignant le sud-ouest. Quand le silence règne, j'entends les cloches sonner chaque heure. Le dimanche aussi, quand je ne suis pas à l'église Saint-Patrick à Soho.

— C'est une église catholique, n'est-ce pas ?

— Et alors ? fit-elle, un peu crispée.

— Ma mère était catholique avant d'épouser mon père. Elle s'est convertie. Je lui ai un jour demandé si elle le regrettait, mais elle m'a expliqué qu'un huguenot, Henri IV, était devenu catholique pour régner sur la France et qu'elle avait fait la même chose, dans l'autre sens, pour se marier avec mon père.

— Et devenir duchesse, fit Lucia.

— Aussi. La foi est importante, à tes yeux ?

Elle soupira.

— À Naples, l'Église est présente partout. J'ai toujours attendu avec impatience les célébrations du miracle de San Gennaro, toutes ces guirlandes de fleurs, sans parler de la procession vers la Piazza del Duomo. Son sang se liquéfie par miracle et, dans le cas contraire, on craint un désastre.

Face au silence de Tom, elle reprit :

— Tu nous trouves arriérés et superstitieux comme tes paysans, n'est-ce pas ?

— La foi est une chose très mystérieuse. Parfois, j'aimerais être plus croyant.

— Ma mère se serait convertie pour épouser mon père.

Il savait à présent pourquoi elle semblait si triste chaque fois qu'elle évoquait sa mère, et en ressentit de la compassion.

— Si tu avais le choix entre l'amour et la foi, que choisirais-tu ? s'enquit Tom d'un ton qui se voulait léger.

Elle émit un rire triste.

— Tu viens de le dire : la foi est une chose mystérieuse. Mais elle ne détruit pas un être comme peut le faire l'amour.

Son amertume lui fit l'effet d'un coup de poignard. Lucia était si meurtrie qu'elle s'était forgé une carapace. Si seulement quelqu'un avait été présent pour la protéger !

— Tu parles comme une débauchée cynique, commenta-t-il.

— Je parle d'expérience.

— Quand viendra le moment de me marier, je le ferai par devoir, en choisissant une femme convenable qui me supportera suffisamment pour accepter mon contact et me donner un héritier.

— Tout cela semble bien froid et calculé, fit-elle avec un regard de biais.

— C'est ainsi quand on porte sur son dos des siècles de tradition.

Il avait toujours su qu'il devrait repousser ses désirs, ses besoins, pour se mettre au service de son titre et forger des alliances. Pas étonnant, dans ces conditions, qu'il ait tout fait pour satisfaire ses plus bas instincts au cours d'une jeunesse dissolue, pendant qu'il en était encore temps.

Il apprendrait à vivre sans amour, sans passion.

En observant Lucia à la dérobée, il se demanda à quoi ressemblerait une existence aux côtés d'une telle femme. Une femme de caractère, qui le défierait et exigerait d'occuper la place qu'elle méritait.

Cette pensée fit battre son cœur à tout rompre.

À quoi bon se laisser aller à ces rêveries ? Même si elle parvenait un jour à accepter d'aimer et d'être aimée, certains fossés ne se comblaient jamais. Ils n'étaient pas du même rang.

— Quelle vue magnifique, s'extasia-t-elle en désignant les toits de la ville.

Les réverbères et les lampes créaient un spectacle féerique.

— D'ici, dit Tom pensif, on remarque des détails qui, sinon, passent inaperçus. Les vocalises des chiffonniers qui sillonnent les rues, les bruits du quotidien, les valets qui flirtent avec les femmes de chambre dans les cours. À Mayfair, il ne me vient pas à l'idée d'observer les petits détails de la vie.

Il s'adossa pour mieux contempler le ciel.

— Je suis parti de chez moi parce qu'un homme très puissant veut m'imposer un investissement dont je ne veux pas. Cela violerait mes principes. Je me suis déjà compromis une fois pour lui, et il va devenir de plus en plus exigeant.

— Dans ce cas, tu dois refuser. Tu es duc. Tu as certainement plus de pouvoir que lui !

Tom ne put que s'esclaffer face à un résumé aussi simple d'une situation complexe.

— Il est duc, lui aussi, et il est plus influent que moi. Si je le contrarie, si je n'accède pas à ses requêtes... il fera du mal à des personnes qui me sont chères.

— Ton dilemme est donc de choisir entre ce que ton cœur réclame et ce qui est préférable pour tes proches. Quel sac de nœuds...

— Oh oui, souffla-t-il.

Ils se turent un long moment, puis elle reprit :

— Que veux-tu vraiment, au plus profond de ton âme ? Rien que pour toi, sans tenir compte des autres ?

— Je veux...

Il fouilla les recoins secrets de son âme, en quête du sens qu'il souhaitait donner à sa vie. Il n'y avait jamais réfléchi, se contentant de vivre au jour le jour, sans penser au lendemain.

— Je veux être un homme bien, répondit-il enfin.

La simplicité de ces paroles et l'angoisse exprimée par le ton de sa voix le surprirent lui-même. Au-delà des convenances et des intrigues, il avait le désir profond de faire le bien, d'être honorable, de ne pas nuire et d'aider son prochain.

Ce séjour au club de l'Orchidée lui avait démontré le sens de la solidarité. Ils avaient travaillé ensemble dans le même but. Chacun faisait de son mieux en fonction des limites imposées par les circonstances.

Être l'héritier d'un duc était une chance rare. Il se devait d'utiliser ce privilège qu'il n'avait pas mérité pour aider les autres.

Une pensée irrépressible lui vint. Il devait résister à Brookhurst et à tout ce qu'il représentait. Il rejetterait sa proposition d'investissement dans la Midlands Canal Company, voterait les lois selon sa conscience et non selon les exigences des uns ou des autres. Il mettrait fin à leur alliance et à plusieurs générations d'intrigues.

Qu'en serait-il de Maeve ? De son mariage avec lord Stacey ?

Il fallait qu'il lui parle, qu'il lui explique son intention de prendre ses distances avec le duc de Brookhurst. Soit elle comprendrait et lui pardonnerait, soit… Une vie sans sa chère petite sœur s'annonçait morne. Ses rires, son esprit et sa gentillesse lui manqueraient. Le supporterait-il ?

S'il voulait être à la hauteur de l'estime que Maeve lui accordait, il devait prendre une telle décision. Il se sentait à la fois plus fort et tenaillé par la peur, deux émotions qu'il n'aurait pas cru compatibles.

Conscient d'avoir gardé le silence un peu trop longtemps, il reprit la parole :

— Je suis en train de changer, je le sens. Et je souffre. Je veux prendre la bonne décision, mais c'est compliqué. Rien n'est simple…

Au bout d'un moment, elle se pencha vers lui, si près qu'il fut enveloppé par son parfum fleuri et épicé. Leurs visages se frôlaient. Elle avait un regard profond et interrogateur.

Tom demeura immobile, plein d'espoir.

Elle l'embrassa, doucement, presque hésitante.

— Tu ne veux plus de moi, déclara-t-elle en s'écartant.

— Mon amour, je te désire tellement que j'ai l'impression de me noyer, grommela-t-il d'une voix rauque. Mais je suis ton patron et je suis en position de force. Ce ne serait pas bien.

— Et que fais-tu de ce que je pense ? s'insurgea-t-elle. Et si moi, je te veux ?

— Tu me tentes, gémit-il.

— Quoi qu'il arrive entre nous, il n'est pas question du club. Il s'agit de la femme et de l'homme que nous sommes.

Elle posa une main sur la joue de Tom, qui se laissa aller à cette caresse. Elle retint son souffle.

— Tu dois comprendre une chose : je n'ai pas besoin d'être sauvée et je n'en ai pas la volonté. Ma vie n'est pas idéale, mais c'est la mienne.

— Je comprends...

Il enfouit les doigts dans la chevelure de la jeune femme, qui s'empara aussitôt de ses lèvres. Leur long baiser fébrile embrasa le corps de Tom. Chaque instant partagé était une douce torture. Pas question pour lui de renoncer à cette chance. Il insinua la langue dans la bouche offerte de Lucia, qui vint à sa rencontre pour une danse sensuelle.

— Bon sang, grogna-t-il, j'ai envie de toi, j'ai *besoin* de toi. Laisse-moi venir te rejoindre ce soir, quand la maison sera endormie... J'aimerais tant te prouver combien j'ai faim de toi.

— C'est moi qui viendrai à toi, murmura-t-elle. Je ne voudrais pas empêcher Kitty et Elspeth de dormir, et j'ai l'impression que nous serons bruyants.

Sur ces mots, elle s'éclipsa si soudainement qu'il se demanda presque s'il avait rêvé ce moment. Pourtant, il gardait la saveur de ses lèvres sur les siennes.

Il se retrouva seul sur le toit, comme s'il venait de tomber du ciel. Il se força à retrouver ses esprits, déterminé à profiter de chaque minute partagée avec Lucia.

Le souper fut une délicieuse torture.

Dans la cuisine, Tom, Lucia, Elspeth et Kitty, sans oublier Liam, échangèrent des anecdotes sur la vie londonienne et ses scandales, tout en se régalant de tourte au pigeon.

— Un jour, raconta Elspeth, j'ai vu un chat assis sur le dos d'un chien, lui-même monté sur un cheval.

— Tu es bien innocente, déclara Kitty, mais je t'aime quand même.

Elspeth se contenta de battre les cils.

— À Cheapside, poursuivit Kitty, j'ai surpris un type ivre mort qui essayait de se faire une gâterie tout seul.

— Il a réussi ? demanda Tom, intrigué. Si une telle chose est possible, ça fait rêver.

— Il se débrouillait très bien, railla Kitty.

— Comme on dit, même une mauvaise gâterie n'est pas une perte de temps, commenta Tom avec le plus grand sérieux.

Kitty leva les yeux au ciel et se tourna vers Lucia.

— À ton tour !

Lucia réfléchit un instant, puis une idée lui vint :

— J'ai vu un homme dénudé sous la taille qui courait dans Shoreditch. Son *uccello* ballottait d'un côté à l'autre. Une femme aux seins nus le poursuivait. Ses seins se balançaient tout autant.

— Il devait détenir quelque chose qu'elle convoitait, gloussa Elspeth.

— Quelque chose de gratuit et facile à obtenir, renchérit Lucia.

— Vous manquez de respect à la gent masculine, mesdames ! protesta Tom en feignant d'être choqué.

— Tu t'en remettras, rétorqua-t-elle avec un clin d'œil. Et toi ? As-tu assisté à des scènes insolites ?

— Je ne peux pas citer de noms, bien sûr, raconta-t-il à voix basse comme s'il craignait d'être entendu, mais j'ai vu un aristocrate très estimé uriner par une fenêtre directement dans le tricorne d'un vieux monsieur.

Il connaissait de nombreuses histoires croustillantes impliquant des ébats sexuels, mais ces dames ne seraient guère impressionnées, au vu de leur expérience.

— Un critique de mode, sans doute, fit Lucia en prenant dans sa main le petit pied de Liam. Et toi, *piccolo* ? Qu'est-ce que tu nous racontes ?

L'enfant se contenta de babiller.

Tom appréciait cette conversation, mais son corps brûlait d'impatience des plaisirs à venir. Il observa Lucia, assise en face de lui.

Très animée, elle parlait avec les mains, si belle qu'il faillit se jeter sur elle. Soudain, elle capta son regard un peu trop longtemps : entre eux, la passion était palpable. Elle avait deviné, la diablesse...

Elle prit un morceau de pâte brisée qu'elle glissa dans sa bouche, puis elle se lécha les doigts très lentement, un par un, sans regarder Tom, ce qui ne changeait rien à l'affaire.

Tom eut une érection si intense qu'il eut l'impression qu'elle allait soulever la table. Par chance, il avait posé sa serviette sur ses genoux.

— Pour l'amour du Ciel, tous les deux, montez donc vous coucher au lieu de vous regarder avec ces yeux de merlan frit ! s'exclama Elspeth.

— On se charge de la vaisselle, renchérit Kitty avec un sourire narquois.

Lucia était déjà debout. Tom aurait pu se mettre à genoux pour la remercier, mais il se leva simplement.

— C'est très aimable à vous, dit-il avec sincérité.

Il prit Lucia par la main et sentit sa chaleur se propager en lui. Ils quittèrent vivement la cuisine. Sans un mot, ils gravirent les marches quatre à quatre. Tom se sentait la fougue et l'énergie d'un adolescent.

À en juger par le souffle court de la jeune femme, elle le désirait avec la même intensité.

Arrivés devant la mansarde, ils ne s'étaient toujours pas embrassés. Si leurs lèvres se frôlaient, il devrait la faire sienne sur-le-champ. Il ouvrit donc la porte et lui fit signe d'entrer.

Dans la pénombre, il la suivit et, aussitôt, se retrouva plaqué contre la porte close. Elle l'embrassa avec fougue, les doigts dans ses cheveux pour l'attirer vers elle. Ivre de désir, il ne put réprimer un grognement rauque et se mit à la dévorer. Dès que leurs langues se trouvèrent, son sexe se mit à palpiter dans son pantalon. Il posa les mains sur les fesses de la jeune femme pour la lover contre son entrejambe. Sous les vêtements, il percevait déjà sa chaleur. Leurs hanches se mirent à onduler sensuellement. Lucia gémit dans sa bouche, exprimant un désir irrépressible.

Tom plaça une main sur sa taille pour remonter vers son flanc, puis son sein frémissant. À travers le coton de sa robe, il titilla le mamelon durci, suscitant un râle.

— J'ai envie de toi, souffla-t-elle.

— Pas autant que moi.

Il la sentit sourire contre sa bouche.

— J'ignorais qu'il s'agissait d'une compétition.

— Faisons une compétition, suggéra-t-il entre deux baisers. Qui donnera le plus de plaisir à l'autre ?

Il pinça le mamelon et la sentit retenir son souffle.

— Que remporte le vainqueur ? demanda-t-elle.

— C'est un concours où il n'y a pas de perdant.

Il se mit à déposer un chapelet de baisers brûlants dans son cou.

— Je suis une compétitrice née, tu sais. Je prends les choses très au sérieux...

— Moi aussi.

Il goûta la saveur de sa peau mate.

— Je suis un gentleman. Je te laisse la première salve.

— Prépare-toi, prévint-elle d'un air de défi.

Elle entreprit de dégrafer le rabat de son pantalon.

— Cela fait des jours que j'ai envie de sentir ta queue dans ma paume...

À ces mots, il se raidit davantage. Dès que les doigts chauds de la jeune femme se posèrent sur le membre palpitant, il faillit pousser un cri.

— Je savais que tu ne portais pas de dessous, dit-elle en le caressant lentement.

Dès lors, Tom oublia tout, incapable de la moindre pensée. Plus rien ne comptait que cette main et son lent mouvement de va-et-vient. Il se cambra vers elle pour mieux s'offrir.

De sa main libre, elle dénoua son foulard puis mordilla la peau dénudée de son cou.

— Oh oui, gémit-il.

Lucia était tout ce qu'il voulait, tout ce dont il avait besoin. Elle se donnait et prenait du plaisir de toute son âme.

— Je vais jouir…, prévint-il.

Elle s'écarta légèrement, sans relâcher sa verge.

— Pas encore, décréta-t-elle.

De sa main libre, elle déboutonna son gilet et le caressa à travers sa chemise. Au moindre contact, il était enveloppé de sensations exquises. Brûlant, il la regarda glisser le long de son corps, vers le sol. Enfin, elle s'agenouilla devant lui et le regarda dans les yeux. Esquissant un sourire entendu, elle passa les lèvres sur son gland soyeux.

Il sentit comme des étincelles le long de sa colonne vertébrale, puis elle se pencha pour le prendre dans sa bouche.

— Ah…, gémit-il. C'est si bon…

Elle émit un grommellement étouffé qui le fit haleter. Une main sur la naissance de son sexe, elle poursuivit ses mouvements de succion entrecoupés de coups de langue. Dans la pénombre, il voyait le dos de sa robe qui exposait les muscles de ses omoplates.

Le plaisir le clouait sur place, une main appuyée sur la porte, l'autre sur la nuque de la jeune femme. Elle porta sa main libre sur la sienne pour accentuer ce contact.

— Tu veux que je te baise la bouche ? proposa-t-il d'une voix brisée.

Elle hocha la tête, sans jamais ôter ses lèvres, en soutenant son regard.

Il n'en fallut pas davantage pour qu'il accentue ses ondulations, qui se transformèrent en coups de boutoir. Il contempla sa verge luisante qui entrait et sortait de sa bouche. En voyant les paupières lourdes de Lucia, il comprit qu'il était perdu.

— Je vais jouir, murmura-t-il.

Elle ne se retira pas, accentuant au contraire ses mouvements de succion pour le prendre plus profondément en elle.

L'extase l'engloutit dans un tourbillon et il se déversa en elle. Elle ne recula qu'après son ultime spasme.

Elle lui sourit en s'humectant les lèvres. Malgré ses jambes qui menaçaient de se dérober, il l'aida à se relever.

— Je remporte la première manche, jubila-t-elle.

Tom se dévêtit rapidement.

— La nuit ne fait que commencer...

Sans protester, elle se laissa entraîner vers le lit, où il l'incita à s'asseoir. Elle lui fit signe de prendre place à son côté, mais il secoua la tête et se mit à genoux devant elle. Doucement, il lui écarta les cuisses.

Elle parut d'abord étonnée, puis elle afficha un air badin.

— Je continue ? demanda-t-il.

— Sinon, je ne survivrai pas !

— Il s'agit donc d'une urgence vitale...

Affichant un sourire satisfait, il souleva la robe pour découvrir les jambes de Lucia. Il se mit à l'explorer petit à petit, embrassant sa cheville, son mollet, son genou... Il sentait la chaleur de sa peau sous les bas. Il monta plus haut encore, jusqu'à atteindre le haut de sa cuisse, au-dessus d'une jarretière. Elle ne portait pas de culotte. Sans doute attendait-elle cette nuit avec la même impatience que lui.

Tom lécha l'intérieur d'une cuisse, humant le parfum enivrant de son désir. En dévoilant son entrejambe, il émit un grognement animal. Il n'avait plus rien de civilisé, tant il était dévoré par des pulsions primaires. Une seule pensée l'occupait : faire monter Lucia vers l'extase.

— Bon sang..., souffla-t-il en caressant les replis humides.

Les doigts de Tom luisaient de son désir manifeste. Elle se mit à miauler dès qu'il traça les contours de son clitoris palpitant, avec la révérence qu'il lui devait. Enfin, il insinua deux doigts en elle et elle se mit à haleter.

En gaélique – une langue qu'il n'avait pas parlée depuis des années – il lui dit combien elle était belle, combien il brûlait de la faire sienne totalement. Elle était son unique source de bonheur et il voulait passer le reste de sa vie à lui donner du plaisir. Dès qu'il appuya sur le renflement non loin de l'entrée de son vagin, elle poussa un cri d'extase et se cambra.

Enfin, elle retomba sur le matelas, repue.

— Bon Dieu, soupira-t-elle.

— Ce n'étaient que les préliminaires, affirma-t-il.

Pour souligner ses propos, il se pencha pour lécher ses replis. Une fois encore, elle s'arqua. Il la maintint par les hanches et la dévora de sa langue brûlante. Sa saveur l'enivrait. Délicatement, il cueillit son clitoris entre ses lèvres et le suça, tout en allant et venant en elle de son doigt. Lucia rejeta la tête en arrière en criant de plus belle.

— Oui ! Oh oui...

Elle s'abandonna soudain dans un cri strident, agitée de spasmes, mais Tom continua, encore et encore, jusqu'à un nouvel orgasme, plus long. Alors seulement, il sortit son doigt et se redressa.

— Tu avais raison, admit-elle, à bout de souffle. Tout le monde gagne à ce jeu.

— Et la nuit ne fait que commencer, lui rappela-t-il. Poursuivons sur cette voie.

16

Après les multiples orgasmes qu'il lui avait procurés, Lucia ne pouvait en vouloir davantage.

Et pourtant, les paroles de Tom suffirent à l'embraser.

Il se pencha vers elle pour l'embrasser. Elle goûta sa propre saveur sur ses lèvres. De ses doigts agiles, il s'affaira sur les boutons de la robe et caressa la peau de son dos. Elle retint son souffle, les lèvres sur la barbe naissante de sa joue, puis elle se crispa sous les caresses sur ses mamelons, avec des frissons de plaisir.

Elle se débarrassa de sa robe et la jeta à terre, puis elle vint rejoindre Tom sur le tapis, agenouillée face à lui. Sa verge se dressa contre son ventre. Elle prit Tom par les fesses pour l'attirer à elle.

— Je te veux maintenant..., souffla-t-il.

— Oui.

Il la retourna afin qu'elle se trouve face au lit, le haut du corps sur le matelas, et caressa une fesse. Elle ronronnait déjà de plaisir.

Soudain, il lui donna une tape. Surprise, elle se crispa, puis se remit à gémir, envahie d'une douce chaleur.

Il la fessa encore et elle éclata d'un rire rauque, amusée par le pouvoir qu'elle avait sur lui. Il glissa une main sur son postérieur et chercha ses replis intimes, toujours humides. Le souffle court, elle appela ses caresses en reculant vers lui. Dès qu'il tourmenta son clitoris, elle sombra de nouveau dans un plaisir fébrile.

Lorsqu'il s'interrompit, elle tourna la tête pour le voir saisir son membre dressé. Il se plaça ensuite à l'entrée de son sexe. Impatiente, elle crispa les doigts sur le couvre-lit.

Toujours à genoux, il la pénétra d'un mouvement vigoureux. Elle frémit de délice sous la force de cet assaut sensuel.

Il la prit par la hanche et entama son va-et-vient, tout en glissant sa main libre entre les lèvres de son sexe pour titiller son clitoris au rythme de ses coups de reins. Les seins de la jeune femme allaient et venaient sur le couvre-lit, décuplant ses sensations.

Elle posa une main sur celle qui la tenait par la hanche, puis elle la plaça sur le dessus de sa tête, lui demandant tacitement de lui tirer les cheveux. Il obéit. Tom était le seul à avoir le droit de la dominer ainsi. Elle qui aimait tout contrôler dans son existence, venait de lui céder le pouvoir. Il fallait une confiance absolue pour cela. Lucia avait foi en lui et sentait qu'il ne lui ferait pas de mal délibérément.

C'était à la fois terrifiant et merveilleux. Elle se plongea avec délice dans cette sensation. Elle se cambra et s'offrit à lui davantage.

Encouragé, il accentua ses mouvements. Elle fut vite submergée par un orgasme puissant qui fit naître un cri dans sa gorge, mais il continua sans relâche pour lui offrir une seconde vague d'extase.

Il se raidit et se retira soudain, avant de jouir à son tour, déversant sa semence sur son dos. Puis il s'allongea sur elle, haletant, restant ainsi un long moment.

Ensuite, ils se glissèrent entre les draps. Le matelas était si étroit qu'elle dut se blottir contre lui. Elle s'assoupit, bercée par les battements de son cœur et son souffle régulier. Elle sentait sa grande main dans son dos.

Jamais elle ne dormait dans les bras d'un amant. Elle préférait prendre son plaisir et s'en aller. Or elle était incapable de se détacher de Tom.

Reste ! lui intimait son corps. Reste avec lui.

Elle émergea d'un demi-sommeil, la joue sur sa poitrine. Elle se sentait lovée dans un cocon de chaleur. Très vite, le désir revint à la charge. Elle passa une main le long de son torse en le titillant des ongles.

— Tu es insatiable, grommela-t-il.

— Il n'y a pas de honte à cela.

Elle n'avait faim que de lui, en réalité. Si elle n'avait pas été aussi troublée, elle se serait alarmée de cette attirance. Pour l'heure, enveloppée de son parfum musqué, elle n'en avait que faire.

— Aucune, en effet, murmura-t-il.

Ils s'embrassèrent et roulèrent sur le côté, de sorte qu'elle se retrouva sous lui. D'instinct, elle écarta les jambes et, d'un mouvement ferme, il la pénétra.

— Je te veux tellement… Je me perds en toi…

— Moi aussi.

En dépit de la confiance qu'il lui inspirait, elle voulut se convaincre que ce n'était que du désir charnel.

Il remonta une jambe de Lucia sur sa hanche pour mieux stimuler son point sensible. Elle jouit très vite, le corps secoué de spasmes. Presque aussitôt, il se retira et se déversa sur elle.

Lorsqu'ils s'écroulèrent sur le matelas, elle se sentit sombrer d'un plaisir intense à quelque chose de bien plus dangereux. Ce bonheur, cette intimité... Elle ne pouvait s'empêcher de se jeter dans des flammes qui allaient certainement la réduire en cendres.

Lucia consulta sa montre : trois heures du matin, un samedi. Les réjouissances battaient leur plein au club et ne semblaient pas près de se calmer. Des clients arrivaient encore. Le personnel ne savait plus où donner de la tête.

La jeune femme était débordée. Elle avait mal aux pieds, mais elle laissait la fatigue aux autres. Elle vibrait d'une énergie nouvelle.

Tom et elle avaient à peine dormi, la nuit précédente. Au lieu de faire la sieste pour se préparer aux activités du club, elle avait exploré son corps avec l'assiduité d'une femme privée des plaisirs de son amant pendant trop longtemps, alors qu'ils avaient fait l'amour quelques heures plus tôt.

Elle entra dans le petit salon et tendit à un domestique plusieurs bouteilles de vin qu'elle venait de remonter de l'office. En voyant Tom redresser une chaise, elle fut troublée.

— Encore ce sourire, commenta Elspeth en la rejoignant.

— Quel sourire ?

— Celui que tu n'as jamais affiché plus de quelques secondes, jusqu'à...

Elspeth désigna Tom, en grande conversation avec Arthur, dans un coin de la pièce.

— Chaque fois que je te regarde, tu le dévores des yeux. Je le remarque, car je regarde Kitty de la même façon.

Lucia s'affaira à ramasser des verres vides.

— Nous partageons de bons moments, lui et moi… Ça ne signifie rien.

Elle avait toutefois le cœur battant et les joues empourprées.

— Je n'ai pas évoqué la question. C'est toi qui en parles.

Elle marquait un point.

Lucia hésita avant de ramasser un autre verre.

— Que feras-tu quand viendra le moment pour lui de retourner dans son monde ? demanda Elspeth.

— Nous n'en avons pas encore discuté, répondit Lucia.

La perspective du départ de Tom la submergea d'une vague de tristesse. Elle en eut le souffle coupé.

Elle avait eu des amants, mais aucun ne lui avait inspiré ces sentiments troublants. Tom possédait des qualités rares. Il était perspicace, il avait du cœur, et il lui donnait de la joie.

— Vous devriez en discuter, suggéra Elspeth. Je ne t'ai jamais vue aussi rayonnante.

— Merci, *cara*.

— Je ne voudrais pas que tu perdes ce bonheur uniquement par peur.

Sur ces mots, Elspeth la débarrassa des verres vides et s'éloigna.

« Le problème avec les amies, songea Lucia, c'est qu'elles ont le don de voir derrière les loups et de lire les secrets de votre âme… »

Dans le hall, Lucia regarda le dernier client sortir d'un pas chancelant. Il n'avait bu qu'un seul verre de vin de toute la soirée et était vêtu élégamment. En revanche, deux femmes s'étaient occupées de lui pendant des heures, d'où son sourire béat.

— À mercredi prochain ? fit-il sur le seuil.

— Nous vous attendrons, répondit Lucia.

— Vous pouvez compter sur moi.

Il s'éloigna en sifflotant dans les premières lueurs de l'aube.

Lucia esquissa un sourire en refermant la porte. Voilà pourquoi elle aimait son travail. Cet homme était arrivé tendu, les traits tirés. La magie du club de l'Orchidée avait opéré.

En faisant volte-face, elle découvrit Tom derrière elle, son bagage à la main.

— Oh, souffla-t-elle.

Elle eut l'impression de percuter un mur de plein fouet.

— Je m'en veux de ne pas vous aider à nettoyer les lieux, dit-il d'un ton plein de regret, mais je dois être chez moi pour le petit déjeuner.

— Bien sûr...

Pétrifiée, elle ne put que le regarder fixement.

— Je...

Il crispa les poings.

— Je n'ai pas envie de partir. Hélas, il le faut. J'ai promis à ma famille de ne pas m'absenter plus de trois jours. Et le Parlement ne m'attendra pas.

— Je comprends.

Elle eut envie de se jeter à son cou, de l'enlacer, de l'implorer de rester, mais elle se força à se maîtriser.

— Il y a trois jours, reprit-il, je cherchais un refuge et tu me l'as procuré. Tu m'as... tant donné :

un toit, du travail, du plaisir, et du cœur... Au revoir, Lucia.

— Au revoir, Tom, fit-elle posément.

Elle ne demanderait pas quand elle pourrait le revoir. Elle se montrerait affable, sans plus. Ce qui se passerait dans l'avenir ne pouvait la toucher. Elle était comme toujours impassible, maîtresse d'elle-même.

Qui cherches-tu à convaincre ?

Elle refusa de répondre à cette question, même lorsqu'il quitta la maison.

17

— Je vois que la maison tient toujours debout, malgré mon absence.

Tom entra dans la salle à manger et embrassa sa mère et sa sœur, déjà attablées pour le petit déjeuner.

— Maeve a menacé de se déguiser en garçon pour sortir, dit sa mère tandis qu'il prenait place en bout de table.

— Uniquement pour voir Hugh ! précisa l'intéressée. Nous apprécions tous les deux la pièce *Comme il vous plaira* de Shakespeare. Il ne s'offusquerait pas de voir sa future fiancée porter un pantalon pour une mission secrète.

— En général, une jeune fille n'évoque pas un rendez-vous clandestin en présence de sa mère, intervint Tom.

Il accepta une tasse de café, dont il huma le parfum. Dieu qu'il était fatigué ! En arrivant à l'aube, il avait juste eu le temps de faire sa toilette et de se changer, puis de prendre la pile de courrier qui l'attendait.

Pourvu que Lucia puisse s'accorder quelques heures de sommeil avant de rejoindre ses élèves de Bethnal Green.

« Si seulement je pouvais retourner auprès d'elle… », pensa-t-il.

La journée s'annonçait harassante. Dès lundi, il serait de retour à la Chambre des lords. Il ne lui restait que deux jours avant de retrouver Brookhurst, non plus en tant que futur beau-père et associé, mais en tant qu'adversaire politique. Il devrait assumer la décision qu'il avait prise sur le toit du club de l'Orchidée, l'autre nuit.

Et il devait en parler à Maeve.

Il but une gorgée de café pour se donner du courage et se servit d'œufs au bacon et de saucisses.

— Tu as faim, on dirait, constata sa mère.

— Les voyages ouvrent l'appétit, répondit-il. De plus, je me suis levé de bonne heure.

Son dernier repas était celui qu'il avait pris au club avec le personnel, douze heures plus tôt. Et il se retrouvait dans cet univers familier où rien ne changeait, à part le décor de temps à autre. Trois ans plus tôt, sa mère avait fait décorer la salle à manger de Northfield House, et les boiseries anciennes avaient cédé la place à une peinture moderne. L'ensemble était éclairé par deux immenses lustres en argent.

L'office du club de l'Orchidée était plus rustique avec ses murs de pierre, mais Tom aurait tout donné pour s'y trouver en cet instant, à écouter les plaisanteries des employés, assis à côté de Lucia.

Ces jours à Bloomsbury étaient passés si vite ! Trois jours pouvaient sembler être trois minutes.

Au bout de quelques bouchées, il sentit le regard de sa mère s'attarder sur lui. Il s'était rasé. Elle ne pouvait lui reprocher son apparence. Il s'assura que tous les boutons de son gilet étaient fermés et que le nœud de son foulard était impeccable.

— Quoi ? fit-il.

— L'air de la campagne te réussit, dit-elle. Tu es… différent.

Que pouvait-il lui raconter ? « J'ai travaillé dans un club libertin où vit une femme qui me rend fou de désir, et j'ai pris une décision qui va tous nous affecter pour plusieurs générations » ?

— En dépit des contes de fées que vous nous racontiez autrefois, je n'ai rien d'une créature fantastique. Je suis bien le Tommy qui vous donne des migraines depuis trente-deux ans.

— Laissez-le manger tranquillement, maman, intervint Maeve.

— Harceler ses enfants fait partie des devoirs d'une mère, protesta Deirdre en se tapotant le coin des lèvres avec sa serviette.

Elle se leva et, quand Tom voulut l'imiter, le fit rasseoir d'un signe.

— Le samedi, j'écris mon courrier. Je me retire pour vous accorder un peu de tranquillité, mes enfants.

Sur ces mots, elle s'éclipsa. Tom poursuivit son repas en silence.

— C'est vrai, tu sais. Tu as changé, déclara Maeve au bout d'un moment.

Il leva les yeux au ciel.

— Dieu me préserve de la curiosité des femmes de ma famille !

— Tu as beau être mon aîné de treize ans, je te connais par cœur. Tu es tourmenté.

Il devait lui parler, mais il n'était pas pressé de lui annoncer qu'il risquait de la priver de son mariage avec lord Stacey.

— Il y a quelque chose…

— Tommy, insista-t-elle, la mine grave. Je t'en prie. Tu peux tout me dire. Je te promets de ne pas piquer une crise.

Il posa ses couverts. Il n'avait pas le choix. Autant en finir.

— Plusieurs personnes influentes, dont le père de lord Stacey, veulent que je rentre dans le rang et que je fasse ce qu'ils attendent de moi.

Elle posa sur lui un regard perspicace.

— Et toi, qu'est-ce que tu veux faire ?

— Je veux changer le monde, avoua-t-il en songeant à sa prise de conscience sur le toit du club, à son sentiment d'exaltation et de peur à la fois. J'ai beaucoup d'influence, désormais. Je veux l'utiliser pour faire de l'Angleterre un pays meilleur, débarrassé de ses préjugés démodés qui protègent le pouvoir d'une minorité.

Il s'étonna de la réalité de ses convictions, maintenant qu'ils les énonçait à voix haute.

— Je m'en réjouis, Tommy, répondit la jeune fille, les yeux pétillants. Je veux que tu agisses selon les élans de ton cœur, et non par sens du devoir. Mais quelque chose te retient, n'est-ce pas ? De quoi s'agit-il ?

Incapable de croiser son regard, il se détourna. Le moment tant redouté était venu, et les mots ne parvenaient pas à sortir. Il risquait de perdre sa petite sœur. Autant s'arracher le cœur…

— C'est moi, n'est-ce pas ? s'enquit-elle. Tu cherches à me protéger…

Il hocha la tête.

— Agir selon les élans de mon cœur… signifie m'opposer au duc de Brookhurst. Auquel cas, le duc interdira à lord Stacey de t'épouser.

Un long silence s'installa, puis Tom regarda sa sœur, qui affichait une mine consternée.

— Oh, Tommy..., gémit-elle en se couvrant le visage de ses mains.

— Je suis désolé.

Il tendit une main vers elle. Elle ne réagit pas.

— Le poids qui pèse sur ta conscience est considérable, souffla-t-elle.

— Brookhurst est un homme puissant. En le contrariant, je deviendrai son ennemi – ce qui n'est pas grave, en comparaison de ce que tu perdras, toi. Quelle sombre histoire !

Maeve se leva et s'approcha de la fenêtre. Tom voulut la rejoindre, mais elle lui fit signe de la laisser tranquille. Il dut se résoudre à patienter.

Quand il avait dix-huit ans, pendant les vacances, il était allé retrouver une jeune fille au village. Il avait remonté l'allée en songeant au plaisir qui l'attendait. À mi-chemin, il avait senti une présence derrière lui.

C'était Maeve qui l'avait suivi, sa robe tachée d'herbe, trottinant sur ses petites jambes. Au lieu d'avoir l'air coupable d'avoir échappé à la surveillance de sa nurse, elle lui avait souri.

— Rentre à la maison ! avait-il lancé en s'efforçant d'adopter un ton sévère.

— Je viens avec toi, Tommy ! On ira au village et je t'achèterai un bonbon. J'ai mes économies, regarde !

Elle avait sorti quelques pièces de sa poche.

— Où as-tu trouvé ça ?

— J'ai promis au cuisinier d'éplucher les pommes de terre et d'aller chercher les œufs !

Elle semblait très fière d'elle.

— Tu l'as obligé à te donner de l'argent ? Maeve ! Il est notre employé. Je vais devoir le rembourser.

— Pardon, avait gémi la fillette, au bord des larmes, en laissant tomber l'argent. Tu n'es pas souvent là et je voulais t'offrir un bonbon acidulé, parce que j'aime ça.

Attendri, Tom avait oublié sa colère.

— Allez, viens !

Il avait ramassé les pièces de monnaie qu'il avait glissées dans sa poche pour les rendre plus tard au cuisinier.

— Allons chercher des bonbons, et peut-être un gâteau, avait-il proposé en lui tendant la main.

Elle avait couru vers lui et ils avaient gagné le village. La jeune fille avec qui Tom avait rendez-vous était passée devant la vitrine du confiseur, furieuse qu'on lui ait posé un lapin, mais il n'avait pas eu le moindre regret…

Il risquait de perdre Maeve, à présent.

Une sourde angoisse s'empara de lui, pour le ronger de l'intérieur.

— Maeve…

— Si la réprobation du duc de Brookhurst me prive de Hugh, je ne veux pas de lui dans ma vie, déclara-t-elle enfin en se retournant.

Tom sursauta. Avait-il bien entendu ?

— Tu es… sûre ?

— Certaine.

Elle afficha un sourire courageux.

— Nous, les Powell, nous avons des principes.

Ivre de soulagement, il faillit perdre l'équilibre. Mais il avait de la peine pour sa sœur, car elle aurait le cœur brisé de perdre lord Stacey.

La vie était parfois cruelle.

— C'est vrai.

En lui prenant la main, il la revit, petite fille, sur ce chemin.

— Merci, ma colombe. Nous allons au-devant de difficultés, car les vieux amis de père ne vont pas apprécier mes choix.

— Tu te rappelles le jour où j'ai escaladé le grand chêne, quand j'avais trop peur pour redescendre ?

— Oh oui. Tu as poussé de ces cris !

Il avait craint qu'elle ne tombe.

— Tu as grimpé à ma rencontre sans te soucier d'une chute éventuelle. Mon grand frère n'a peur de rien, ajouta-t-elle tendrement.

— Pourvu que je sois vraiment l'homme que ma petite sœur voit en moi, conclut-il avec un sourire un peu triste.

Tom parvint à surmonter sa fatigue, car il avait du travail. Diverses requêtes s'étaient accumulées en son absence et il devait les traiter avant lundi. Il s'enferma donc dans son bureau pour travailler.

La séance de lundi s'annonçait décisive : une proposition de loi sur les prisons serait présentée, et il savait quel serait son vote. Il avait l'impression d'appuyer sur la détente d'un pistolet et de devoir patienter deux jours avant de voir si la balle lui transpercerait la poitrine.

Son esprit vagabondait sans cesse vers Lucia. Où était-elle ? À quoi pensait-elle ? À lui, peut-être ? Il se surprit à regarder dans le vide.

Il était incapable de se concentrer sur le document détaillant le programme du Parlement. Il posa la feuille avec un soupir et passa une main nerveuse dans ses cheveux.

À quoi bon ? Sa décision était prise. Il quitta son bureau et finit la journée sur la pelouse, à jouer au croquet avec sa sœur. Après le souper, leur mère les rejoignit dans leurs jeux.

Tout semblait normal, mais il devenait fou à petit feu. Il brûlait d'enfourcher son meilleur cheval et de filer chez Lucia. Sa famille ne remarqua pas son tourment.

Un peu plus tard, en regagnant le salon, il trouva sa mère et sa sœur en train d'échanger des messes basses sur le divan. À son entrée, elles s'écartèrent vivement l'une de l'autre. Maeve afficha un large sourire, et Deirdre s'approcha de la cheminée pour attiser les braises.

— Qu'est-ce que vous conspirez, toutes les deux ?

— Nous parlions du temps, assura sa mère. Il devrait faire beau demain, même si nous entrons dans l'hiver.

— Cela ne vous ressemble pas, maman, persista Tom en s'asseyant dans un fauteuil.

— Quoi donc ? De parler de la pluie et du beau temps ?

— D'éviter de me parler en face. Vous n'avez jamais hésité à me faire part franchement de vos opinions sur ma vie.

— Sur la vie de tous, corrigea Maeve d'un air innocent.

— Une mère doit se soucier du bien-être de ses enfants, non ? s'emporta Deirdre.

— Nous ferions mieux de reprendre ce débat quand vous aurez posé ce tisonnier, suggéra Tom.

Sa mère posa la tige métallique.

— Tu me sembles bien distrait, déclara-t-elle, les mains sur les hanches. Tu n'es plus toi-même, et il existe un remède qui t'apaisera. Une épouse.

Voilà bien la dernière chose dont il avait besoin !

— Non, maman.

— Maeve est d'accord avec moi.

— Traîtresse, grommela Tom en la fusillant du regard.

— Pense aux paroles de maman. Il est si merveilleux d'avoir quelqu'un à qui se confier, quelqu'un à qui l'on pense en permanence, avec qui l'on peut être soi-même. C'est le bonheur.

Il ne voulait pas avoir cette conversation - pas maintenant, alors que Lucia l'obsédait. Il sentait encore sa peau soyeuse contre la sienne, la saveur de ses baisers, la douceur de ses caresses, et il voyait le feu du désir brûler dans son regard.

Jamais il ne pourrait la faire entrer à Northfield House... par la porte principale. Il ne pourrait la présenter à sa mère et sa sœur. Jamais ils ne prendraient leurs repas dans la salle à manger, avant de partager des jeux de société à l'abri de la maison familiale. Lucia ne ferait jamais partie de cet univers.

— Je vais me coucher, dit-il.

— Tommy ! protesta sa mère.

— Bonne nuit.

Il embrassa Maeve, puis Deirdre, et fila sans demander son reste. Dans sa chambre, il enfila un peignoir et se servit un whisky, qu'il dégusta au coin du feu. Les paroles de Maeve lui revenaient sans cesse en tête.

— *C'est le bonheur.*

Elle avait de la chance, finalement. Il était préférable qu'elle épouse un beau parti, mais elle avait la possibilité de choisir son mari en se laissant guider par son cœur.

Tom, lui, ne pouvait pas se le permettre.

Dimanche, en milieu de journée, il faisait les cent pas dans son bureau, anxieux à la perspective du lendemain. Si seulement le temps passait plus vite ! Il n'en pouvait plus de cette inaction.

Et plus que tout, il avait besoin de Lucia, de sa sagacité, de son courage. Elle lui donnait envie d'être un homme meilleur. Avec elle, il croyait en lui-même.

Il voulait la voir !

Il fit préparer sa voiture et se mit en route vers Bloomsbury. Le trajet lui parut bien trop long.

Elspeth ouvrit la porte, une tranche de pain grillé dans une main. D'un air pensif, elle observa Tom sur le seuil.

— Elle est dans sa chambre, dit-elle en s'effaçant pour le faire entrer.

Il la remercia vivement et fila vers l'escalier pour gravir les marches quatre à quatre, le corps vibrant de désir. Son cœur battait à tout rompre, mais il sentit son âme s'apaiser peu à peu.

Il frappa doucement à la porte et ouvrit.

Elle leva les yeux vers lui et fronça les sourcils, avant d'afficher un sourire.

— Quel plaisir inattendu, déclara-t-elle.

— Je ne voudrais pas te déranger, répondit-il en entrant, attiré vers elle comme un aimant.

— Tu ne me déranges jamais, assura-t-elle en effleurant son torse du bout des doigts. Il y a une raison à ta visite ?

Elle arqua les sourcils et se tourna vers le lit.

Alors que le désir montait d'un cran, il réprima ses pulsions. Il prit sa main et déposa un baiser sur ses phalanges, avant de lui mordiller un doigt.

— Je voudrais que tu prennes ton manteau, ton chapeau, et que tu viennes avec moi.

— Puis-je te demander où tu m'emmènes ? Ou est-ce une surprise ?

— Une surprise est parfois agréable, mais pas toujours...

Il songeait à la lettre qu'il avait reçue en Cornouailles et qui l'appelait au chevet de son père. Il ressentit du chagrin, un sentiment qui venait le frapper régulièrement pour lui faire revivre le moment où le médecin lui avait annoncé que son père avait rendu son dernier souffle.

Au lieu de chasser sa tristesse, comme il l'aurait fait la semaine précédente, il l'accepta et respira profondément. Peu à peu, elle s'atténua. Il devait s'y faire : l'absence de son père ne le quitterait jamais, telle une ombre au-dessus de sa tête.

— Tu te sens bien ? demanda Lucia, l'interrompant dans sa rêverie.

Il acquiesça.

— Toi et moi nous rendons dans une fête des faubourgs de la ville.

Pensive, elle inclina la tête.

— La dernière fois que je suis allée à une fête, c'était à la Bartholomew Fair il y a quatre ans, avec Kitty. J'en ai gardé un souvenir.

Elle sortit d'un tiroir une petite cuillère en argent dont le manche était gravé.

— Cette cuillère ne restera pas seule très longtemps, décida Tom. Nous allons en acheter une autre aujourd'hui.

Elle parut intriguée.

— Tu es un homme sérieux, tu as des responsabilités qui t'interdisent en principe de te montrer en public avec moi.

— Entre toi et mes pairs, mon choix est fait.

— Ils peuvent tous aller au diable ? demanda-t-elle avec un sourire éblouissant qui chassa en lui toute tristesse.

— Voilà ! Prends vite ton manteau.

18

La fête foraine occupait un vaste champ à l'ouest de Londres, avec une multitude de stands, de chapiteaux et de jeux de toutes sortes. Il y avait beaucoup de bruit, de la musique, les cris des forains pour attirer les visiteurs. Des effluves de viande rôtie envahirent les narines de Lucia. Elle adorait cette cacophonie et ce chaos.

— On se croirait à Naples, commenta-t-elle tandis qu'elle déambulait au bras de Tom parmi les stands. Si seulement tu voyais cette ville pleine de vie, de couleurs !

Des souvenirs doux-amers ressurgirent, si fort qu'elle dut ravaler ses larmes d'émotion.

— Tu veux repartir ? s'enquit Tom avec sollicitude. Nous nous amuserons ailleurs. Ou je peux te ramener à la maison. Dis-moi ce qui te rendrait heureuse.

Comme par enchantement, la mélancolie de Lucia se dissipa, tel le brouillard qui se lève sur la Tamise.

— J'apprécie l'attention que tu me portes, déclara-t-elle.

Seules Kitty et Elspeth se préoccupaient d'elle et de ce qu'elle ressentait.

— Il fait bon et… ta compagnie est supportable, ajouta-t-elle d'un air mutin.

— Tu es charmante malgré ton insolence, petite sorcière !

Elle se noya dans son regard, oubliant l'effervescence qui les entourait. Elle avait l'impression d'avoir le cœur de plus en plus grand, comme s'il enflait pour occuper son corps tout entier.

— Sois prévenue : j'ai l'intention de te couvrir de cadeaux, aujourd'hui.

Sur ces mots, il l'entraîna vers une marchande de rubans.

Lucia ne se sentait plus de joie. Elle qui se targuait d'être une femme indépendante… L'idée d'être gâtée par un gentleman était tentante.

— Je n'ai pas besoin de fanfreluches ! s'esclaffa-t-elle.

— Il est vrai qu'elles ne servent à rien, mais elles sont irrésistibles.

Il sourit à la marchande.

— Nous cherchons de jolies choses, madame.

Celle-ci lui tendit une sélection de rubans.

— Du satin, pour la petite dame ? Ou de la dentelle, peut-être ? J'ai du galon brodé de toute beauté !

Incapable de résister, Lucia effleura les rubans. Tout cela était frivole et merveilleux à la fois.

À Naples, elle s'habillait de guenilles. Sa mère ne cessait d'évoquer les superbes toilettes qu'elles porteraient si elles avaient de l'argent. Sa pauvre maman était morte vêtue d'une camisole élimée. Chaque fois que Lucia enfilait une jolie robe, elle le faisait pour sa mère.

— J'avoue que j'aime me faire belle, dit-elle.

— La beauté nourrit l'âme. N'est-ce pas, madame ? demanda-t-il innocemment à la marchande.

— Oh oui, monsieur ! Si le Bon Dieu ne voulait pas qu'on se fasse belles, pourquoi aurait-il créé toutes ces merveilles ? Regardez-moi cette soie ! Elle irait bien avec la capeline de la dame.

— Nous la prenons, de même que tout ce que cette dame désirera. Je veux voir ses yeux pétiller de joie !

Lucia le contempla tandis qu'il examinait un rouleau de satin brodé avec attention. Par le passé, elle avait reçu de menus présents de certains hommes, mais uniquement dans l'espoir de coucher avec elle. Ils estimaient être en droit de soulever ses jupons pour le prix d'un bijou de pacotille.

Ce n'était pas le cas de Tom, dont la générosité était sincère et désintéressée. Dix minutes plus tard, ils quittèrent le stand en promettant de revenir chercher leurs achats, qui étaient importants. Elle savait déjà à qui elle allait offrir chaque ruban : le jaune bouton d'or pour Elspeth, et le rose pour Kitty.

Ils admirèrent des jouets en bois et choisirent un petit soldat aux couleurs vives pour Liam. Un cirier fabriquait des bougies à partir de la cire de ses abeilles.

Lucia savourait ces moments. Elle appréciait en général de courir les boutiques avec ses amies mais, en cet instant, elle oubliait totalement ses soucis, ses responsabilités. Elle se sentait si légère…

Ils firent un tour de manège et rirent comme des enfants. Ils assistèrent à un spectacle de marionnettes au milieu d'une foule de bambins, puis admirèrent des acrobates aux tenues chatoyantes.

— Tu t'amuses bien ? demanda-t-il après l'ultime pirouette des artistes.

— Oh oui ! Je n'avais pas passé une journée à me détendre depuis... je ne sais même plus. *Grazie*...

— Ton plaisir me ravit, mon amour.

Mon amour. La jeune femme s'immobilisa. Il avait parlé spontanément, comme si ce mot n'avait guère d'importance. Pouvait-il... ? Était-elle... ?

« Ne sois pas stupide, se dit-elle. Ce n'est qu'une expression, rien de plus. »

Tom se tapota le ventre.

— J'ai un petit creux, avoua-t-il.

Elle revint à la réalité.

— En effet, nous n'avons pas pris le temps de manger, répondit-elle.

Tom héla un homme poussant un chariot.

— Des saucisses, monsieur ? fit le vendeur en soulevant le couvercle d'un récipient. Elles sont fabriquées avec la meilleure viande du Devonshire.

Ils dégustèrent également de la bière et du pain d'épices, tout en regardant une troupe de danseurs agiter des foulards colorés. Lucia se revit à Naples, lorsqu'elle dansait la tarentelle avec ses amis en échange de quelques pièces. De petits moments de bonheur furtif dans leur lutte pour survivre.

« Je suis à Londres, en compagnie de cet homme, se dit-elle. Ma vie est ainsi et je m'en réjouis. »

Il fallait qu'elle se le répète encore et encore, car elle ne pouvait se permettre d'aspirer à autre chose. Cette journée de rêve serait suffisante. Elle se contenterait de la présence de Tom le temps que celle-ci durerait.

Elle observa le duc à la dérobée. Il savourait chaque seconde et appréciait la moindre gorgée de bière, chaque bouchée de pain d'épices.

En croisant son regard, il lui adressa un clin d'œil complice.

Le cœur de la jeune femme s'emballa, comme chaque fois qu'il posait les yeux sur elle. Avec lui, elle aurait pu soulever des montagnes.

Hélas, il constituait un danger pour elle, en dépit des émotions qu'il lui inspirait. Avec lui, l'impossible devenait presque possible...

— Allez, messieurs dames ! Tentez votre chance pour un demi-penny !

Lucia s'arrêta devant un stand dont le propriétaire, un homme élancé, haranguait la foule.

— J'ai envie d'essayer !

— Tu es sûre ? fit Tom, perplexe.

L'homme invitait les badauds à lancer des anneaux en bois vers des bouteilles fixées sur une planche. Des poupées de différentes tailles étaient disposées entre les bouteilles pour ceux qui réussissaient à passer les anneaux sur les goulots. Seul le forain lui-même y parvenait, et les clients repartaient déçus.

Lucia avait déjà sorti une pièce de son réticule.

— Ah, fit le forain, vous voulez que votre homme vous gagne une poupée ?

— Non. J'ai l'intention de remporter moi-même mon lot.

Tom s'amusa de l'air ahuri du forain.

— Monsieur ? dit celui-ci.

— Cette jeune dame est bien décidée à réussir par elle-même. Je ne vais pas la contredire.

Il admirait la détermination de Lucia, son besoin de toujours s'en sortir par ses propres moyens.

Le forain haussa les épaules et brandit un anneau de bois.

— C'est très facile, assura-t-il. Je vais vous montrer.

Il lança l'anneau qui atterrit sur le goulot d'une bouteille.

— À vous ! conclut-il en lui proposant un anneau.

— Je préfère celui-ci, répliqua-t-elle en désignant l'anneau qu'il venait d'utiliser.

Le forain parut contrarié.

— Ils sont pareils, madame...

— Peut-être, admit-elle. N'empêche que je veux celui que vous venez de lancer, en me plaçant là où vous êtes.

L'homme protesta, mais Lucia demeura inflexible. Quand le forain eut récupéré l'anneau pour le tendre à la jeune femme, un homme trapu portant un haut-de-forme s'arrêta.

— Cette petite n'y arrivera pas, déclara-t-il tandis que Lucia se mettait en place.

— Je parie une livre que oui, dit Tom.

— J'ai regardé trois types tenter leur chance, et aucun n'a remporté de lot, persista l'homme.

— Dans ce cas, vous êtes sûr de gagner.

Tom sortit une pièce de la poche intérieure de sa veste et se tourna vers Lucia, visiblement amusée.

— On parie ? insista-t-il.

— D'accord, fit le badaud en sortant une livre.

— Les paris sont faits ? s'enquit Lucia.

— Vas-y, mon amour, répondit Tom.

Lucia observa les bouteilles. Le forain semblait un peu inquiet. Plusieurs autres marchands s'étaient interrompus pour assister à la scène. La jeune femme lança son anneau. Tom le regarda décrire un arc dans les airs, avant de retomber sur le bord d'un goulot. Sur le point de tomber à terre, il finit par s'immobiliser autour de sa cible.

Elle avait fait mouche !

Tom afficha un sourire triomphant. Cette sortie avait été une décision impulsive, un besoin de se distraire, d'oublier ses soucis, mais elle se révélait bien davantage.

Il se sentait vivant, enfin. Lucia et lui étaient ensemble. Il prenait des forces pour affronter la tempête qui s'annonçait.

— Je prends celle-ci, je vous prie, décréta Lucia en désignant une poupée vêtue d'une robe bleue.

Sans dissimuler sa satisfaction, Tom se tourna vers le spectateur au chapeau, qui se mordait les doigts d'avoir sous-estimé la jeune femme.

— Veuillez me donner mon dû, monsieur.

Marmonnant dans sa barbe, l'homme lui remit sa pièce et s'éloigna dans la foule, furibond. Tom était vraiment heureux d'avoir gagné cet argent, même si les coffres du duché étaient bien remplis.

Lucia le rejoignit, serrant sa poupée contre elle. Elle exultait ! Il se réjouit de son triomphe.

— Petite cachottière, commenta-t-il. Tu m'avais caché ce talent aux jeux d'adresse.

— J'ai l'intention de conquérir l'Angleterre en faisant la tournée des fêtes foraines.

— La nation peut trembler !

Tom sentait que le plaisir de sa présence, le désir qu'elle lui inspirait étaient bien plus profonds et complexes qu'une simple attirance physique.

— Attends !

Il s'approcha d'une fillette qui avait étalé une couverture élimée à même le sol. Elle vendait des toupies façonnées à partir de débris récupérés.

— Une toupie, monsieur ?

Il glissa le gain de son pari dans la paume de l'enfant.

— Vous pouvez les prendre toutes ! s'exclama-t-elle, subjuguée.

— Je préfère que tu prennes ceci, déclara Lucia en lui tendant sa poupée.

Sans demander son reste, l'enfant se précipita vers un vendeur de petits pains.

— Tu as parié sur moi alors que mes chances semblaient minces, dit Lucia tandis qu'ils s'éloignaient.

— Seul un abruti aurait parié contre toi.

Les yeux de la jeune femme se mirent à pétiller de malice. Soudain, Tom se sentit capable de tout, de soulever une montagne, d'affronter l'univers entier. Quand elle le regardait ainsi, il n'y avait plus aucun obstacle sur son chemin.

— La bonne aventure, messieurs dames ! lança une femme sous une toile de tente. Je lis l'avenir ! Venez découvrir ce que le destin vous réserve !

Elle était installée sur un coussin, devant une table basse couverte d'un châle, elle-même drapée dans une étole chatoyante.

Tom secoua la tête.

— Mon ami Blakemere est allé voir une diseuse de bonne aventure, un jour. Elle s'est trompée sur toute la ligne, à commencer par le fait que Blakemere rentrait de Waterloo. Cette femme était ivre et n'a rien vu.

— On ne voit pas à l'aide des yeux, mais avec l'esprit, expliqua Lucia en désignant son front.

— Bah ! Il suffit d'un peu d'intuition et de savoir écouter pour s'improviser voyante.

— Serait-ce un défi ? demanda Lucia. Tu me dois une démonstration de tes capacités, dans ce cas.

Elle désigna un homme promenant sa famille.

— Raconte-moi son histoire.

— Je vais faire mieux que cela.

Pris d'une impulsion, il s'approcha de la diseuse de bonne aventure.

— Allez donc boire une tasse de thé, ordonna-t-il en lui remettant quelques pièces.

Surprise, elle le dévisagea, puis se leva.

— Vous ne voulez pas que je vous prédise l'avenir ?

— Parfois, il vaut mieux avoir la surprise, dit-il sous l'œil amusé de Lucia.

La femme empocha les pièces et se dirigea vers un vendeur de cidre.

— J'ai l'impression que Sa Grâce a sombré dans la folie, s'esclaffa Lucia en le voyant prendre place sur le coussin rapiécé.

— Demain, fit-il à voix basse, je vais publiquement couper les liens de ma famille avec un homme de pouvoir. Il ne le prendra pas bien et y verra une trahison, une désertion de ma part. Ma sœur perdra sans doute l'homme qu'elle aime.

Il ferma les yeux comme pour chasser le désastre annoncé.

— Demain est un autre jour, déclara Lucia, une main sur sa joue. Aujourd'hui, nous prenons du bon temps.

Apaisé par ce contact, il rouvrit les yeux, plein de gratitude. Elle le comprenait et l'acceptait tel qu'il était. Cette confiance n'avait pas de prix.

Lorsqu'elle ôta sa main, sa chaleur s'attarda sur sa peau.

Il se racla la gorge et s'efforça de retrouver un ton enjoué :

— J'ai besoin de ta coopération, dit-il en désignant l'entrée de la tente. Si tu veux bien avoir l'amabilité...

Elle le dévisagea un instant.

— Si c'est ce que tu souhaites, concéda-t-elle.

— Absolument.

En devenant duc, il avait renoncé à son impulsivité, mais il avait la chance de récupérer une partie d'elle-même, ne serait-ce qu'un instant.

Lucia se posta devant l'entrée de la tente et se mit à taper dans ses mains.

— *Uomini ! Donne !* Vous voulez savoir ce que demain vous réserve ? Vous voulez connaître votre destin ?

Plusieurs badauds s'arrêtèrent, intrigués.

Tom prit soin de regarder au loin, comme s'il communiquait avec des forces extérieures au monde des mortels. Son cœur battait à tout rompre. Cela faisait si longtemps qu'il ne s'était pas laissé aller à la fantaisie... et peu lui importait ce qui se passerait le lendemain.

— Venez consulter le prince de Riesling ! Un homme exilé de son royaume à cause de ses capacités mystiques. Sa disgrâce sera pour vous un cadeau du Ciel ! Asseyez-vous face à lui et il vous révélera votre destin !

Un jeune couple s'arrêta, échangeant un regard curieux. La fille semblait hésiter.

— Le prince vous attend, les tourtereaux, dit Lucia.

— C'est combien ? demanda le garçon.

Tom remarqua ses bottes usées et le bas maintes fois reprisé de la robe de sa bien-aimée.

— Pour vous, c'est gratuit, annonça-t-il avec un accent prussien.

— Un prix qui ne se refuse pas, se moqua Lucia en les faisant entrer. Prenez place !

Se tenant par la main, les amoureux s'installèrent de part et d'autre de Tom. Lucia observa la scène de loin.

— *Willkommen*, déclara Tom. Tendez-moi votre main droite, s'il vous plaît.

Le jeune homme posa sa paume sur la table. Son amie l'imita, révélant qu'elle n'avait plus que trois doigts.

Tom prit sa main dans la sienne et l'examina.

— *Ach !*

Il la reposa et étudia celle du jeune homme.

Ils avaient tous les deux les ongles courts et soignés, et la jeune fille avait des cals de couturière. Le garçon exerçait un métier manuel.

Tom étudia ensuite leurs visages, dénués de rides mais parsemés de quelques boutons.

« Ils sont à peine sortis de l'enfance », songea-t-il.

Derrière eux, Lucia souriait, attendrie.

— Vous venez d'entamer une période exaltante de votre existence, n'est-ce pas ? commença Tom.

Ils hochèrent vivement la tête.

— Exaltante et inquiétante, aussi.

— On s'est mariés la semaine dernière, révéla la jeune fille.

— Bien sûr... Et vous avez certaines difficultés..., reprit Tom en les observant avec attention. Un ami... un parent...

— Son père, intervint le garçon. Il ne voulait pas que j'épouse Susie. On est trop jeunes, selon lui.

— *Natürlich !* Vous étiez... son apprenti.

— Dans son atelier de menuiserie, en effet, acquiesça Susie. Tout le monde nous disait d'attendre que Billie ait son entreprise, mais...

— Vous n'avez pas pu, fit Tom. Une aussi jolie demoiselle… comment ne pas la demander en mariage ?

Les tourtereaux rougirent.

— Oui…, reprit Tom. Les parents s'inquiètent. Et vous aussi.

Ils hochèrent la tête.

Tom ferma les yeux et posa les doigts sur ses tempes.

— Je vois… des nuages… et aussi… oui !

— Que voyez-vous ? s'enquit Susie.

— Il y aura des obstacles. Ce ne sera pas facile.

Déçue, elle se voûta.

— Mais vous finirez par triompher !

Les tourtereaux se redressèrent et sourirent enfin.

— Bill aura son propre atelier ? s'enquit Susie.

— Dans moins d'un an, assura Tom.

La jeune fille ne put retenir des larmes de joie, et Bill soupira, aux anges. Lorsqu'il voulut lui donner une pièce de monnaie, Tom refusa.

— Les amis, je ne puis accepter votre argent. Faites des économies car, bientôt, vous aurez des enfants à nourrir.

Lucia porta un index à ses lèvres en regardant le jeune couple se lever.

— Merci, merci encore, dirent-ils en s'inclinant, avant de filer d'un pas léger.

Quelques instants plus tard, la diseuse de bonne aventure réapparut. Tom lui rendit son poste.

Admirative, Lucia prit le bras de Tom, un contact qui ne manqua pas de le troubler.

— Tu as de nombreux talents, commenta-t-elle pensivement.

— Il n'est pas compliqué de dire aux gens ce qu'ils ont envie d'entendre, grommela-t-il.

— Tu leur as donné de l'espoir.

Il l'entraîna vers la marchande de rubans pour récupérer leurs achats. La nuit allait bientôt tomber, et il faisait plus frais. Il était temps de rentrer, même s'il aurait préféré s'attarder en compagnie de Lucia. De plus, il devait se préparer pour la séance du lendemain au Parlement.

Il se sentait tiraillé entre deux mondes.

— C'est tout ce que veulent les gens, dit-il. De l'espoir.

— L'espoir est un cadeau précieux, répondit-elle en croisant un jongleur. Croire un instant que demain sera meilleur…

Elle s'arrêta pour le regarder droit dans les yeux.

— C'est le cadeau que tu leur as fait, et ils ne le gâcheront pas.

Tom réfléchit à ces propos. Lucia avait plusieurs fois été en péril et elle s'était relevée, au gré des vicissitudes de la vie.

Le lendemain, les fondements de son univers seraient ébranlés. Il détruirait une ancienne alliance et devrait en affronter les conséquences. Son avenir était incertain.

Mais quoi qu'il arrive, il garderait le souvenir de cette journée de bonheur.

19

Lucia dévisagea Tom. Assis en face d'elle, il regardait le paysage défiler par la fenêtre en tapotant nerveusement son accoudoir, au rythme des cahots du véhicule.

Il était sombre et taciturne. Sans doute pensait-il au lendemain et aux conséquences de ses décisions. Ce ne devait pas être facile de se démarquer des principes rigides de son père et des attentes qui pesaient sur lui, d'autant que d'autres personnes seraient affectées.

Par le passé, elle avait à peine connu ses amants, avec qui elle ne partageait que du plaisir. Or elle avait eu aujourd'hui un aperçu de l'âme de Tom en voyant sa gentillesse envers ce jeune couple. Il n'avait rien à gagner à faire preuve d'une telle compassion. C'était une bienveillance gratuite et cette humanité était rare, elle le savait d'expérience.

Tom était comme un phare dans la nuit, qui l'attirait. Elle se languissait de sa chaleur.

— À Naples, ma mère et moi vivions dans le Quartieri Spagnoli, raconta-t-elle. Auparavant, cela avait été un beau quartier, mais plus à l'époque.

Tom la regarda enfin. Elle dénoua les rubans de sa capeline pour la poser à côté d'elle.

— Survivre dans le Quartieri Spagnoli était difficile quand on voulait conserver sa dignité, alors j'ai fait ce qu'il fallait pour que maman et moi tenions le coup. Parfois, il fallait choisir entre ne pas voler et manger. La morale ne remplit pas l'estomac.

Tom posa sur elle un regard grave.

— Je suis désolé que tu aies traversé ces épreuves.

— J'avais le cœur pur, et c'est ce que l'on a dans le cœur qui compte. C'est ce que ma mère ne cessait de me répéter, précisa-t-elle avec un sourire empreint de nostalgie. Faisons de notre mieux, et essayons toujours d'être meilleurs.

— Une femme remarquable, à n'en pas douter.

Ce commentaire rasséréna Lucia.

— Elle était consciente de ne pas être bien née, d'être une femme du peuple. Mais, oui, elle était remarquable.

— Comme sa fille, renchérit Tom.

Lucia baissa un instant la tête, puis elle plongea à nouveau dans le regard du duc.

— Demain viendra bien assez vite, et tu survivras. Ta sœur également.

— C'est bien l'aspect qui me fait le plus de mal, grimaça-t-il.

— Qu'a-t-elle pensé de ton choix ?

— Elle est prête à lutter à mes côtés.

Il esquissa un sourire attendri et ajouta :

— Elle t'adorerait.

— D'après ce que tu m'as raconté, c'est le genre de jeune fille que j'apprécierais beaucoup.

Hélas, elle ne rencontrerait jamais lady Maeve… c'était impossible.

Ils en prirent conscience ensemble et se murèrent dans le silence. Lorsqu'elle tendit la main, il la prit immédiatement dans la sienne. Elle poursuivit :

— Tout cela pour te dire que tu redoutes peut-être l'échéance de demain, mais tu feras de ton mieux, je le sais.

— Et je pourrai m'améliorer.

— C'est certain.

Elle était fascinée par son regard.

— Tu me donnes la force d'avancer, avoua-t-il en embrassant sa main.

Lucia sentit son cœur s'emballer.

— Je ne suis qu'une distraction pour vous, Votre Grâce.

— Tu es tellement plus que cela, déclara-t-il avec passion.

Elle était en train de sombrer, et elle n'y pouvait rien…

Il retourna sa main pour embrasser sa paume. Le moindre contact de ses lèvres lui insufflait une énergie vitale et un désir charnel qui se propageait dans tout son corps. Il déposa de petits baisers brûlants sur son poignet. Elle dut serrer les cuisses pour calmer la tension qui montait en elle.

Lorsqu'il l'attira vers lui, elle se laissa faire. Ils s'embrassèrent avec ardeur. Elle enfouit les doigts dans ses cheveux tandis qu'il glissait les mains sur ses hanches. Elle le dévora littéralement et se lova contre lui. Dès que les mains de Tom se posèrent sur ses seins dressés, elle gémit.

Elle ondula fiévreusement. Leur position était frustrante et elle en voulait davantage. Impatiente, elle se mit à califourchon sur lui. Dès que sa verge épaisse et palpitante se nicha entre ses cuisses, ils ne purent réprimer un râle.

Il enfouit une main sous sa robe et trouva l'ouverture de sa culotte pour s'insinuer dans les replis humides de sa féminité. Le bout de son doigt s'attarda sur le ruban fixé à l'éponge qu'elle avait eu la bonne idée d'insérer en elle, avant de sortir.

— Bon sang ! grommela-t-il.

Il s'interrompit le temps de tirer les rideaux, puis reprit ses caresses.

Agités par les cahots de la route, ils s'affairèrent à dégrafer le pantalon de Tom pour libérer son sexe durci. Il se dressa, légèrement courbé. Une goutte de semence se formait déjà à l'extrémité du gland soyeux.

Prenant appui sur les épaules de Tom, la jeune femme se hissa afin qu'il s'enfonce en elle.

— Oh oui..., gémit-elle dans un frisson de délice.

Il la saisit par les hanches pour mieux la labourer. Elle se laissa emporter dans le tourbillon des sensations.

Leurs plaintes rauques résonnèrent dans la cabine. Tom avait les paupières lourdes, la mâchoire crispée. Son ivresse ne fit qu'intensifier l'excitation de Lucia. Il avait trouvé la position idéale pour toucher son point sensible à chaque mouvement. D'une main, il se mit à stimuler son clitoris.

Elle sentit l'extase monter, monter et, soudain possédée, s'agita de plus belle.

— Oui, mon amour..., souffla-t-il, de plus en plus ardent.

— Je...

Ses mots se perdirent lorsqu'elle fut emportée par la vague irrépressible de l'orgasme, qui revint encore et encore.

Tom se crispa et jouit à son tour.

Enfin ils s'écroulèrent, haletants, intriqués l'un dans l'autre malgré leurs vêtements. Lucia se pencha pour poser la tête sur son épaule. Il se mit à lui murmurer des mots dans une langue qu'elle ne comprenait pas, mais elle devina leur sens. Il lui disait qu'elle était belle, parfaite. Les yeux fermés, elle se laissa bercer par les mouvements de la voiture en le gardant en elle.

Toute sa vie, elle avait pris des risques calculés, profité des occasions qui se présentaient. Elle était toujours consciente de ses objectifs et du moyen de les atteindre. Mais avec Tom... Il incarnait l'inconnu, le fruit défendu, le danger. Il avait le pouvoir de l'anéantir en quelques mots, s'il le voulait.

Il aurait été plus sage de le repousser, d'insister pour que chacun reste dans son rôle. Hélas, la sagesse n'était pas de mise quand il s'agissait de lui.

20

Tom sentait une goutte de sueur couler le long de son dos, sous sa chemise – une sensation qui le ramena plus d'un an en arrière, au milieu d'un champ en pleine nuit. Il se préparait à tirer sur une bouteille de vin pour gagner un pari. Comment avait-il pu accepter un défi aussi ridicule ? Il ne s'en souvenait même pas.

Au lieu de se tenir dans un champ nimbé de brouillard, il était assis dans la Chambre des lords, qui s'apprêtait à voter une proposition de loi soutenue par Brookhurst, proposant de construire de nouvelles prisons.

Greyland était assis à côté de lui et sa présence indéfectible rassurait Tom, qui peinait à tenir en place.

Le lord président prit la parole :

— Que les lords en faveur de cette loi expriment leur choix !

La moitié de l'assemblée, dont le duc de Brookhurst, s'époumona.

Voyant que Tom gardait le silence, Brookhurst se tourna vers lui, incrédule.

— Que les lords qui sont contre prennent la parole.

Les mains moites, la gorge sèche, Tom se joignit au chœur des « contre ».

Cette fois, il regarda franchement Brookhurst afin qu'il ne se méprenne pas sur son vote. Choqué, le vieux duc le foudroya du regard.

Greyland lui donna une tape dans le dos. Tom s'en rendit à peine compte. La suite se déroula comme dans le brouillard. La loi sur les prisons fut rejetée, puis la séance fut levée. Tom sortit en compagnie de ses pairs, le cœur léger, mais pris d'un léger tournis.

Il avait réussi. Il s'était écarté du chemin tracé par son père, pour s'aventurer en terrain inconnu.

Dans le hall, Greyland le félicita encore tandis que d'autres membres progressistes se groupaient autour de lui, dont le comte d'Ashford et le vicomte de Marwood.

— Bien joué, Northfield, déclara Greyland. C'est bon de te compter dans nos rangs.

— Jamais je n'aurais cru voir un jour le duc de Northfield voter pour le progrès, avoua Ashford.

— Tout arrive, intervint Marwood, ravi.

Tom ne parvenait pas à répondre à leurs sourires. Il était en alerte, comme s'il s'attendait à recevoir un coup. Le cœur battant à tout rompre, il avait une certitude dans cette tourmente : il avait agi pour le bien, quel qu'en soit le coût. Il ferait face aux conséquences en restant persuadé d'avoir eu raison.

Soudain, Brookhurst s'approcha d'un pas vif, le visage empourpré et les lèvres pincées.

— Expliquez-vous, Northfield !

— Je n'ai pas à m'expliquer, rétorqua Tom.

— Bien sûr que si !

— Monsieur…, intervint Greyland, mais Tom le fit taire d'un signe.

— Contrairement à ce que vous semblez croire, dit-il en soutenant le regard de Brookhurst, je ne suis pas mon père. Je voterai donc désormais en fonction de mes convictions, et non des vôtres ou de celles de mon défunt père. De plus, je décline la proposition d'investissement que vous m'avez faite.

— Vos actes auront des suites, gronda Brookhurst, rouge de colère. Soit le vote d'aujourd'hui était une exception et vous acceptez l'investissement dans les canaux, soit vous et votre famille en subirez les conséquences.

— Des menaces de la part d'un pair du royaume…, fulmina Tom.

— L'avantage des menaces, c'est qu'on n'est pas obligé de les mettre à exécution. Néanmoins, je ne parle pas en l'air.

— Bonne journée, milord. Je vous laisse vaquer à vos occupations.

Les autres lords assistaient à cet échange d'un air incrédule. Greyland affichait quant à lui une expression indéchiffrable.

— Votre sœur et mon fils ne se marieront pas ! prévint le vieux duc en brandissant un index rageur en direction de Tom.

Celui-ci fut pris d'un vertige, mais il se ressaisit rapidement.

— Lady Maeve préfère avoir un frère à la conduite honorable qu'un mari qui est la marionnette de son père.

— C'est un scandale ! Vous sombrez dans l'ignominie, Votre Grâce !

Sur ces mots, Brookhurst tourna les talons et s'éloigna, furieux.

Tom poussa un long soupir. Voilà. C'était fait.

— Je n'en reviens pas que Brookhurst se soit abaissé à menacer un autre duc, commenta Ashford.

— Pour lui, le mot « non » est une abomination, répondit Greyland. D'après toi, que va-t-il faire, Northfield ?

Tom était encore en proie à l'angoisse et la colère.

— Aucune idée. Quoi qu'il tente, je ne serai pas une proie facile.

Les autres murmurèrent leur approbation. Si seulement Blakemere était revenu de Cornouailles ! L'ami de Tom était soldat et pourrait lui donner des conseils précieux pour un éventuel combat. Car une bataille aurait lieu, même si Tom ignorait quelle forme elle prendrait, et il devrait être prêt à défendre ceux qu'il aimait.

Dans sa chambre, Lucia effectuait ses comptes quand Elspeth apparut sur le seuil.

— On te demande en bas, dit-elle avec un sourire énigmatique.

— La livraison de sucre, déjà ?

En général, M. Kapoor venait plus tard, et il était le seul fournisseur à passer le lundi.

— C'est un homme charmant, bien que ce ne soit pas M. Kapoor.

Lucia comprit alors de qui il s'agissait. Elle referma son registre, lissa ses cheveux et remit de l'ordre dans sa tenue. Elle l'avait vu la veille mais il lui avait manqué.

— Arrête ! s'exclama Elspeth. Pour lui, tu es enchanteresse en toutes circonstances. Tu es sublime !

— Ce n'est pas le cas, fit Lucia en quittant la pièce, son amie sur les talons.

— Pourquoi pas ? Et ce serait si terrible ?

Lucia soupira. Elle avait cherché à se protéger, mais Tom s'était insinué sous son armure. Il suffisait qu'elle pense à lui pour qu'un sourire naisse sur ses lèvres et que son cœur s'emballe.

Elle le trouva dans le hall, à côté d'une grande malle. En l'entendant, il leva les yeux. Folle de joie, elle faillit trébucher.

— Tu vois comme il te regarde ? souffla Elspeth. J'avais raison.

En marchant vers lui, Lucia décela néanmoins sa nervosité. Après tout, il avait voté à la Chambre des lords.

— Je t'ai apporté quelque chose, dit-il sans préambule.

Tel un magicien, il désigna sa malle.

— En vérité, c'est un cadeau pour les filles.

Lucia s'empressa d'actionner le fermoir pour soulever le couvercle, libérant un parfum de papier et de cuir. Elle retint son souffle.

La malle regorgeait de livres. Elle en prit un au hasard : *Mon premier manuel de géographie*. Elspeth en fit autant : *Histoire de l'Europe et de l'Asie*.

Au bord des larmes, Lucia leva les yeux vers Tom.

— Ce sont les tiens ? murmura-t-elle.

— Certains, oui.

Il s'accroupit près d'elle et examina une autre couverture.

— Les autres viennent de chez McKinnon. Je lui ai demandé de me sélectionner les meilleurs ouvrages pour des enfants curieux et éveillés.

— Oh, Tom !

Lucia effleura les livres. Chacun était une clé vers le monde.

Les livres coûtaient cher. Il lui avait fallu des mois pour s'offrir quelques manuels pour ses élèves.

Ravie, elle posa une main sur la joue de Tom, qui embrassa sa paume.

— Je crois que Kitty m'appelle, marmonna Elspeth, alors que la jeune femme était sortie promener Liam.

Lucia et Tom se retrouvèrent en tête à tête. Elle n'avait plus peur de lui montrer sa vulnérabilité, car elle lui faisait toute confiance.

— Ces ouvrages pourront faire partie de la bibliothèque de ton foyer pour jeunes filles, déclara Tom presque timidement. Je t'en apporterai d'autres, mais c'est déjà un début.

Le cœur battant, elle s'éclaircit la voix.

— C'est le plus beau cadeau qu'on m'ait jamais fait.

Le duc rougit.

— Tant mieux, bredouilla-t-il.

— C'est merveilleux.

Les mots semblaient si futiles, déplacés. Avec le temps, elle parviendrait peut-être à lui exprimer sa gratitude. Ce qu'il avait fait pour elle, pour les filles, dépassait l'entendement. Toutefois, à en juger par sa mâchoire crispée, la séance à la Chambre des lords avait été difficile.

— Comment s'est...

— L'achat de ces livres a été un véritable antidote à la laideur dont j'ai fait l'expérience dans la journée. Nous en parlerons une autre fois. Je ne te dérange pas, j'espère ?

Elle se redressa et décida de respecter sa requête, même si elle brûlait de savoir ce qui s'était passé au Parlement.

— Tu tombes à point nommé, au contraire. Dans une demi-heure, je dois visiter une maison à

Spitalfields pour voir si elle pourrait accueillir mon foyer. Veux-tu… Veux-tu m'accompagner ?

Étrange proposition. En général, Lucia sortait seule en ville.

— Cela risque d'être un peu ennuyeux, reprit-elle. Je dois inspecter les pièces en quête de cafards, de moisissures, de fuites d'eau, regarder la plomberie et…

— Lucia, coupa-t-il d'une voix de velours, en lui caressant l'épaule. J'en serais honoré.

Incapable de parler, elle baissa la tête. Tout cela était si nouveau : un homme à son côté qui la soutenait, qui ne souhaitait que sa compagnie.

— Ma voiture est aux écuries, dit-il.

— Si la propriétaire de la maison la voit, elle risque de multiplier par trois le prix du loyer en croyant avoir affaire à une locataire fortunée. Un fiacre fera l'affaire.

— Comme tu voudras, concéda Tom, alors qu'il n'était pas digne d'un duc de se déplacer dans un véhicule aussi rudimentaire.

— Je vais chercher mon réticule et nous nous mettrons en route.

— Avant de partir…

Il l'attira vers lui. Ivre de son parfum épicé, elle se lova contre lui.

Il la prit par le menton et elle se hissa sur la pointe des pieds pour s'emparer de sa bouche. Il l'embrassa avec fièvre, comme s'il voulait se perdre en elle.

— Tu as donc passé une mauvaise journée ? murmura-t-elle. Réponds-moi franchement.

Il posa le front sur le sien et soupira.

— Brookhurst m'a menacé de représailles. J'ignore ce qu'il mijote… mais rien n'est impossible.

— Dans ce cas, tu devras riposter.
— Avec toi, tout est si simple, s'amusa-t-il.
— Oh, ce sera difficile, mais tu ne vas tout de même pas tout accepter sans réagir.
— Tu as raison. À présent, allons visiter la maison de tes rêves, conclut-il avec un dernier baiser.
Elle s'éloigna en sa compagnie d'un pas léger, sur un petit nuage. Son cœur était au firmament.

21

Le bien qu'ils visitèrent ne correspondait pas à ce que Lucia recherchait. Il n'y avait pas assez de chambres pour les filles, et les pièces du rez-de-chaussée étaient trop petites pour servir de salles de classe. La jeune femme restait déterminée à poursuivre sa quête de la perle rare.

Ils regagnèrent Bloomsbury, se réfugiant dans la chambre de Lucia pour partager des moments de délices. Ensuite, ils restèrent allongés l'un contre l'autre sur le lit étroit, repus. Bientôt, elle s'assoupit dans ses bras.

Rattrapé par ses pensées, Tom fixa le plafond strié de fissures.

Les menaces de Brookhurst l'obsédaient, mais comment savoir ce que le duc entendait lui infliger ? Il ne pouvait qu'attendre que le couperet tombe. Il serra Lucia plus fort. Il sentait son souffle tiède sur sa peau, sa main sur son cœur.

Si seulement le temps pouvait s'arrêter, si seulement ces instants pouvaient durer éternellement…

Hélas, c'était impossible. Il était attendu chez lui pour le souper et, le lendemain matin, il se lèverait tôt pour retourner au Parlement.

— Mon amour, murmura-t-il dans ses cheveux parfumés. Il faut que je parte.

— Non, gémit-elle d'une voix ensommeillée. Ne me laisse pas. Reste…

Le cœur de Tom se serra. Hélas, il ne pouvait vraiment pas s'attarder.

— Je regrette, mon amour, j'ai des obligations.

Elle soupira, bien réveillée cette fois.

— Je comprends.

Elle se redressa et se frotta les yeux. Il faisait nuit, mais il la devinait dans la pénombre. Lucia se leva et enfila un peignoir, avant d'allumer une chandelle. Dans sa lueur vacillante, Tom se rhabilla.

— Quand te reverrai-je ? demanda-t-elle, hésitante.

— Si j'avais le choix, demain. Mieux encore, je ne partirais pas et je me réveillerais près de toi, le matin venu.

Elle rougit, ce qui enchanta le duc au-delà des mots.

— Alors ?

— Pas avant jeudi, grommela-t-il en nouant son foulard. J'ai trop de rendez-vous.

— La vie est ainsi, fit-elle d'une voix désinvolte, avec un haussement d'épaules.

Il ne voulait pas qu'elle s'éloigne de lui. Ils s'étaient dévoilés l'un à l'autre…

— Sache que, quand je suis loin de toi, tu occupes toutes mes pensées, déclara-t-il.

— Je crois que tu cherches à me détruire, marmonna-t-elle en ravalant ses larmes.

— Non, mon amour.

Il l'embrassa avec fougue.

— Je compte te reconstruire, au contraire. Et t'emmener de plus en plus haut vers les étoiles.

Le lendemain, à la Chambre des lords, Brookhurst garda ses distances. Tom le surveillait du coin de l'œil. Le vieux duc demeura froid, quoique courtois. Étant très occupé, Tom n'eut guère de temps pour ressasser ses sombres pensées.

Lord Stacey cessa d'écrire à Maeve. Il le devina parce que sa sœur interrogeait sans cesse les valets pour savoir si elle avait du courrier.

— Je suis désolé, ma colombe, lui dit Tom en la rejoignant dans le petit salon, près de la fenêtre.

Elle esquissa un sourire triste qui lui brisa le cœur.

— Je pensais que Hugh valait mieux que cela. Il n'est apparemment pas celui que je croyais.

— L'ordure, maugréa Tom.

Il avait envie de se rendre chez Stacey et de le corriger de ses mains.

— Il est bien le fils de son père.

Tom eut envie de la consoler comme autrefois, quand elle était petite, mais il n'osa pas la prendre dans ses bras.

— Et si nous sortions pour aller au théâtre ? Il paraît que lady Marwood donne une nouvelle pièce.

Maeve s'illumina brièvement, puis elle secoua la tête :

— Je ne suis pas de force à affronter le monde, pour l'instant.

— Si tu changes d'avis…

Elle acquiesça.

— Tu seras le premier à le savoir.

Mercredi soir, il descendit de sa voiture devant la maison du comte et de la comtesse de Garsdale à Marylebone. En gravissant les marches du perron, il poussa un soupir de lassitude. Encore un souper mondain et des intrigues politiciennes !

Mais, lord Garsdale contribuant aux alliances entre progressistes, ces réunions étaient cruciales. Tom confia son manteau et son chapeau à un valet, avant d'entrer au salon.

Le silence se fit dans la pièce. Tous les regards se portèrent sur Tom, inquisiteurs et même scandalisés. Une dame murmura quelques mots à une autre derrière son éventail. Quelqu'un ravala un gémissement.

Même lord Garsdale semblait peiné, comme si Tom avait un animal crevé sous le bras. Quoi qu'il se trame, il décida de battre en retraite, le temps d'éclaircir les choses et de trouver une stratégie. Alors qu'il tournait les talons, Greyland l'intercepta et l'entraîna dans le couloir.

— Il l'a fait, souffla Greyland.

— Quoi ?

— Il n'est pas allé voir les journalistes, mais il a répandu la nouvelle au White's et tout le monde est au courant, désormais… Tu es le propriétaire du club de l'Orchidée, et tu as une liaison avec sa directrice.

Les murs se mirent à tourner autour de Tom.

— Brookhurst n'est qu'une ordure, marmonna-t-il.

Greyland soupira, la mine grave.

— Ce salaud a dû te faire suivre.

— Bon sang ! La moitié de la bonne société fréquente le club de l'Orchidée !

Greyland s'éloigna un peu des curieux qui traînaient à l'entrée du salon.

— Tu es le seul propriétaire, et le seul à coucher avec la maîtresse des lieux.

Tom passa une main dans ses cheveux.

Maeve… sa mère… le scandale allait les éclabousser, ruiner leur réputation. Maeve ne pourrait plus épouser personne.

Et Lucia…

Cette histoire pouvait ruiner l'établissement et priver la jeune femme de son rêve d'un foyer pour jeunes filles. À l'instant où il avait posé les yeux sur Lucia, le premier soir, il avait signé son arrêt de mort.

Dans sa voiture qui le conduisait à Bloomsbury, Tom avait les poings crispés. Arrivé à destination, il se précipita vers la porte d'entrée et eut la présence d'esprit de mettre un loup.

Quand Elspeth le fit entrer, il régnait un silence inhabituel.

— C'est une bonne soirée ? demanda-t-il.

— Voyez vous-même…

Les salons étaient presque déserts et les clients erraient comme des âmes en peine, sans se toucher. La musique était assourdissante et il faisait un peu froid.

Lucia était introuvable dans les salons. Il faillit la bousculer dans le couloir menant à l'office. Tom la prit par les bras.

— Je n'arrive pas à y croire, dit-elle, abasourdie. Nous avons refusé des clients le soir de la représentation, et à présent…

Sa voix s'éteignit.

Tom l'entraîna vers un petit salon interdit au public. Il alluma une chandelle et constata que la pièce servait de débarras.

Il ôta son loup, mais quand il voulut lui enlever le sien, elle l'en empêcha.

— Je suis en service.

— Nous ne sortirons pas d'ici sans loup, insista-t-il, presque désespéré. Je peux voir ton visage ?

Elle finit par accéder à sa demande. Comme il aimait la contempler !

— Le duc de Brookhurst a frappé, expliqua-t-il. Tout le monde est au courant. Ils savent que je suis le propriétaire des lieux et que nous avons une liaison.

Quel terme superficiel ! Il n'évoquait nullement ce qu'il ressentait pour elle.

— Oh non ! fit-elle, les yeux écarquillés.

Tom brûlait d'envie de saisir un bibelot et de le projeter contre le mur.

— La bonne société fait ses choux gras de la nouvelle. Un duc impliqué dans un club libertin ! Et la directrice est sa maîtresse…

— Je vais perdre la moitié de ma clientèle, dit-elle, la gorge nouée par l'angoisse. Les gens ont toujours peur du scandale. La moitié de nos revenus en moins… Cela signifie que… nous devrons fermer. Il n'y a qu'une chose à faire.

— Non ! répliqua Tom.

Elle hocha la tête, le regard vague, la voix tremblante.

— Nous allons fermer. Pour de bon.

— Non !

Il allait le répéter encore et encore, jusqu'à ce qu'il trouve une solution pour repousser la catastrophe.

— Ta réputation est en lambeaux, déclara-t-elle. Si le club ferme, tu parviendras peut-être à faire oublier cette histoire.

— Et le foyer pour jeunes filles ?

— Sans revenus, je ne pourrai pas l'ouvrir.

— Lucia…

Il tendit les bras vers elle mais elle s'écarta, passant du désespoir à la colère.

— Je le savais, murmura-t-elle. Je le savais !

Elle se tourna vers lui, ivre de rage.

— Si je suis restée à l'écart de toi, c'était pour une raison. Je me disais : « Lucia, ne sois pas stupide, ne t'ouvre pas à lui, ne lui confie pas tes sentiments… »

— Arrête ! ordonna-t-il, au supplice.

— Je n'aurais pas dû me compromettre avec toi, enchaîna-t-elle. J'ai été stupide. Je le paie cher !

— Je trouverai un moyen de réparer, promit-il, meurtri par ses paroles.

— Il n'y a rien que tu puisses faire. C'est fini.

Aussi vite qu'elle était venue, la colère se dissipa, ne laissant qu'un fantôme qui ressemblait à Lucia.

— Toi et moi…

Le sang battait aux tempes de Tom. S'il avait anticipé ce que Brookhurst infligerait à Maeve et à lui-même, il n'avait jamais envisagé que le duc ferait du mal à Lucia. Quelle naïveté de sa part !

Il se détourna.

— Pars, dit-elle. Nous ne nous reverrons plus.

Hélas, elle avait raison. Il s'était juré de détruire quiconque lui ferait du mal, or c'était lui le fautif.

Il pivota et vit qu'elle avait les bras autour d'elle, comme pour se protéger. Il ne pouvait plus la toucher. Très vite, il n'aurait plus que ses souvenirs et des nuits, des années de solitude.

— Je t'en prie, laisse-moi, implora-t-elle.

— Je regrette tellement…

Il lut le désespoir dans son regard, mais il ne pouvait rien y faire. À bout d'arguments, il quitta la pièce et le club. Dehors, il arracha son loup et le jeta dans le ruisseau. Il n'aurait plus besoin de ce déguisement.

Il allait découvrir ce que l'on ressentait à vivre avec le cœur brisé.

Ce cœur qui appartenait à Lucia. Qui lui appartiendrait toujours.

Livide, sa mère le dévisagea, tandis que Maeve demeurait bouche bée. Elles étaient assises face à lui, dans le petit salon. Les murs jaunes et le feu de cheminée ne parvenaient pas à dissiper la tension ambiante. Le tic-tac de l'horloge égrenait les secondes après l'aveu de Tom.

Il mourait d'envie de se lever pour faire les cent pas, mais il leur devait toute son attention.

La mort de son père, la perte de Lucia, et maintenant ceci… la réputation de sa mère et celle de sa sœur anéanties à cause de lui.

Il avait envie de hurler, mais à quoi bon ? Sa souffrance le rongeait de l'intérieur.

— Je vous en supplie, dites quelque chose…

— Que veux-tu que je te dise, Tom ? Je ne vais pas te féliciter pour ton sens des affaires et ton… club de… fornicateurs.

— C'est un espace de liberté, précisa-t-il, et une entreprise qui emploie de nombreuses personnes pour un bon salaire.

— Voilà qui me rassure, railla Deirdre, les lèvres pincées, les yeux embués de larmes. Tom, quelle mouche t'a piqué ?

Il passa une main nerveuse dans ses cheveux.

— J'espérais que personne n'en saurait rien.

Dieu merci, Brookhurst n'avait pas découvert que le père de Tom était à l'origine du club de l'Orchidée. Maigre consolation ! Tom avait fait le choix de poursuivre les activités du club, et il devait en assumer les conséquences.

— Cela s'est su, intervint Maeve, les mains crispées sur ses genoux.

Il mourait d'envie de la réconforter. Hélas, elle refuserait le moindre contact, il le sentait.

— Serons-nous reçues dans les salons ? murmura la jeune fille.

— Franchement, je n'en sais rien.

Sa sœur se leva pour s'approcher de la cheminée, observant les flammes qui dansaient dans l'âtre.

— Comment ai-je pu échouer, en tant que mère, au point que nous en arrivions là ? se lamenta Deirdre.

— Ce n'est pas votre échec, maman.

Lorsque Tom voulut prendre sa main, elle eut un mouvement de recul. Ce rejet de sa propre mère lui fit l'effet d'un coup de couteau en plein cœur.

— Je suis prêt à endosser toute la responsabilité. Malheureusement, nous paierons tous le prix fort. Je sais que des excuses ne serviront à rien et qu'elles sont bien futiles, mais je vous demande pardon, dit-il d'une voix brisée. Je regrette tellement...

Sa mère demeura impassible, sans toutefois quitter la pièce. Tom se raccrocha à cette infime consolation.

— Et c'est le duc de Brookhurst qui a répandu cette... nouvelle, fit Maeve en se tournant de nouveau vers lui.

— Il a mal pris mon opposition à ses projets, expliqua Tom en se levant.

— Quel bâtard ! persifla Maeve.

— Surveille ton langage, ma fille !

Maeve foudroya la duchesse du regard.

— Je suis désolée, mère. Je devrais me montrer plus courtoise en parlant d'un homme qui vient de nous anéantir parce qu'il était contrarié.

— Si seulement tu avais fait ce qu'il te demandait, Tom ! gronda sa mère. Un vote par-ci par-là, ce n'est pas la mer à boire !

Il se crispa et fut presque soulagé de sentir pointer une colère bienfaisante.

— C'est très important, au contraire, mère. Père et vous m'avez appris à ne pas me soumettre.

— Ne t'avise pas de me faire porter le chapeau, mon fils !

— Ce n'est pas le cas. Je ne suis plus un enfant. Je suis un homme, et j'assume mes décisions. Je me dois de respecter les principes en lesquels je crois.

Elle le dévisagea longuement, dans une atmosphère pesante, puis, peu à peu, son regard s'adoucit et elle se voûta légèrement.

Tom souffrait de voir sa mère si triste, d'autant qu'il était à l'origine de ce chagrin.

— Le prix à payer, Tommy…

Accablée, elle cacha son visage dans ses mains.

Sans hésiter, Tom la prit par les épaules, bientôt imité par Maeve.

— Le prix est considérable, murmura-t-il, mais nous surmonterons cette épreuve tous les trois. Nous trouverons un moyen de résister.

— Nous sommes unis, ajouta Maeve. Et nous avancerons malgré les menaces de ce rat de Brookhurst.

La détermination de sa sœur mit du baume au cœur de Tom. Peut-être s'en sortiraient-ils… En tout cas, jamais il ne se pardonnerait cette débâcle.

— Et lord Stacey ? fit Deirdre.

La lèvre inférieure de Maeve se mit à trembler.

— Il n'a pas réagi. Pas une lettre, pas un message. Il ne m'a pas répondu.

— Cette famille n'est qu'une bande de vauriens, maugréa Tom.

— Tu as raison, acquiesça sa mère. Ce sont des bâtards !

Ils s'esclaffèrent en chœur, et la tension se dissipa. Tom se surprit à croire en un avenir meilleur, grâce à cette famille exceptionnelle. Ils surmonteraient les obstacles, et il protégerait sa mère et sa sœur dans la mesure de ses possibilités.

Hélas, il avait aussi perdu Lucia et brisé son rêve de foyer pour jeunes filles, sans pouvoir recoller les morceaux...

22

Dans le couloir du taudis de Bethnal Green, Lucia s'arrêta devant la porte de sa salle de classe. Pour quelques heures, elle avait quitté Bloomsbury, où les autres remplissaient des caisses en vue de la fermeture du club. La jeune femme portait une pile de livres qui lui semblaient peser une tonne. Émue, elle serra contre sa poitrine ces ultimes cadeaux de Tom et ferma les yeux. Elle devait annoncer la terrible nouvelle aux fillettes, ce qu'elle redoutait plus que tout.

Et pourtant, elle devait le faire… seule.

Pendant une courte période, elle n'avait plus été seule. Tom était à ses côtés, avec sa force et un soutien que même Kitty et Elspeth ne pouvaient lui procurer. Il lui avait donné du courage et avait fait chanter son corps.

Il me manque.

Une larme coula sur sa joue. Elle l'essuya vivement. Hélas, une larme était plus facile à chasser que la souffrance.

— Mademoiselle Lucia ?

Mary l'observa, les yeux écarquillés.

— Bonjour, Mary, lança-t-elle d'un ton qui se voulait enjoué. Tu veux bien m'aider à porter ces livres ?

L'enfant hocha la tête. Lucia lui confia quelques volumes, puis elles entrèrent enfin dans la salle. Tous les visages se portèrent sur elle, enthousiastes à la perspective de suivre les leçons du jour.

— Aujourd'hui, nous avons de nouveaux livres !

Les enfants poussèrent des cris de joie.

— D'où viennent-ils, mademoiselle ? Ils sont neufs.

— S'il y en a un sur les plantes, je le veux !

Lucia effectua rapidement la distribution, comme si elle leur offrait à chacune un morceau de son cœur.

— Vous vous rappelez ce monsieur qui est venu ? C'est lui qui nous a offert ces livres. Ils sont tout neufs, alors il faut y faire attention.

Les enfants ouvrirent leurs ouvrages avec révérence, sans poser les doigts sur le papier pour ne pas salir les pages.

— Il était gentil, ce monsieur, commenta Mary. Il était beau et il sentait bon.

Lucia ne put s'empêcher de rire.

— C'est vrai, il sentait bon.

Un mélange de cuir, d'épices et de café. Elle brûlait de humer à nouveau son odeur, de l'accueillir en elle. Elle s'en voulait terriblement de le désirer à ce point, après tout ce qui s'était passé.

— Il ne reviendra pas.

Les enfants hochèrent la tête, résignées. Elles avaient l'habitude des allées et venues des adultes et ne connaissaient que trop bien l'abandon.

Face aux pupitres, elle poussa un long soupir.

— Les filles, avant de commencer nos leçons, j'ai quelque chose à vous annoncer.

Tous les regards se posèrent sur elle.

— Vous vous rappelez que je vous ai parlé d'un endroit où il ferait chaud et où il y aurait à manger pour tout le monde, et des livres ?

— Et pas de rats qui nous courent sur les pieds pendant la nuit ? s'enquit Dora.

Lucia avait envie de prendre ses jambes à son cou pour se terrer dans un coin sombre et verser toutes les larmes de son corps.

— Oui, cet endroit-là, confirma-t-elle. Il existera un jour, je vous le promets. Seulement… ce sera un peu plus long que prévu.

— Combien de temps ? demanda Mary.

Lucia leur devait la vérité.

— Je l'ignore. Six mois… un an ? Si seulement je le savais !

La résignation de ces fillettes était un crève-cœur. C'était comme si elles n'avaient jamais vraiment cru à ce foyer spécialement pour elles. Encore un rêve parti en fumée…

— Cela ne changera rien à nos leçons du samedi, poursuivit la jeune femme.

Elle posa une main sur la tignasse bouclée de Dora.

— Je reste avec vous.

Si plusieurs élèves lui sourirent, Mary semblait méfiante. Lucia savait que ses parents étaient morts depuis longtemps et que son frère aîné veillait sur la fratrie. N'ayant pas de métier, le grand frère peinait à trouver du travail et disparaissait souvent pendant des jours entiers. Mary connaissait mieux la faim que la satiété.

— C'est promis, Mary, assura Lucia avec détermination.

Lentement, l'enfant opina et ouvrit son livre pour commencer sa lecture en silence.

Lucia afficha un sourire forcé. Elle y arriverait, mais Dieu seul savait comment…

En cet instant, elle s'en voulait d'aimer ce maudit duc.

Tom monta dans sa chambre, en nage. Il venait de passer plusieurs heures à se défouler sur un ring de boxe. Hélas, il n'avait pas réussi à chasser son amertume et sa fureur. La violence des coups de poing donnés et encaissés n'avait en rien atténué son chagrin. Son univers, sa vie n'étaient plus qu'un cauchemar interminable.

Brookhurst était la source de ses malheurs. Ce n'était qu'en battant à plates coutures son partenaire d'entraînement que Tom avait compris l'intensité de sa rage contre le vieux duc.

À l'académie de boxe, il avait enduré les regards hostiles et les messes basses des autres gentlemen, des attaques qui avaient glissé sur lui sans l'atteindre. Il se moquait comme d'une guigne de ce qu'ils pensaient de lui. En revanche, Maeve et sa mère étaient plus vulnérables à l'opinion de la bonne société.

Heureusement, elles étaient encore officiellement en deuil et ne pouvaient se montrer en public. Maigre consolation. Lorsqu'elles sortiraient à nouveau, le scandale serait un peu retombé, du moins l'espérait-il.

En entrant dans sa chambre, il se sentit oppressé par son décor familier, les meubles élégants, les tapis, les murs bleus comme le ciel, avant que le soleil ne disparaisse de son existence…

Désireux de prendre un bain, il ôta sa chemise et la jeta à terre.

— Ramasse tes affaires ! dit la voix de Maeve, derrière lui, au moment où il allait tirer le cordon pour appeler son valet.

Il fit volte-face.

— Bon sang, Maeve ! Tu m'as fait sursauter.

Sa sœur prit la chemise humide de sueur et la lui lança au visage. Il l'attrapa avant qu'elle n'atteigne sa cible.

— Depuis quand te soucies-tu de ma garde-robe ? s'agaça-t-il.

— Ce n'est pas le sujet, répliqua-t-elle. C'est de toi que je veux parler.

Il lâcha délibérément sa chemise, d'un air de défi, et alla verser de l'eau dans la cuvette sur sa table de toilette.

— Je suis duc, nom de Dieu. Il est normal que je néglige mes affaires. C'est ce que l'on attend de moi.

Il s'aspergea le visage et imbiba un linge pour se frotter le torse.

— Certes, concéda-t-elle en s'asseyant sur le lit. J'ai entendu dire qu'une chambre en désordre entretient la mauvaise humeur. De toute évidence, tu n'as pas le moral au beau fixe.

— Il me semble que les raisons en sont évidentes ! lança-t-il par-dessus son épaule.

— Sauf que tu es de plus en plus maussade au fil du temps. Si tu subis l'ostracisme de tes pairs, tu ne restes pas terré chez toi. De plus, maman commence à s'adoucir. Et moi je suis là, à t'honorer de ma présence, railla-t-elle.

— Je l'apprécie grandement, fit-il en s'inclinant, l'air sardonique.

— J'en conclus qu'il y a autre chose. Les calomnies du duc de Brookhurst ne sont pas la seule chose qui te tourmente. Enfin, on ne peut parler de calomnies puisque tout est vrai.

Elle s'approcha de son frère.

— Je crois que quelque chose te rend fou, t'incite à te défouler par la boxe.

Tom croyait avoir réussi à dissimuler son chagrin d'amour, mais ce chagrin sautait aux yeux.

— Alors ? insista Maeve, les bras croisés. Qui est cette femme ?

Tom réprima un juron. Pendant une fraction de seconde, il fut tenté de nier. Maeve avait beau être perspicace, il était exclu qu'il lui divulgue les détails de sa vie.

— Vous étiez amants, dit-elle d'un air entendu.

C'était un terme un peu léger pour décrire ses rapports avec Lucia, qui était tout pour lui. Il avait joui de son corps, mais les moments de complicité partagée étaient ceux qui résonnaient le plus à sa mémoire. Le bonheur qu'elle lui avait donné avait illuminé sa vie et il se retrouvait désormais tapi dans l'ombre, privé de ce soleil.

— Oui, admit-il enfin. Nous étions amants. Hélas... à cause de moi, elle a perdu son emploi et... son rêve de toujours.

Quand il était enfant, Tom avait escaladé le mur d'enceinte du manoir de Kerry et fait une chute. Heureusement, il ne s'était rien cassé, mais il s'était retrouvé avec une vilaine entorse de la cheville. Il avait hurlé de douleur... jusqu'à ce qu'une infirmière vienne apaiser sa souffrance.

— Allons, mon petit, avait-elle déclaré en le prenant dans ses bras. Demain, tu souffriras encore un peu et, après-demain, tu iras de mieux en mieux. Un jour, la douleur disparaîtra totalement et tu oublieras cet épisode malheureux.

Elle avait raison. Il s'était remis en une quinzaine de jours et avait pu courir dans le parc comme si rien ne s'était passé.

Ainsi, Tom avait cru que son chagrin s'effacerait. Même le deuil de son père, pourtant douloureux, l'affectait moins que cette séparation. Cette fois, il ne s'en remettrait peut-être pas.

Chaque minute loin de Lucia était une torture. Il avait l'impression d'être Prométhée, le héros de la mythologie condamné à être enchaîné à un rocher sur le mont Caucase, le foie dévoré peu à peu par un aigle. Sauf que Tom, lui, était touché au cœur.

— Je vois, fit Maeve, l'interrompant dans ses réflexions. Tu l'aimes.

Tom sursauta, sous le choc.

— Non, je…

À quoi bon rester dans le déni ?

L'amour. Était-ce ce qu'il ressentait pour Lucia ? Ce besoin d'être avec elle en permanence, de respirer le même air qu'elle, de ne plus vivre sans elle. Elle était… tout pour lui. Sans elle, la vie n'avait plus de sens, plus de saveur, plus de couleurs. L'idée de toucher un autre corps que le sien le révulsait. Il ne voulait qu'elle, aujourd'hui et à jamais.

— Oui, je l'aime. Si tu savais à quel point…

Cette déclaration à voix haute lui confirma ce qu'il savait déjà : il ferait tout ce qui était en son pouvoir pour rendre Lucia heureuse. Il ne voulait que son bonheur.

— Tant mieux, commenta Maeve avec un soupçon d'amertume. Je suis heureuse qu'au moins l'un de nous soit amoureux.

Il prit sa main dans la sienne.

— Je suis désolé, pour lord Stacey.

La jeune fille ravala ses larmes.

— Moi aussi, admit-elle. J'espérais que… mais je me trompais. Enfin, parlons plutôt de ta bien-aimée. Est-elle consciente de ce que tu ressens pour elle ?

— Cela n'a aucune importance. Je te le répète, je l'ai privée de son gagne-pain et de son rêve le plus cher.

— Qu'espères-tu, à présent ?

— Rien ! Je lui donnerais tout ce que j'ai, si je le pouvais.

— Tout ? s'étonna Maeve. Y compris ton nom ?

Était-ce envisageable ? Un duc pouvait-il épouser une femme sans famille, une roturière ?

Pourtant, il ne désirait rien de plus que partager sa vie avec elle pour le reste de ses jours. Fonder une famille, vieillir ensemble… Hélas, elle ne voulait pas de lui. Ses ultimes paroles avaient été claires. Elle l'avait chassé de sa vie.

Maeve se tapota le menton d'un air pensif.

— Et si… ? Et si tu réalisais son rêve ?

La solution lui apparut soudain, claire comme de l'eau de roche. Puisque le club de l'Orchidée fermait ses portes, la maison de Bloomsbury serait bientôt vide. Or elle lui appartenait. Il était libre d'en faire ce qu'il voulait, y compris la transformer en foyer. L'école dont rêvait Lucia pouvait voir le jour !

— Je sais ce qu'il me reste à faire, affirma-t-il en se redressant fièrement, pressant la main de sa sœur. Je vais tout arranger.

Première étape, réaliser le rêve de Lucia et offrir un toit à ses petites protégées.

Deuxième étape, démentir les accusations de Brookhurst et laver le nom des Powell.

La troisième étape était la plus terrifiante, sans doute, mais le jeu en valait la chandelle…

Troisième étape : demander Lucia en mariage.

Durant des années, il avait cru qu'il finirait par convoler avec une femme de son rang, à la suite d'une alliance stratégique, sans amour, comme tous les membres de la noblesse.

Épouser une roturière, d'origine étrangère, ne manquerait pas de bousculer les traditions. Certaines portes lui seraient fermées à jamais, en dépit de son titre. Heureusement, il avait des alliés et l'héritage de générations de Northfield. Lucia ne manquerait de rien.

Tom l'aimait et espérait être aimé en retour.

— Il faut que je parte, annonça-t-il en enfilant une chemise propre.

— Tu n'as pas pris ton bain.

— Tant pis !

Tom se prépara à la hâte et saisit un gilet et une veste, avant de quitter la chambre. Sur le seuil, il se retourna :

— Merci, ma colombe.

— Tu me revaudras cela en m'emmenant chez Catton.

— Tous les jours, si tu veux, promit-il.

— Allez, file !

Tom ne se le fit pas répéter deux fois.

23

C'était étrange comme quelques caisses résumaient parfois une vie entière…

Par choix, Lucia possédait peu d'effets personnels. Elle ne perdait pas de vue que tout était temporaire et qu'une existence pouvait basculer du jour au lendemain.

Une fois de plus, elle en faisait l'amère expérience. En s'installant dans l'ancienne chambre de Mme Chalke, au-dessus du club de l'Orchidée, elle avait espéré y rester un certain temps. Et voilà que, un an plus tard, elle devait plier bagage pour tout recommencer. Tom était propriétaire des murs et ne voulait sans doute pas la jeter à la rue, ainsi que ses collègues, mais si les gens apprenaient que le bâtiment avait abrité un club libertin, les autorités viendraient les arrêter. Mieux valait décamper au plus vite.

Il avait fallu trois jours pour vider le club de ses meubles et de ses tableaux. La plupart avaient été vendus, et certains étaient remisés au garde-meubles. La maison de Bloomsbury était déserte pour la première fois depuis presque vingt ans. Très vite, Lucia avait trouvé un logement à partager avec Kitty, Liam et Elspeth.

Ce n'était pas si mal.

Elle sortit une pile de dessous qu'elle plaça dans l'armoire du meublé exigu de Spitalfields qui était son foyer aujourd'hui. Elle avait fini de déballer ses affaires.

De la fenêtre de sa chambre, qui donnait sur une petite cour, elle voyait trois enfants jouer avec un chiot. Le bruit régulier des fileuses de soie était presque apaisant. Au coin de la rue, une échoppe vendait des tourtes à la viande.

Elle aurait dû se réjouir d'avoir déniché ce logement, le temps de décider de la suite des événements. Elle s'écroula dans un fauteuil et se prit la tête dans les mains.

— Qu'est-ce qu'on peut faire, ma belle ? demanda Kitty en entrant dans la pièce, portant Liam.

Elspeth apparut à son tour. Les deux femmes avaient la mine soucieuse.

Affichant un sourire, Lucia leva les yeux vers ses amies.

— Je suis fatiguée, rien de plus. Nous avons beaucoup travaillé… Tout va bien se passer.

— Lucia…, fit Elspeth, une main sur son épaule.

Sa compassion vint à bout de la carapace que Lucia avait érigée autour d'elle.

— Avant de partir, confia-t-elle à voix basse, j'ai fait le tour de la maison. Toutes ces pièces qui vibraient autrefois d'énergie et de vie… désertées, à l'image de mon cœur. Il n'y a plus qu'une coquille vide.

— Il n'y a pas de mal à être triste, affirma Elspeth.

— Et furieuse, renchérit Kitty.

— Je ne veux rien ressentir, grommela Lucia.

— Ce n'est pas ainsi que cela se passe, reprit Elspeth. Nous avons des sentiments, bons ou mauvais, on n'y peut rien.

— Les sentiments sont bien pénibles...

— Je ne te le fais pas dire, confirma Kitty en faisant sautiller Liam pour l'amuser. Sans sentiments, nous serions des hommes. Quelle horreur !

— Et comment ! s'exclama Elspeth en souriant.

Elles échangèrent un regard empli d'amour qui fit mal à Lucia. Ces derniers jours, dans l'agitation du déménagement, elle avait réussi à ne pas trop penser à Tom. Désormais, plus rien ne venait la distraire et la plaie demeurait béante.

Il avait laissé un tel vide... Lucia n'était plus tout à fait elle-même, comme s'il lui manquait une moitié. Elle avait beau se lever le matin, parler, respirer, faire ce qu'il fallait pour rester en vie, rien n'y faisait.

— Oh, mais nous sommes cruelles de roucouler de la sorte, marmonna Kitty, désolée.

— Non, ce n'est rien. Il fallait qu'il parte, de toute façon. Et que je renonce au club de l'Orchidée. En revanche, je m'accroche à mon rêve. Un jour, mon foyer pour jeunes filles existera.

— Et nous serons présentes pour t'aider, promit Elspeth.

Lucia se rappela combien elle avait de la chance d'avoir des amies aussi loyales.

En entendant quelqu'un frapper à la porte, elle se leva et eut la surprise de trouver Will dans le couloir. Elle l'embrassa avec chaleur.

— Je suis désolée, Will.

— Pourquoi ? demanda-t-il, intrigué.

— Eh bien, je t'ai privé de tout...

— Vous exagérez un peu, non ? J'ai perdu un boulot, mais j'ai encore mon autre poste et je trouverai autre chose. Le travail ne manque pas.

Il haussa les épaules comme si tout cela n'avait aucune importance.

— Vous comptiez tous sur moi, pourtant, insista-t-elle. Et je vous ai abandonnés…

— Arrêtez de porter le poids du monde sur vos épaules, madame, soupira Will. Allez, venez avec moi.

— Où ça ?

— Ne discutez pas. On va faire un petit tour.

Elle céda avec un sourire désabusé.

— J'arrive…

Le colosse descendit l'escalier d'un pas lourd, Lucia dans son sillage, suivie de ses amies. Devant la porte d'entrée, il s'arrêta et lui fit signe de passer devant.

Tout le personnel du club de l'Orchidée était réuni sur le perron et dans la rue. De Jenny à Arthur, sans oublier Peter, le garçon d'écurie.

Lucia n'en revenait pas.

La gorge nouée, elle avait fait ses adieux à chacun, non sans lui demander pardon pour cet échec. Cela n'avait pas suffi, apparemment. Comment leur en vouloir ? Elle était responsable de leurs malheurs, après tout.

— Mes amis ! Je suis vraiment déso…

Jenny s'avança :

— Épargnez-nous vos excuses ! On n'est pas là pour vous faire des reproches.

— Je vous ai tous versé votre solde…

Quelle autre raison pouvait les amener ?

Jenny donna un coup de coude à Arthur.

— Ah oui…, bredouilla-t-il.

Il sortit une enveloppe de sa poche et la tendit à Lucia.

Dès qu'elle l'ouvrit, la jeune femme crut défaillir : il y avait au moins cinquante livres en espèces !

— Mais... qu'avez-vous fait ?

— On s'est cotisés, expliqua Will. Il faut trouver un nouveau local pour le club.

— On a beaucoup discuté, renchérit Arthur. On sait que vous avez besoin de l'argent que rapporte le club pour fonder votre foyer de jeunes filles. D'abord, on a pensé réunir uniquement de l'argent pour ce foyer, puis on a réfléchi et...

— On s'est dit : pourquoi donner un bol de soupe quand on peut payer la marmite ? intervint Jenny, pragmatique. En deux mots, mieux vaut des rentrées d'argent régulières qu'une somme qui s'amenuise vite.

— Oh, *miei cari*...

Lucia sentit une larme couler le long de sa joue.

— Vous nous avez sortis de la mouise, madame, dit Will. À notre tour de vous rendre la pareille...

— Merci mille fois. Vous étiez au courant, vous deux ? demanda-t-elle à Elspeth et Kitty.

— Disons qu'on a eu vent du projet, avoua Elspeth.

Serrant l'enveloppe contre son cœur, Lucia songea que si Tom ne faisait plus partie de sa vie, ce qui était une grande douleur, elle trouverait au moins un moyen d'avancer. Il le fallait.

— Tout va bien, mon vieux ?

Tom s'efforça de sourire à Blakemere, devant le palais de Westminster. Il était heureux de retrouver son ami de retour de Cornouailles, malgré les tourments qui l'oppressaient.

— Je pensais simplement que j'aurais dû faire ce que tout homme raisonnable aurait fait. Trucider Brookhurst d'un coup de sabre.

— Le comte de Ferrers a fini sur l'échafaud pour ce geste, tu sais.

— Il y a cinquante ans ! objecta Tom. Les temps ont changé. Je m'en tirerais sans doute.

— Ton projet va fonctionner, prédit Blakemere. Mon instinct me le dit. Je suis fin stratège, comme tu le sais.

— J'espère que ton instinct ne se trompe pas, souffla Tom.

Les autres membres du Parlement finissaient leurs cigares avant de reprendre la séance.

Autrefois, à Oxford, Tom avait voulu se mettre à fumer, une habitude qui lui semblait sophistiquée et virile. Il avait toussé si fort qu'il avait été pris d'une nausée. En cet instant, l'angoisse produisait sur lui le même effet.

Pour assurer le bonheur de Lucia, il était prêt à affronter un bataillon. Et même à solliciter l'aide de sa mère et sa sœur. Elles l'avaient écouté et, finalement, avaient décidé de lui apporter leur soutien – une réaction inattendue qui avait touché Tom au plus profond du cœur.

— Tout le monde est là ? s'enquit Greyland en rejoignant les deux amis.

Deux hommes l'accompagnaient.

— Je suis venu avec Ashford et Marwood en renfort, poursuivit-il.

— Vous êtes au courant de la situation ? leur demanda Tom en les saluant.

— Je suis impatient d'humilier Brookhurst, déclara lord Ashford. Ce type est une ordure et il fait régner la terreur autour de lui. C'est terminé.

— N'allons pas trop vite en besogne, protesta Tom. Rien n'est sûr et, si j'échoue, ma réputation sera anéantie et la vôtre ternie.

— Encore faut-il avoir une réputation irréprochable au départ, intervint lord Marwood avec un sourire.

Tom demanda le silence d'un geste de la main.

— C'est la voiture de Brookhurst, annonça-t-il.

— On est avec toi, dit Blakemere en lui tapotant l'épaule. On le fera tomber, ce salaud.

L'élégant véhicule s'immobilisa. Un valet mit pied à terre et déplia le marchepied, avant d'ouvrir la portière. Brookhurst émergea. Il tira sur ses manchettes et ajusta son chapeau sur sa tête.

Le moment de vérité était venu.

Sous le regard de dizaines de membres du Parlement, Tom alla à la rencontre du vieux duc. Il s'arrêta devant lui, se retenant à grand-peine de lui assener un coup de poing en pleine face.

— Northfield, dit le duc d'un ton glacial.

« Je vais le tuer », songea Tom.

— Vous avez répandu les pires bassesses à mon sujet, grommela-t-il. À cause de vous, la bonne société me prend pour un souteneur. Ma famille subit les pires ignominies.

— Vous me traitez de menteur ? fulmina Brookhurst.

Un murmure d'appréhension parcourut l'assistance.

— Tout ce que j'ai dénoncé est vrai, reprit le vieux duc. Ce sont des faits incontestables.

— Je les nie, pourtant.

Brookhurst se tourna vers les autres lords, qui assistaient à la scène avec fascination.

— Vous ne pouvez prouver le contraire, prétendit-il avec un sourire satisfait.

— Oh si, et je vais le faire, rétorqua Tom. Nous allons nous rendre immédiatement sur les lieux.

— Maintenant ? fit Brookhurst.

— Oui.

Tom désigna le valet de Brookhurst :

— Indiquez l'adresse à qui le souhaite. Nous formerons un convoi. Ensuite, la vérité éclatera au grand jour.

Le duc parut intrigué, comme s'il cherchait à percer les intentions de Tom, puis il déclara :

— À votre guise. Vous et moi irons ensemble.

Brookhurst ouvrit la portière.

— Je me fais un devoir de vous transporter sur place.

Sur ces mots, il monta à bord.

Pour l'heure, songea Tom, les choses se déroulaient selon son plan. Blakemere lui adressa un signe de tête et monta dans sa propre voiture. D'autres messieurs se virent remettre l'adresse du club de l'Orchidée. La plupart, faisant mine d'ignorer où se trouvait l'établissement, se joignirent au convoi pour assister à un spectacle qui promettait d'être passionnant.

— Vous ne serez pas déçus ! lança Brookhurst d'un air suffisant.

Tom fit un dernier signe à Greyland et disparut dans la cabine, avec le vieux duc.

— Moi qui redoutais que cette journée ne soit assommante..., commenta Brookhurst durant le trajet vers Bloomsbury. Je me trompais...

Tom ne dit rien, de peur de se trahir. Il ne lui restait plus qu'à attendre.

24

Maison à louer, quatre chambres, deux salons, près de Clerkenwell, non loin de Sadler's Wells. Cuisine spacieuse. Renseignements sur demande.

Le bien paraissait un peu petit, mais Lucia entoura l'annonce de son crayon. Plus elle mettrait de temps à trouver des locaux pour le nouveau club, le club du Lys, plus son personnel devrait patienter avant de gagner de l'argent… sans parler du délai pour l'ouverture du foyer de jeunes filles.

La somme récoltée par le personnel couvrirait la caution et plusieurs mois de loyer. C'était un bon début, à condition de démarrer sans tarder.

De son appartement, Lucia entendait le bruit de la circulation, dans la rue. Kitty et Elspeth promenaient Liam. Dans le quartier de Spitalfields, il y avait moins de verdure qu'à Bloomsbury, hélas.

Lucia allait démarrer un nouveau chapitre de sa vie, un véritable défi à relever, car elle se traînait comme une âme en peine. Comment trouver de l'enthousiasme quand on voyait tout en noir ? Elle n'était plus que l'ombre d'elle-même.

Cela faisait si longtemps qu'elle n'avait pas vu Tom !

Trouverait-elle la force d'avancer sans lui ? Pourvu qu'il ait réussi à éviter le scandale. Hélas, elle ne le saurait jamais. Elle ne reverrait pas son sourire, son regard. La plaie ne se refermerait pas de sitôt.

Un coup frappé à la porte la fit émerger de ces sombres pensées. Elle se leva, lissa le bas de sa robe et alla ouvrir. Elle découvrit un valet en livrée rouge et or. Elle ne reconnaissait pas les couleurs de cet uniforme, qui ne devait pas passer inaperçu dans ce quartier populaire.

Il lui tendit une feuille de papier.

— Madame…

Elle l'accepta et la déplia :

Mon amour,

Ma voiture t'attend en bas. Tu y rejoindras mon ami le comte de Blakemere. Je te demande de l'accompagner. Notre bonheur futur est en jeu. Je t'en prie, fais-moi confiance.

Ton serviteur,

T

Pendant un instant, Lucia garda les yeux rivés sur le message. Il serait plus sage de refuser et de rester terrée dans sa chambre. Ses sentiments pour Tom ne lui avaient, jusqu'alors, valu que du chagrin.

Je t'en prie, fais-moi confiance.

Pouvait-elle lui donner sa confiance ? Elle hésita longuement, puis poussa un soupir.

— Je prends ma cape et mon chapeau, souffla-t-elle.

— Je vous attends en bas, madame, conclut le valet en s'inclinant.

Quelques curieux apparurent sur le palier pour le regarder s'éloigner.

De ses mains tremblantes, Lucia noua les rubans de sa capeline et regarda son reflet dans le miroir, au-dessus de la cheminée. Elle était un peu pâle.

Tu perds du temps…

Elle se ressaisit et émergea dans le couloir pour descendre vers le rez-de-chaussée.

Une voiture élégante, qu'elle n'avait jamais vue, était garée devant la porte. Des enfants étaient groupés tout autour et regardaient par les vitres. La main d'un gentleman surgit et remit une pièce à chaque enfant. Une main inconnue.

Le valet ouvrit la portière. Le gentleman apparut. Il avait les cheveux blonds et un visage expressif. Il lui sembla un peu familier – une impression fréquente, au vu de la nature de son club clandestin.

— Mademoiselle Marini ?

— Oui, répondit-elle prudemment.

— Je suis Blakemere, votre escorte. Je vous en prie.

Il désigna l'intérieur de la cabine.

— Où allons-nous ?

Il l'invita à s'approcher – ce qu'elle fit, sans monter à bord. La confiance avait ses limites.

— Northfield a apporté des changements substantiels au club de l'Orchidée, fit Blakemere à voix basse. Il a besoin de vous sur place, immédiatement.

— N'est-ce pas risqué pour lui ? demanda-t-elle, inquiète.

— Il a fait un pari qui pourrait rapporter gros, concéda Blakemere.

Lucia avait du mal à foncer tête baissée.

— Je vous en conjure, dites-moi à quoi m'attendre.

Le comte afficha un sourire en coin qui devait séduire bien des femmes.

Pas elle. Pas ce jour-là. Elle posa sur lui le regard qu'elle réservait aux clients récalcitrants.

— Je crois que Northfield veut vous faire une surprise, expliqua-t-il. Mais je vous conseille fortement, quoi que vous trouviez là-bas, de ne pas trahir le moindre étonnement. Cela fait partie du plan. Vous allez vite comprendre.

Le doute s'installa de plus belle dans l'esprit de la jeune femme. Ce que ces deux hommes lui demandaient exigeait de sa part une confiance aveugle. Mais ne s'était-elle pas ouverte à Tom comme jamais auparavant ? De plus, elle ne pouvait lui faire de reproches. En vérité, sa colère était surtout dirigée contre elle-même.

En suivant lord Blakemere, commettrait-elle une erreur ? Céderait-elle à des sentiments dangereux pour elle ?

— Acceptez-vous de me suivre ?

Elle hésita. Au moins, elle pourrait dire à Tom qu'elle regrettait de l'avoir mené au scandale. Que tout était de sa faute et qu'elle en était désolée.

Lucia accepta donc la main du valet pour monter à bord. La portière claqua derrière elle, et la voiture s'ébranla.

— Ne m'en veuillez pas d'être peu loquace, dit-elle au comte tandis qu'ils filaient dans Brushfield Street.

— Cela m'arrange. Je parlerai pour deux.

Lord Blakemere devisa avec entrain, lui expliquant que sa femme et lui venaient d'arriver de Cornouailles et qu'ils étaient épuisés à cause du travail qu'impliquait l'aménagement non seulement d'un manoir, mais de tout un village. Peu lui importait que Lucia ne l'écoute que d'une oreille. Son soliloque distrayait la jeune femme de l'angoisse qui montait à mesure qu'ils approchaient de Bloomsbury. Intérieurement, elle tremblait de peur, et son cœur menaçait d'exploser dans sa poitrine.

— Nous y sommes, annonça enfin le comte.

— Seigneur, murmura-t-elle en priant le Ciel de lui donner la force dont elle avait besoin.

Lucia descendit de voiture et fronça les sourcils en découvrant une série de voitures élégantes alignées devant ce qui avait été le club de l'Orchidée. Du temps des soirées du club, les véhicules étaient cachés dans les écuries par discrétion. La porte d'entrée de la maison était grande ouverte.

Sans attendre lord Blakemere, Lucia gravit les marches du perron.

Une douzaine de messieurs à l'allure aristocratique se tenaient dans le hall, mais ils n'étaient pas masqués, pour une fois. Ils se tournèrent vers elle, le regard acéré. Un homme élancé aux cheveux blancs ne dissimulait pas son hostilité. Lucia eut un mouvement de recul.

— La voici, annonça Tom en s'avançant.

Oubliant l'homme aux cheveux blancs, Lucia contempla Tom. Il était si beau, si élégant ! L'image même d'un duc. En revanche, il avait perdu du poids et ses yeux étaient cernés. Elle réprima son envie de se jeter à son cou pour humer son parfum et sentir son corps ferme contre le sien.

Il posa sur elle un regard brûlant, sans toutefois lui tendre la main.

— Mademoiselle Marini, fit-il en s'inclinant. Ces messieurs sont venus observer votre travail si utile.

— Je…

Elle s'efforça de sourire, comme le lui avait conseillé lord Blakemere. Hélas, elle était pétrifiée par la stupeur. C'était à n'y rien comprendre.

Une fillette aux cheveux bruns, vêtue d'une robe simple, fendit la foule, portant une feuille de papier. Les hommes qu'elle croisait comptaient parmi les plus riches du royaume, mais elle n'en avait que faire.

Il s'agissait de Mary, l'élève de Lucia. Sa robe était propre et neuve, ses bottines étincelantes. Elle avait si bonne mine que Lucia en fut touchée. Que faisait-elle ici ?

— Mademoiselle ! s'exclama-t-elle en brandissant sa feuille. Je dois faire un exposé sur les champignons vénéneux ! Vous voulez bien y assister ? ajouta-t-elle plus timidement.

Lucia était de plus en plus désorientée.

— Dans un instant, Mary, murmura-t-elle.

L'enfant opina et fila en direction de la pièce qui était naguère un salon du club. Lucia n'osa pas interroger Tom du regard. Elle avait le tournis et peinait à respirer normalement.

— Continuons, madame et messieurs, proposa Tom avec un sourire affable.

Il les invita à suivre Mary.

« Continuer quoi ? » songea la jeune femme.

Lucia longea le couloir qu'elle avait si souvent parcouru. En atteignant le salon, elle peina à dissimuler sa surprise. La pièce était méconnaissable. Un immense tableau était accroché au mur du fond, couvert d'inscriptions à la craie et de graphiques. Sur une estrade, une femme portant des lunettes faisait la lecture.

Dans la salle étaient disposés douze pupitres, avec douze élèves studieuses qui écoutaient attentivement l'institutrice. Lucia reconnut la moitié d'entre elles, à qui elle faisait la classe, mais les autres étaient des nouvelles venues. Dans un coin, un chat roux dormait sur un coussin.

Une école. Installée dans un ancien club libertin.

Le cœur battant, elle se tourna vers Tom et les messieurs, en faisant mine de ne pas être troublée.

— Mlle Marini procure à ces jeunes filles tout ce dont elles ont besoin, expliqua Tom aux visiteurs. Il y a d'autres salles de classe, un réfectoire, un dortoir. Les fournitures scolaires ont été financées par moi-même. L'institution vit aussi de dons privés.

— Qu'apprennent ces élèves ? s'enquit un homme.

Tom se tourna vers Lucia d'un air interrogateur.

— Les mathématiques, bredouilla-t-elle. La grammaire, la littérature, les sciences…

— Qu'en est-il de la couture, de la cuisine ? intervint un homme plus âgé. Des choses utiles.

La jeune femme sentit monter en elle une sourde colère.

— Les matières qu'elles étudient sont utiles. Cet enrichissement de l'esprit est précieux et leur permettra de devenir enseignantes ou gouvernantes, plus tard.

— Un métier très honorable, intervint une jeune femme aux cheveux blond vénitien et vêtue de noir.

Elle n'avait pas vingt ans et ses yeux étaient du même bleu que ceux de Tom. Elle portait plusieurs manuels scolaires sous son bras. Avec un sourire chaleureux, elle adressa un signe de tête à Lucia, qui pourtant ne la connaissait pas.

— Ah ! Voici ma sœur, lady Maeve, expliqua Tom en la prenant par les épaules. Elle travaille ici plusieurs fois par semaine.

Naturellement... La jeune fille était aussi belle que Tom était beau, et son regard pétillait lui aussi d'intelligence.

— N'êtes-vous pas en deuil, lady Maeve ? s'emporta le vieil homme.

— Les bonnes œuvres constituent une exception, lord Brookhurst, rétorqua-t-elle.

Brookhurst. C'était le duc qui avait anéanti la réputation de Tom. L'homme qui leur avait tout pris.

Lucia eut envie de se jeter sur lui pour le frapper.

Une dame plus âgée, aux cheveux bruns striés de gris et au port altier, s'avança à son tour. Lorsqu'elle s'exprima, Lucia décela chez elle une pointe d'accent irlandais.

— En tant que mère de lady Maeve, c'est à moi de décider si ses activités sont convenables.

Les hommes s'inclinèrent, et Lucia esquissa une révérence devant la duchesse.

Seigneur ! Cette femme était la mère de Tom...

La duchesse posa sur elle un regard qui n'était pas vraiment amical.

— Votre assistance est particulièrement appréciée, Votre Grâce, affirma Lucia.

— Je suis ici pour mon fils... et pour ces petites filles, répondit-elle un peu sèchement.

— Bien sûr, bredouilla Lucia, la gorge nouée.

Au club de l'Orchidée, elle avait reçu des personnes de toutes les conditions sociales et savait mieux que quiconque que, sous les vêtements, il n'y avait qu'un être humain. Les membres de l'aristocratie ne l'intimidaient guère. Et pourtant, la duchesse de Northfield lui donnait l'impression d'être insignifiante.

— Hugh ! lança le duc de Brookhurst en blêmissant. Que diable… ?

Plusieurs messieurs se mirent à toussoter.

Lucia suivit le regard du vieux duc. Un jeune homme très séduisant d'une vingtaine d'années était apparu. Il avait les cheveux blonds et les yeux noisette, et était vêtu fort élégamment.

Lady Maeve posa sur lui un regard enamouré.

— Hugh…

Elle exprimait un tel amour, une telle joie que Lucia faillit se détourner pudiquement.

— J'ai apporté de l'encre, annonça le jeune homme. J'ai acheté tout le stock du papetier.

Il brandit une caisse remplie de flacons.

— J'ai aussi apporté des plumes.

Il se tourna vers lady Maeve, tel un amoureux transi.

— Lord Stacey, fit Tom.

— Comme c'est aimable à vous de nous aider, déclara Lucia avec gratitude.

Le jeune homme semblait ravi.

— C'est une bonne cause. Quand Sa Grâce le duc de Northfield m'en a parlé, je lui ai immédiatement proposé mes services.

Brookhurst faillit s'étrangler de fureur. Il pâlit, puis s'empourpra, sans pouvoir prononcer un mot.

— Comme vous le constatez, messieurs, je ne suis pas le propriétaire d'un club libertin, mais d'un foyer pour jeunes filles nécessiteuses, annonça Tom. Mlle Marini en est la directrice. Votre Grâce, vos accusations n'étaient pas fondées. Vous m'avez calomnié.

— Absolument, renchérit Lucia.

Un homme brun à la mine grave s'avança.

— Vous avez formulé des allégations mensongères contre un pair du royaume, Votre Grâce.

Un brouhaha parcourut l'assemblée.

— Brookhurst est allé trop loin... Il ment... Il ne pense qu'à ses intérêts politiques... Le duc est charitable...

Brookhurst se tourna vers trois hommes dont il cherchait manifestement le soutien. Ils se contentèrent d'afficher une mine réprobatrice.

— Veuillez partir, ordonna Tom. Sinon, nous nous reverrons à l'aube, pour un duel.

— Northfield est un excellent tireur, précisa lord Blakemere d'un ton enjoué.

Tom fixa Brookhurst avec la patience d'un bourreau et fit un pas vers lui. Aussitôt, Brookhurst recula, mais Tom continua d'avancer.

— Hugh, fit le vieil homme d'une voix brisée. Viens, nous partons.

Un silence s'installa. Inquiète, lady Maeve observa tour à tour le père et le fils.

— Je reste avec lady Maeve, annonça lord Stacey.

Si Lucia n'avait pas haï Brookhurst, elle aurait eu pitié de lui car, encaissant la trahison de son fils, il faillit s'écrouler. Avec un grommellement, il se fraya un chemin dans la foule et quitta les lieux. Aussitôt, lady Maeve se jeta dans les bras de son amoureux.

Un homme vint alors à la rencontre de Tom, la main tendue.

— Je regrette, Votre Grâce. J'ai cru aux calomnies de Brookhurst et j'en ai honte. Acceptez mes excuses les plus sincères, ajouta-t-il à l'adresse de Lucia.

— Je les accepte, déclara-t-elle avec l'impression d'être une duchesse.

Aucun membre de la noblesse ne lui avait jamais témoigné un tel respect. Et voilà que toute l'assemblée s'inclinait devant elle.

Elle vivait un rêve éveillé.

— J'espère que tous les malentendus sont dissipés, déclara Tom.

— Sans l'ombre d'un doute, assura l'homme. Je veillerai à diffuser la nouvelle en vous blanchissant de toute activité illicite, ainsi que Mlle Marini.

— Merci, répondit Lucia avec toute l'élégance dont elle était capable.

— C'est donc réglé...

Tom poussa un soupir et se tourna vers la jeune femme, puis il mit un genou à terre.

Lucia ne s'était jamais évanouie de sa vie, même lors des pires épreuves. Pourtant, elle était sur le point de défaillir.

— Mademoiselle Marini... Lucia... je vous aime... Voulez-vous m'épouser ?

Elle devait se méprendre ! Cela semblait impossible. Et pourtant, il la regardait avec une telle révérence...

Lady Maeve retint son souffle et des murmures parcoururent l'assemblée.

Une roturière... d'origine étrangère...

Avant que Lucia ne puisse prendre une décision, Deirdre toussota.

— Mademoiselle Marini, fit-elle d'un ton froid. J'aimerais vous dire un mot. En privé.

Tom se crispa. Quant à Lucia, elle se rappela que sa propre mère avait coutume de foudroyer du regard tous les garçons qui osaient s'approcher d'elle. La mère de Tom ne pouvait que se méfier d'une femme qui risquait d'être vénale.

Après toutes ces émotions, un tête-à-tête avec la duchesse n'aurait pas dû l'effrayer. Hélas, elle était pétrifiée.

— Bien sûr, répondit-elle d'un ton qui se voulait serein.

Elle adressa un sourire rassurant à Tom.

— Il y a un petit salon au fond du couloir.

La tête haute, Lucia se dirigea vers l'ancienne chambre de dégrisement. Trois fillettes assises sur un divan lisaient à voix haute.

— Pouvez-vous nous laisser, les filles ?

Intimidées, elles regardèrent la duchesse et sortirent sans un mot.

Celle-ci s'assit, mais Lucia resta debout.

— Je n'ai appris que ce matin que Tom vous aimait.

Sur le beau visage finement ciselé de la duchesse, Lucia reconnaissait les traits de Tom.

— Il ne m'a jamais dit un mot sur vous et, ce matin, il m'a annoncé qu'il comptait vous demander en mariage.

— La surprise a été tout aussi grande pour moi, Votre Grâce, répondit Lucia en s'efforçant de ne pas sembler sur la défensive.

— J'ai essayé de l'en dissuader.

— Je comprends…

— En vain. Il a persisté.

— C'est…

Merveilleux, incroyable, impossible.

— Qu'allez-vous lui répondre ?

— Je ne sais pas, admit Lucia en regardant la duchesse droit dans les yeux. La vie m'a appris certaines leçons. J'ai pris l'habitude de me protéger, me méfier, surtout en ce qui concerne les affaires de cœur.

La duchesse afficha un air pensif.

— Avec Tom, poursuivit Lucia, j'oublie toute prudence. Ses fardeaux, ses chagrins sont les miens, son bonheur est le mien. Vous me prenez sans doute pour une opportuniste, Votre Grâce. S'il m'était possible d'avoir Tom sans devenir duchesse, je n'hésiterais pas une seconde. C'est l'homme que je convoite, pas le titre.

Pendant un long moment, Deirdre se contenta de la dévisager. Puis, enfin, elle ouvrit les bras.

Lucia fit un pas vers elle, puis un autre, avant de se laisser embrasser. Cela faisait si longtemps qu'elle n'avait pas senti l'étreinte d'une mère. Elle huma le parfum de rose de la duchesse, les yeux fermés pour ne pas laisser libre cours à ses sanglots.

— Allons, allons, mon petit... N'en veuillez pas à une maman de veiller sur son fils, murmura-t-elle en lui caressant les cheveux. Toutes les mères rêvent qu'un jour, une femme aimera leur fils autant qu'elles-mêmes.

— Je l'aime tant.

En prononçant ces mots à voix haute, Lucia prit pleinement conscience de l'intensité de ses sentiments. Tout ce qu'elle avait connu, la joie, la souffrance, le manque, tout cela n'était rien d'autre que de l'amour !

— Il le sait. Cependant, il a besoin de l'entendre de votre bouche, déclara Deirdre en relâchant son étreinte. Je parie qu'il est en train de se faire un sang d'encre. Et si nous mettions fin à son calvaire ?

— Ce serait gentil, en effet.

Elles gagnèrent le couloir main dans la main.

Le regard hanté, Tom faisait les cent pas devant le groupe d'aristocrates. Il s'arrêta net en voyant les deux femmes réapparaître et sourit en remarquant leurs mains jointes.

Il fit un pas vers elles. La duchesse s'écarta et ôta son gant gauche.

— Tends la main, Tommy, ordonna-t-elle.

Elle déposa quelque chose dans sa paume.

Une bague. Le saphir entouré de diamants brillait de mille feux. Tom embrassa sa mère avec tendresse, puis se tourna vers Lucia :

— Veux-tu m'épouser ? répéta-t-il, la voix brisée par l'émotion.

— Nous ne sommes pas égaux, dit-elle doucement.

Il lui fallait énoncer ce constat. Tom devait être conscient des implications d'une telle union.

— Si. À tous les égards, affirma-t-il.

Son regard était le foyer qu'elle cherchait.

— Ce que pensent ou disent les gens m'importe peu. Ce qui compte, c'est toi et moi. Je t'en prie, dis oui. J'ai besoin de toi. Je veux vivre avec toi.

— Je…

Le pari était risqué. Mais l'amour n'était forcément pas synonyme de souffrance, comprenait-elle. Il apportait aussi de la joie.

— Oui, répondit-elle enfin. Je t'aime. *Ti amo.*

Les yeux de Tom se mirent à pétiller.

Des fillettes vêtues de tabliers d'écolières s'étaient jointes à la foule, ainsi que leurs enseignantes. Lucia aperçut même Kitty, Elspeth et Liam. Sa famille.

— Tendez la main, souffla lady Maeve.

Lucia obéit, et Tom glissa le bijou à son annulaire. Aussitôt, l'assemblée applaudit.

Tom était radieux, les yeux rivés sur la bouche de la jeune femme.

— Plus tard, murmura-t-elle.

Il sourit.

— Tous les jours. À jamais.

Épilogue

Dans la rue principale de Newcombe, petit village de Cornouailles, Lucia sentait à peine la fraîcheur nocturne. Avec la duchesse de Greyland et le comte et la comtesse de Blakemere, elle attendait que Tom ait terminé ses obligations du Nouvel An auprès des villageois.

Des promeneurs déambulaient dans les rues illuminées et des rires fusaient par la porte des tavernes et des restaurants. Au sommet de la colline, le foyer pour vétérans brillait de mille feux tandis que ses pensionnaires festoyaient. Naguère, la bourgade était au bord de la ruine, tributaire de la contrebande, unique moyen de subsistance des habitants. Lors du souper dans le manoir restauré, la comtesse avait annoncé fièrement que les hôtels étaient complets, malgré les difficultés à se déplacer en hiver.

Maintenant une tradition ancestrale des fêtes de fin d'année, Tom et le duc de Greyland se rendaient dans chaque maison pour présenter leurs vœux.

— Je ne vois pas en quoi cela porte bonheur de voir des types comme eux entrer chez les gens, plaisanta Blakemere. Chacun sait qu'on ne peut pas faire confiance aux hommes de leur espèce. Ils sont sournois...

La duchesse de Greyland s'esclaffa.

— Nul n'oserait décrire Alex de la sorte. On le dirait de moi, peut-être, admit-elle.

— Je ne serais pas au-dessus de tout soupçon non plus, renchérit la comtesse.

— Aucun de nos maris n'a épousé une femme à la moralité irréprochable, intervint Lucia.

Elle portait un panier qu'elle avait préparé pour l'occasion. Elle savait que le petit groupe d'amis apprécierait ses offrandes.

— C'est peut-être le secret du bonheur, hasarda le comte en souriant à son épouse. Épouser une femme sulfureuse, histoire d'entretenir la passion.

La comtesse posa la tête sur son épaule :

— Avoir un mari rebelle peut aider aussi !

Tom et le duc réapparurent. Tom souriait. Ils rejoignirent leurs femmes.

— En donnant du pain, du charbon et des pièces de monnaie aux villageois, Greyland et moi avons bu quelques verres de vin ce soir.

Tom enlaça Lucia pour l'attirer vers lui.

— Je m'étonne que tu ne sois pas ivre de baisers, marmonna Greyland, un sourire au coin des lèvres. Toutes les dames ont tenu à te faire la bise !

— Elles te l'auraient faite aussi, répliqua Tom, mais tu es si… ducal qu'elles étaient intimidées.

— Mon pauvre duc ! railla la duchesse de Greyland en tapotant le bras de son mari. Qu'importe. Je te donnerai tous les baisers que tu voudras plus tard.

— Pourquoi attendre ?

Sur ces mots, Greyland l'enlaça et l'embrassa sur les lèvres.

Les autres les acclamèrent.

Dans sa poche, Lucia gardait une lettre dont elle comptait révéler le contenu à Tom plus tard. Kitty avait pris soin d'omettre tout propos scandaleux, au cas où la missive se retrouverait entre de mauvaises mains. Quoi qu'il en soit, le club du Lys prospérait sous la direction de Kitty et Elspeth. C'était même devenu une adresse incontournable en ville.

Le foyer pour jeunes filles était également une réussite. Dès son retour à Londres, Lucia comptait ouvrir un second établissement.

— Il est temps de faire la fête, annonça-t-elle en sortant six petits paquets de son panier.

Elle en offrit un à chacun.

— À Naples, les gens s'offrent des figues entourées de feuilles de laurier.

— Comme c'est charmant, commenta lady Blakemere.

— Et on se dit *buon anno*. Bonne année !

Chacun mordit dans un fruit sucré.

— Succulent, renchérit Greyland.

— Merci de partager cette tradition avec nous, ajouta la duchesse.

En caressant la joue de la jeune femme, Tom se rendit compte qu'elle pleurait.

— Pourquoi ces larmes, mon amour ? chuchota-t-il, soucieux. Tu es triste ?

Elle dévisagea leurs amis et pensa à la lettre de Kitty, à ses implications. Elle s'était battue pendant si longtemps en fermant son cœur pour ne pas souffrir. Sa solitude avait été rassurante.

Tom lui avait permis de se départir de sa carapace. Il lui avait appris à parier sur l'amour et elle avait tout gagné : des amis, une famille, une maison.

Le courage ne consistait pas seulement à riposter face à un coup reçu. Le courage, c'était aussi s'exposer, accepter d'être vulnérable.

— Ce n'est pas de la tristesse, répondit-elle. C'est de l'amour.

Il la regarda avec une telle adoration qu'elle en eut le souffle coupé.

Sans crier gare, elle saisit les revers de sa veste et l'embrassa ardemment. Elle voulait que le monde entier sache qu'elle l'aimait.

Avec Tom, elle savait que tout était possible, désormais.

Remerciements

D'abord, je tiens à remercier mon éditrice, Nicole Fischer, pour sa patience d'ange et sa foi en l'amour de Tom et Lucia, dont l'histoire se termine bien malgré mes doutes.

Merci à mon agent, Kevan Lyon, pour son soutien sans relâche.

Bravo à toute l'équipe d'Avon romance, notamment Caroline Perny et Pam Jaffee pour leur travail acharné et leurs efforts continuels.

Ce livre est un travail d'équipe. Sans les personnes suivantes, je serais toujours perdue dans le brouillard : Laurie London, Justin DiPego, Rose Lerner, Katharine Ashe, Aleksei Moniz Mirov, Peadar Ó Caomhánaigh, Maitiú Ó Coimín, Stephanie Patterson, Kelly Maher, Michele Sandiford, C.J. Lemire, Cassandra Carr, Caroline Linden, Laura Lee Guhrke, Fran Strober Cassano, Sarah MacLean, Erin Satie, Tessa Dare, HelenKay Dimon, Megan Frampton, Victoria Dahl, Erin Pollaro, et Marisa Escolar.

Enfin, j'adresse ma gratitude à tous mes lecteurs et lectrices, où qu'ils soient. Sans eux, je n'aurais pas l'honneur d'écrire mes romans d'amour et de tolérance. Merci à toutes les femmes qui défendent le travail des femmes.

AVENTURES & PASSIONS

3 février

Miranda Neville

Les quatre amis - Une Française à Londres

Inédit

Le jeune et insouciant Julian Fortescue, marchand d'art de, n'aurait jamais imaginé hériter du domaine ducal de sa famille ! Suite à une série de tragédies, le voilà pourtant en possession du titre, et responsable de ses trois demi-sœurs cadettes. Pour l'aider dans sa charge, il lui faut une gouvernante, et la stricte Jane Grey semble plus que qualifiée pour cette mission. Non seulement elle transforme ses sœurs en parfaites petites ladies, mais son charme affole le jeune duc. Ce que Julian ignore, c'est que la mystérieuse Jane Grey dissimule un terrible secret...

✦

Joanna Shupe

Scandales à New York - Miss Catastrophe

Inédit

Suite aux décès de ses trois fiancés, Eva Hyde considère qu'elle n'est pas faite pour le mariage. En embarquant pour New York, la jeune femme est déterminée à prendre en main son destin et à réussir comme architecte auprès de son nouvel employeur. Phillip Mansfield accepte de mauvaise grâce que la fougueuse Eva supervise le chantier de son hôtel, et se promet que leur relation restera strictement professionnelle. Mais Eva se révèle bien plus efficace qu'il ne l'avait imaginé, et Phillip a bien du mal à résister à l'attraction que cette séduisante Anglaise exerce sur lui.

Emily Larkin

Sortilèges amoureux - Les aventures de Charlotte

Inédit

Charlotte Appleby ignorait qu'elle avait une fée pour marraine ! Le soir de ses 25 ans, elle reçoit en cadeau le pouvoir de métamorphose. C'est sous les traits d'un homme que l'orpheline se rend à Londres et trouve un poste de secrétaire auprès du comte de Cosgrove, qui est victime d'attaques sournoises et inexpliquées sur sa personne. Sous le charme de cet homme au caractère mélancolique, Charlotte va mettre son pouvoir à contribution pour traquer ceux qui tentent de le détruire et protéger celui qui fait naître en elle des sentiments affolants.

✦

Caroline Linden

Sur la route de Maryfield

Inédit

Georgiana Lucas n'a que mépris pour l'arrogant marquis de Westmorland, qui vient de gagner aux cartes la demeure de son amie Kitty. Alors que les jeunes femmes attendent avec angoisse la visite du nouveau propriétaire, Georgiana découvre un homme blessé et inconscient, qui n'est autre que Westmorland ! Comme elle craint que Kitty ne refuse de le soigner, Georgiana le fait passer pour son fiancé. Lorsque le jeune homme revient à lui, il a oublié sa véritable identité, et, si l'amnésie du marquis est une aubaine pour Georgiana, cette dernière a peut-être sous-estimé le charme ensorcelant de ce joueur impénitent

Eloisa James

Les Wilde - La plus délurée de la famille

Inédit

La première saison de Betsy Wilde est un succès : elle a reçu d'innombrables demandes en mariage, dont celle d'un duc ! Bien que très flattée par toutes ces attentions, elle rêve, loin des salons mondains de jouir de la vie comme la gent masculine. Jeremy Roden, le meilleur ami de son frère, lui fait alors une proposition indécente : si elle gagne une partie de billard, il lui fournira des vêtements masculins et elle l'escortera, une journée entière, déguisée en homme. Si elle perd, elle devra s'offrir à lui toute une nuit. Betsy relève le défi, sans se laisser troubler par le désir qu'elle ressent pour Jeremy.

✦

Virginia Henley

Esclave à travers les siècles

Bibliothèque idéale

Diane Davenport désespère de trouver un mari à la hauteur de ses attentes. Où sont donc les preux chevaliers, les fougueux gentilshommes qui peuplent ses romans favoris ? Un jour qu'elle flâne chez un antiquaire, Diane déniche un casque romain et s'en coiffe. Elle se retrouve aussitôt catapultée dans les bras de Marcus Magnus, un général romain qui la prend pour une espionne ! Prisonnière, Diane est contrainte de se soumettre aux moindres désirs de cet homme et de se laisser emporter par la passion qui les consume.

Patricia Potter

Sans foi ni loi

Lobo, un implacable pistolero, reçoit pour mission d'effrayer la jolie Velma Taylor, qui a hérité du ranch d'un vieil ami, afin de la pousser à le vendre. Mais dès que son regard se pose sur la pétillante institutrice, il est ensorcelé par son rire et ne peut se résoudre à mener sa mission à bien. Aussi devient-il l'ange gardien du ranch, protecteur des orphelins et autres âmes en peine recueillis par Velma. Entre l'institutrice et le hors-la-loi, l'attirance est réciproque, et il ne tient qu'à eux de surmonter tous les obstacles pour laisser libre court à leur passion.

13013

Composition
FACOMPO

Achevé d'imprimer en Italie
par GRAFICA VENETA
le 6 décembre 2020

Dépôt légal : janvier 2021
EAN 9782290207758
OTP L21EPSN002148

ÉDITIONS J'AI LU
87, quai Panhard-et-Levassor, 75013 Paris

Diffusion France et étranger : Flammarion